ОТРЕВОЖИМ ЗЛА НЕ П
А НЕ ПОТР
РЕВОЖИМ ЗЛА НЕ ПОТ
НЕ ПОТРЕВОЖИМ ЗЛА
А НЕ ПОТРЕВОЖИМ ЗЛ
ОТРЕВОЖИМ ЗЛА НЕ П
А НЕ ПОТРЕВОЖИМ ЗЛ
РЕВОЖИМ ЗЛА НЕ ПОТ
НЕ ПОТРЕВОЖИМ ЗЛА
А НЕ ПОТРЕВОЖИМ ЗЛ
ОТРЕВОЖИМ ЗЛА НЕ П
А НЕ ПОТРЕВОЖИМ ЗЛ
РЕВОЖИМ ЗЛА НЕ ПОТ

СОНЯ ФРЕЙМ

НЕ ПОТРЕВОЖИМ ЗЛА

Издательство АСТ
Москва

УДК 821.161.1-312.4
ББК 84(2Рос=Рус)6-44
Ф86

Соня Фрейм
Не потревожим зла

Дизайн обложки *Владислава Воронина*

Фрейм, Соня.
Ф86 Не потревожим зла / Соня Фрейм. — Москва : Издательство АСТ, 2019. — 384 с. — (online-best).

ISBN 978-5-17-112068-9

Говорят, что любовь исцеляет, но Алиса не смогла спасти Якоба от самого себя. Три года прошли в тишине, пока его призрак не вернулся к Алисе на концерте рок-певца Люка Янсена. Готический бал-маскарад обернулся настоящей пляской смерти: усопшие вдруг зашептали из зеркал, а фрески на стенах церквей ожили, чтобы сыграть шахматную партию, на кону которой людские жизни.

Падение по кроличьей норе началось, только почему же Страну чудес населяют одни мертвые?

УДК 821.161.1-312.4
ББК 84(2Рос=Рус)6-44

ISBN 978-5-17-112068-9

Посвящается В.

За все путеводные звезды,
которые появлялись для меня, когда
все остальное гасло

Я начинаю там, где ты закончил

Пусть Эрос, мрачный бог, и роковая сила
Убийственных безумств грозят из-за угла –
Попробуем любить, не потревожив зла...

Шарль Бодлер. Осенний сонет
(пер. А. Эфрон)

Пролог

Они сидели друг против друга, и между ними была пустая шахматная доска.

Игрок с разноцветными глазами еле заметно улыбался, точно зная что-то наперед.

Другой игрок, в темных одеждах, внимал тишине, словно ожидая услышать в ней знак.

Игра еще не началась.

Но вот второй игрок поднял тяжелые веки, и на шахматной доске возникли причудливые полупрозрачные фигуры, внутри которых переливалась мерцающая вечность. Разноглазый при этом издал удовлетворенный смешок.

Один играл черными, другой — красными.

И так началась эта история.

If I could tear you from the ceiling,
I know the best have tried,
I'd fill your every breath with meaning,
And find the place we both could hide.

Если бы я мог оторвать тебя от неба,
Я знаю, все уже испробовано,
Я наполнил бы каждое твое дыхание смыслом,
И нашел бы место, где мы оба могли бы спрятаться.

Placebo «Blind»

Глава первая

В НАЧАЛЕ БЫЛО ОБЕЩАНИЕ

— Алиса, ты не отпустишь меня?
— Я держу тебя, Якоб. Как и обещала.
— Я не справлюсь в одиночку.
— Ты не будешь один.

* * *

Come on, baby,
Don't fear the Reaper!
*Baby, take my hand!**

Из колонок водопадом лилась одна и та же фраза, циркулировавшая по комнате, казалось, целую вечность. Куплеты закончились, остался один веселый припев.

Якоб беззвучно повторял слова песни, равнодушно разглядывая потрескавшийся потолок. Алиса скользила где-то рядом, превратившись в размытое пятно.

— Якоб? Слышишь меня?

---

* Ну же, малыш, не бойся Жнеца!
Хватай меня за руку, малыш!
(Отрывок из песни «Don't Fear The Reaper» группы Blue Öyster Cult).

Ответом ей были лишь слова песни, поставленной на повтор. Алиса могла сейчас закричать, ударить его и даже облить кипятком — он остался бы лежать на кушетке с запрокинутой головой, повторяя, как заклинание, эти заевшие строки.

— Якоб?

Музыка стала невыносимо громкой.

COME ON, BABY!

DON'T FEAR THE REAPER!

DON'T FEAR THE REAPER!

Внутри него была волшебная дверь, за которой он любил исчезать. Возможно, там он был счастливее, чем здесь. Проблема заключалась в том, что Алиса за ним последовать не могла. Он находил лазейку, она утыкалась в стену.

Ножницы потрошили картонные коробки, чтобы их было удобнее трамбовать в контейнеры для бумажного мусора. Этот момент, в котором они так неудачно застряли, тоже следовало бы порезать на части и отправить в помойку.

Господи, как же хотелось тишины...

Она потянулась к магнитофону, но неожиданно ее запястье перехватила рука Якоба.

— Алиса, так надо.

Она смотрела на него злыми воспаленными глазами, а Якоб все так же таращился в потолок, до боли стискивая ее запястье.

— Я больше не могу это слушать. Она играет уже неделю.

— Пожалуйста. Прошу тебя.

Его слова звучали ломко и печально. Иногда ей казалось, что он просто искусно над ней издевается. Временами она не верила ни этому пустому взгляду, ни его тихим коротким просьбам.

— Я вернусь через полчаса. Мне нужно побыть в тишине.

Его пальцы разжались, и рука безвольно упала.

Алиса еще какое-то время молча наблюдала за ним, затем взяла мусор и вышла на улицу.

Разрезанные коробки отправились в контейнер, но она продолжала стоять в вонючем закутке его двора, ощущая глухое отчаяние. События походили на плохую репетицию одной и той же сцены.

«Поскорее бы все это закончилось».

Но от этой мысли тут же стало страшно.

Алиса прошлась до булочной у станции, купила ненужный хлеб. Она поймала себя на мысли, что готова придумать миллион занятий, лишь бы не возвращаться.

Присев на бордюр, она отстраненно наблюдала за людьми и машинами. Небо постепенно гасло, и счет времени терялся...

Чувство реальности накрыло внезапно, и она вдруг резко ощутила, что надо вернуться домой. Как можно быстрее. В животе расползался страх, которого она не испытывала прежде. Шаг становился быстрее. Ступени лестницы хаотично разлетались под ногами, а хлопки дверей казались слишком громкими.

Песня по-прежнему звучала — она услышала ее еще в подъезде.

Но сквозь ее ритм проступало нечто другое.

— Якоб...

Его голову окружал темный ореол. Он лежал словно вписанная в пол икона безымянного святого, хотя только что совершил смертный грех. Пистолет валялся рядом, и теперь пальцы Якоба едва его касались.

DON'T FEAR THE REAPER!
BABY TAKE MY HAND!

— издевательски вторил ее мыслям магнитофон.

Алиса не шевелилась: увиденное лишило ее способности двигаться и мыслить.

Во всем словно звучали отголоски чьей-то насмешки.

Пошатываясь, Алиса дошла до магнитофона и трясущимися пальцами вдавила кнопку. Наступившая тишина ощущалась как неправильная.

Быстро закрыв за собой дверь квартиры, она снова вышла в переливающийся огнями вечерний Берлин — город всех бездомных и заблудших, в котором больше не было Якоба Радке, сумасшедшего с глазами зрячего слепца.

По небу неслись розоватые облака, похожие на облетевшие перья. Солнце садилось, забирая вместе с собой и чью-то испуганную жизнь.

В груди замер чудовищный ком, но Алиса не проронила ни слезы. Якоб остался позади вместе со своим пистолетом. Там же осталось и ее обещание, сломанное пополам, как ветка.

Вслед как наяву звучал его укоризненный голос: «*Алиса, это нечестно*».

Три месяца спустя

— Добрый день, мои дорогие. Для тех, кто только пришел: я — Клара, веду эту группу по вторникам и четвергам. Мы все здесь в первую очередь — хорошие друзья. Не знаю, что вы думали о групповой терапии до прихода сюда, но могу с уверенностью сказать, что существует три типа: оптимист, пессимист и скептик. И дело не в том, кто из них — вы, — Клара заговорщицки улыбнулась, будто собираясь приоткрыть тайну, — а в том, что после вы наконец-то станете собой.

Она поправила очки указательным пальцем и устроилась поудобнее на колченогом стуле. Все присутствующие смотрели на нее с интересом и затаенным ожиданием, словно на фокусника, который сейчас начнет доставать кроликов из шляпы. Кто-то радостно улыбался и кивал, похоже, уже становясь собой. Но большинство неловко молчали, обратив к Кларе напряженные взгляды.

Алиса затесалась между ними и выжидала. Она не считала себя ни оптимистом, ни пессимистом, ни скептиком — просто проходя мимо, в фойе на доске объявлений прочла приглашение в бесплатную группу психологической поддержки студентов.

— Что это, секта или фан-клуб? — спросила она у однокурсницы.

— Нет, это действительно психологическая помощь. Слышала про групповую терапию? Люди собираются, чтобы делиться своими проблемами. Коллективная рефлексия и все дела...

Алиса и сама не понимала, почему стояла у объявления несколько минут. Якоб говорил, что в психологи идут лишь те, кто не разбирается в людях. Впрочем, Якоб еще много чего говорил. Например, что утешить безумие может только смерть...

«Замолчи уже. От твоих слов одна беда».

Она записала время и номер аудитории. Групповая терапия в университете была проектом факультета психологии, и на нем часто присутствовали сами студенты.

И вот Алиса здесь и пытается понять: бежать ей сейчас или из вежливости досидеть до конца. С мрачным скепсисом она оглядела окружающих и еще сильнее скрестила руки на груди.

«Все-таки... зачем ты пришла? — спросила она себя в сотый раз. — Ты что, и правда собираешься *говорить* об этом с посторонними людьми? Может, еще и книгу напишешь?»

Иногда хотелось дать себе промеж глаз, чтобы заткнуть назойливый внутренний голос.

Слова Клары воспринимались вполуха, а в этом кружке из людей и пластиковых стульев начиналась клаустрофобия.

Из-за наглухо закрытых окон было душно. Приветливый солнечный луч скользил по стене, изредка угасая, когда на солнце набегала очередная маленькая туча.

Ведущая группы тем временем дала слово присутствующим. Каждый должен был представиться и сказать, что его привело сюда.

– Я – Селина, мне девятнадцать. Вашу группу мне порекомендовал Вальтер. – Бородач в клетчатой рубашке рядом с Алисой помахал всем рукой. – И я решила попробовать. Моя проблема... ну... довольно обычная. Может, кто-то посмеется про себя. Я всегда была полноватой, но, знаете, мне не казалось, что со мной что-то не так. Пока не пошла в ту школу. Сейчас я думаю, что дело было не во мне. Просто подобрались не очень добрые ребята. Но что сделано, то сделано. И уже неважно, кто виноват.

«А потом ты довела себя до анорексии, но благодаря этой терапии учишься любить себя такой, какая ты есть...» – раздраженно пронеслось в голове у Алисы.

Раньше она устыдилась бы этих мыслей, ведь всегда старалась сочувствовать чужим проблемам. Однако происходящее напоминало какой-то киношный фарс. Спасти это могла только Марла Сингер. Но это не «Бойцовский клуб», а черт знает что.

Случайно залетевшая в аудиторию муха бессильно билась об оконное стекло. Она сердито жужжала и упрямо буравила себе путь наружу... Алиса наблюдала за ней с отстраненностью и хладнокровием. Она и себя ощущала мухой последние три месяца.

А Клара все кивала, как эти игрушки, у которых постоянно качается голова...

Вверх-вниз.

Вверх-вниз.

— ...и я просто не выдержала всех этих дразнилок... Думала, если откажусь от еды полностью, то похудею в момент. Проблема в том, что я начала доводить все до абсурда и в итоге выблевывала даже салаты. Мне казалось, что в них везде жир... липкий жир.

Стрелка часов ползла предательски медленно, так что хотелось взять и насильно потащить ее пальцем вниз.

Алиса прикрыла глаза, и ее внимание окончательно рассеялось.

...Мелькнула вспышка света, и в ней проступил бледный, сгорбившийся Якоб. Он смотрел исподлобья, тем самым взглядом, сквозь который гранями проступала его покалеченная душа.

...Светло-голубая радужка отсвечивает болезненным неоном, а обветренные губы надломлены в хрупкой улыбке.

«Алиса, почему ты не удержала меня? Ты же обещала...»

От этого мягкого укора откуда-то из глубины пружиной взвилась притупившаяся боль...

Настоящие привидения не живут в заброшенных особняках, они поселяются в душах. Этих демонов никогда не изгонишь.

«Я не смогу один...» — возникло в голове эхо его слов.

Пальцами она сжала переносицу изо всех сил, чтобы сдержать что-то в себе.

...Что было после? Ничего. Похороны в присутствии трех человек — отца, матери и безымянной для них девушки непонятной национальности. Никто не плакал. Все разошлись молча. И только когда Алиса вернулась домой, ее прорвало. Она выплакивала моря и океаны, всю себя по частям, по крайней мере те шестьдесят процентов воды в организме уж точно.

— Алиса...

Голос Клары звучал так далеко, но с каждым мгновением становился все более и более реальным. Глаза приоткрылись и мутно обвели комнату. Пару мгновений ее действительно здесь не было.

На Алису уставились с выжиданием и дружелюбным интересом. Клара приятно улыбалась, слегка покручивая своей ручкой.

— Ты у нас тоже новенькая. Мы с удовольствием послушаем, что привело тебя. Можешь рассказать все, что считаешь нужным. Совсем не обязательно быть откровенной сразу. Это непросто.

Смотрите-ка, никто не хочет ее съесть.

Алиса уставилась на психолога невидящим взглядом. Но ее поза вдруг стала на удивление раскованной — она сползла по стулу, вытянув вперед одну ногу. Правда, руки так и не удалось расцепить.

«Все, что считаешь нужным...»

Отличная мера для любой исповеди.

— Да нет, я сразу скажу, почему пришла. Знаете, у меня был парень, Якоб. Мы встречались всего полгода, но временем эти отношения не измерить. Все делали вместе: ели, спали, учились. Читали одинаковые книги. Слушали одну и ту же музыку. Если бы можно было обменяться кровью в венах, мы и это сделали бы. Вот такая у нас была любовь. Но между нами все же существовала разница. Понимаете, мой парень оказался психом, и у него был полнейший сдвиг на смерти. Он ненавидел свою жизнь. Якоб был болен и отказывался лечиться, но просил быть рядом и держать его, насколько мне хватит сил, иначе он сиганет туда — в смерть, как он говорил. Он сам отдалился от всего мира, но я дала обещание, что вытащу его из этой ямы, в которую он загонял себя все эти годы. Еще до встречи со мной он планировал свой уход. Как-то раз он спросил меня: нож или пистолет? Я выбрала пистолет, потому что быстрая смерть — это роскошь. Но он сказал, что со мной сможет выкарабкаться. Мне следовало быть рядом и напоминать ему, что он жив. Сам он давно считал себя мертвым. Но с каждым днем становилось только хуже. Короткие просветления оборачивались новыми затмениями. Якоб перестал реагировать на меня: смотрел, но не видел; говорил, но обращался будто не ко мне. В какой-то момент его чувство отчаяния передалось и мне, и я поняла, что готова на что угодно, лишь бы прекратить наше взаимное несчастье. Я уже не знала, как ему помочь. В свою последнюю неделю он лежал на кровати и слушал сутками «Don't Fear The Reaper» группы Blue Öyster Cult. Я была так зла на него. Моя собственная обида казалась мне важнее его проблемы. Если бы я тогда открыла глаза, то заметила бы, что теряю его. Когда я ненадолго ушла, он вспомнил мою старую шутку. Пистолет, оказывается, уже давно был с ним. В общем, он выстрелил, и его не стало в один миг, а я здесь, с вами, в группе психологической поддержки. Надо же кому-то рассказать эту интересную историю.

Алиса замолчала и обвела группу остывшим взглядом. Все это вышло легко, без волнения и даже с какими-то живыми интонациями. Клара смотрела на нее с застывшей улыбкой, но это была просто гримаса. Она уже давно не улыбалась. Взгляды остальных выражали смесь легкого ужаса и сочувствия. Больше все-таки ужаса. Алиса опустила голову, разглядывая свои ноги, а затем в ее голове все сложилось само собой.

— На самом деле... Я не знаю, зачем сюда пришла, — в замешательстве добавила она непонятно к чему.

— Ты все правильно сделала, — быстро сказала Клара. — Это очень тяжелый опыт. С ним не справиться в одиночку. Более того, я хотела бы поговорить с тобой наедине и дать кое-какие рекомендации...

— Да я дверью ошиблась, — устало ответила Алиса, и это прозвучало как неумная шутка. — Спасибо, мне ничего не надо.

Клара попыталась что-то возразить, но Алиса быстро вышла из аудитории. Это не ее место. Да еще половина этой группы — студенты, значит, ее «интересную историю» растреплют остальным. Легче от этого совсем не стало. Дернул же черт искать утешения в групповой терапии...

Когда Алиса вышла из своего транса, она обнаружила себя в автобусе, везшем ее к окраине города. Конечная, кладбище и знакомая гравировка на каменной стене:

«Здесь спит любовь».

С момента похорон почти ничего не поменялось. У креста лежал венок из роз от его матери и букет белых лилий — от нее. Все цветы завяли.

«Никто к тебе не приходит, Якоб. Потому что у тебя почти никого не было. Ты ушел так же, как и пришел в этот мир, — налегке».

Ей хотелось лечь и послушать землю. Казалось, что он все еще живет в лабиринте гробниц и неизведанных подземных траншей. Бежит себе где-то внизу, не разбирая дороги, как и при жизни...

«Господи, если ты есть, останови его уже. Приюти. Он никогда не обретет покоя, а значит, и я тоже».

Бог молчал, но слова только множились. Их было уже не сдержать.

Алиса достала из сумки тетрадь и начала писать то, что хотела ему сказать все это время, но не знала, как повернуть время вспять, чтобы ее мысли нашли его. Сейчас способ подсказал себя сам.

Это был первый шаг к бесконечному искуплению.

* * *

«Однажды ты спросил: если это все-таки случится, смогу ли я последовать за тобой? Я сказала, что не допущу твоей смерти, но на вопрос, по сути, так и не ответила. Теперь собственные слова кажутся мне умышленным враньем. В глубине души мы все-таки оба знали, что из нас двоих умрешь только ты. Мы никогда не были единым целым, хотя очень хотели в это верить.

Самый ужасный момент наступил не тогда, когда я увидела тебя на полу. И не когда гроб с твоим телом опускали в землю. Хуже всего — мое непонимание твоих мотивов, пришедшее много позже твоей смерти. Я всегда оправдывала твою одержимость смертью твоей болезнью, но теперь испуганно спрашиваю себя — что, если ты действительно этого хотел?

Пистолет или нож — это серьезная дилемма. Если бы я знала, как пожалею о своих неосторожных словах, то выбрала бы за тебя нож. С текущей кровью еще можно договориться, а пистолет решает твою судьбу, как только ты нажимаешь на курок.

Так что мы не просто наломали дров, мы лес вырубили.

Послушай меня, да, ты послушай, ибо только ты и говоришь в моей голове. Я не пойду следом. За это тоже прости.

Но я знаю, что ты по-прежнему во мне нуждаешься. Я чувствую тебя. Ты все еще где-то рядом, Якоб. Смерть — это все-таки не выход».

* * *

— Ты безжалостен, — был вердикт человека с разноцветными глазами.

Его партнер по игре поднял на него тяжелый, темный взгляд, в котором застыло время. Тонкая прорезь рта приняла причудливую форму: он улыбался. Он умел, но делал это крайне редко.

— Хороший учитель не всегда должен гладить по голове своего талантливого ученика.

— И то верно. Всыпь ученику палок, чтобы он потом разогнуться не мог и твою школу за километр обходил.

— Ты знаешь, как я играю, Дэвид. Ты сам захотел принять участие.

Гетерохромные глаза Дэвида вспыхнули непонятным весельем.

— Я тебя переиграю, Танатос. Ты ничего не знаешь о жизни.

— А ты ничего не знаешь о смерти, хоть и умер.

Дэвид и Танатос смотрели друг на друга, словно упражняясь в силе взгляда, и затем снова перевели взоры на игральную доску. С начала их партии сдвинулась всего пара фигур.

— Поэтому я — доказательство того, что смерти нет, — пожал плечами Дэвид. — Извини, если обидел.

— Ну, какой твой ход? — добродушно ухмыльнулся Танатос.

Глаза Дэвида стрельнули искрами, и он триумфально улыбнулся ему, явно что-то предвкушая.

— Я думаю, нам нужна новая фигура в этой игре.

Доска вдруг стала больше. И на стороне Дэвида возникла еще одна фигура, отличающаяся от других цветом и формой, будучи белой и высокой. Она плавно переместилась к середине доски.

— Я отправляю своего лучшего гонца, видишь? — тихо спросил Дэвид.

— Ко мне приходят все: короли, гонцы, шуты, — размеренно отозвался Танатос.

Он никогда не убеждал, просто констатировал факт. Да с ним никто и не спорил. Кроме Дэвида.

Похоже, эта игра будет долгой.

We built this tomb together; I will fill it alone.

Мы построили эту гробницу вместе; я заполню ее в одиночестве.

Marylin Manson «If I Was Your Vampire»

Глава вторая
ДЬЯВОЛ ВСЕХ СЕРДЕЦ

Три года спустя

Они его любили.

О, как же эти девочки любили его.

Даже так: они его боготворили.

Собирали постеры с его изображением, раз за разом прокручивали его песни. До тех пор, пока у плеера не садилась батарейка, а сами они не теряли сознание. До последнего вздоха, до дрожи в коленках они любили его томное лицо с абсентовыми глазами, озаренными пламенем потусторонних чувств.

Они любили его длинные волосы, татуировки в стиле блэкворк* и торчащие косточки. Любили даже его алкоголизм. И миллионы девочек, девушек, женщин со всего земного шара с придыханием произносили это священное имя — Люк Янсен.

Чем же этот юнец, сверкающий по всем каналам своей белой безволосой грудью, так им полюбился?

---

* Блэкворк — стиль татуирования, в котором доминирующим является черный цвет.

Хотя это как раз объяснялось легко: он все-таки был красив. Но не как другие мужчины. Темная подводка и утонченность черт размывали его принадлежность к какому-либо полу. Болезненная эротичность привлекала миллионы юных сердец, так жаждущих любви.

В общем, Люка хотели женщины и геи любого возраста.

«Вот он, секс-символ, которого готика ждала после смерти Брэндона Ли!*» — кричали о нем критики.

К своим двадцати восьми годам Люк Янсен воплотил в себе все пороки и добродетели, неподдельную боль, настоящую трагедию и даже истинную любовь.

Казалось, о нем уже было известно все.

Мать — американка, отец — швейцарец. Плод любви ипохондрички и интроверта, он не унаследовал от них ровным счетом ничего, а талант, видать, от бога упал.

Поздний ребенок, испорченный ребенок.

С детства писал трагичные мелодии и разбирался в печали лучше, чем в математике. Окончив школу, уехал в Берлин, чтобы покорить своим роковым баритоном весь мир.

Вообще-то Люк был с группой, которую экспромтом сколотил в тринадцать лет. Но остальных членов этого коллектива, играющего готический хэви-метал, воспринимали как спокойный фон, на котором можно бесконечно любоваться голым торсом фронтмена.

Известно, что первая и главная любовь его жизни трагически скончалась. Может, поэтому он переси-

---

* Брэндон Ли — известный актер, погибший при съемках фильма «Ворон».

дел на всевозможной наркоте, но нашел в себе силы, чтобы завязать. Считает, что истинная красота заключается в трагедии. Воспевает смерть, секс и вечную любовь.

Все мелодии были пронизаны печалью, а его голос периодически искренне срывался. Лирика изобиловала цитатами из Библии и какими-то мутными отсылками к Шарлю Бодлеру, мелькали и мотивы легкой некрофилии, но готов в этом не упрекают.

Говорят, Люк спал в гробу и любил гулять по кладбищам. Возможно, встречался с датской рок-певицей Азазель (папарацци ловили их пару раз на прогулках в темных очках). Не гнушался спать и с фанатками, но дозированно.

Поклонницы без устали караулили Люка у отелей, концертных залов и даже у забора его дома. Сублимировали и строчили о своем кумире эротические фанфики. На экранах и постерах он казался таким прекрасным, одиноким — и одновременно развратным и порочным... таким... таким... На этой ноте фанатки издавали писк и закатывали глаза в обрамлении черной подводки.

Его навязчивый зеленый взгляд преследовал с каждого билборда и призывал вас стать частью его летаргического культа.

Люк стал самопровозглашенной истиной, обещанием, данным на века, и самой пленительной загадкой.

Был ли он пастырем нового поколения или же очередной прихотью моды?

Фанатки об этом не задумывались — и правильно делали. Они просто восхищались им, свято веря, что в один прекрасный день они встретятся. И каждая из них надеялась, что именно она излечит его разбитое сердце и страдающую душу, станет для него ангелом любви, милосердия и преданности.

* * *

Люк загадочно усмехался с постера. Зеленые глаза обещали искушение, разврат и любовь. Вот она, дефиниция современного de profundis*.

Это была икона Оли. Под ней даже горели три черные свечи.

Она вздохнула, чувствуя, как внутри что-то тревожно дрожит, вот-вот норовя сорваться. В душе словно натянули невидимые струны, и было невыносимо хранить в себе это чувство — любовь.

Завтра.

Она обводила этот день в календаре, пока бумага с треском не порвалась, а маркер не ткнулся в стену. Когда месяц назад она заполняла бланк для участия в этом дурацком конкурсе, то надеялась хотя бы выиграть футболку с логотипом Inferno №6 и фото с его автографом. Но судьба оказалась как никогда великодушной в тот день и преподнесла ей лучший дар за все двадцать три года ее жизни: два билета на его концерт в Берлине, а после — ужин.

С ним. В его особняке.

Об этом мечтают миллионы его поклонниц, а получила этот шанс она. В мироздании у нее определенно есть покровитель. Присутствие какого-то неумолимого рока ощущалось кожей. Всю жизнь она искала мужчину с темной стороны Луны. Так что это *судьба*.

В голове уже давно жили упоительные, тщеславные картины их совместного будущего. Вот они идут

---

* De profundis *(лат.)* — из глубины, из бездны.

по какой-то красной дорожке и на них направлены все камеры... Несмолкающие щелчки, слепящие вспышки, крики, вопросы, микрофоны и... они, спокойно стоящие посреди этого хаоса и крепко держащиеся за руки.

«Мы будем носить только черное и никому не скажем, что между нами происходит. Но при этом везде будем появляться вдвоем!»

Другие фанатки при виде них от зависти выпьют свои пузырьки с лаком!

В голове Оли не было реалистичных тормозов, вернее, их напрочь снесло от эйфории. Ведь каждая из армии фанаток Люка Янсена ждала, что однажды именно ее пригласят в его мир изысканной печали.

Оля была одной из миллионов, которой повезло раскрутить барабан удачи.

Оля из множества других Оль, живущих в ритмах его музыки. Еще будучи подростком, она погрузилась в готику, которую на родине часто рифмовали с сатанизмом. Это стало частью ее повседневности — корсеты, черная помада, пентаграммы. Средства стилизации впечатляли, и прообразы себя находились в контрастах между черным и белым, жизнью и смертью.

В школе она изучала немецкий, и было решено учиться в Германии. Так, отучившись один курс на юрфаке в Москве, Оля очутилась в андерграундном Берлине, где наконец-то влилась в настоящую «темную сцену». Масштабные фестивали, готик-пати, каких на родине никогда не видали, европейский декаданс... Это поглотило ее с головой. Здесь она стала частью особого круга и приобщилась к настоящей эстетике. Дома же готы являлись разновидностью гопников, только водку пили не в подворотнях, а на кладбищах.

Имя в паспорте Ольга при первой же возможности вознамерилась поменять на Хельгу.

И все это оказалось не напрасно. Она пришла к кульминации, и у нее были глаза цвета абсента.

Происходящее, кроме шуток, походило на сказку. Перед простушкой внезапно остановилась позолоченная карета принца, и оттуда приглашающе высунулась чья-то рука.

Оля искала в этом некую причинность. Может, потому что она — не как те бешеные фанатки, которые швыряются в него стрингами? Люк для нее — воздух, и... Боже, ты, наверное, все-таки женщина, раз создал такого мужчину!

В такой упоительной дреме прошел целый месяц до заветного концерта и судьбоносного ужина.

Оставался один нерешенный вопрос, который она оттягивала по максимуму, но дольше уже было нельзя. И только относительно этого еще варили мозги.

Имелась проблема, которую в своем воображении она раскрутила до размеров катастрофы. Ею была она сама. В незнакомой среде изо рта лилась какая-то чушь, бойкость на нервах начинала отдавать военными действиями, а не приятной энергичностью.

«Милая, кого волнует твой акцент, если он завалит тебя в свою койку-гроб?» — вещал голос разума, но он был бессилен перед комплексами.

Месяц назад, когда эта встреча была лишь приятным туманным будущим, все, казалось, идет своим чередом. Но чем ближе становился момент их свидания, тем серьезнее она переживала из-за того, что ведет себя как слон в посудной лавке. Вот если бы кто-то мягко тормозил ее тычком или кивком, когда она начнет пороть чушь...

Решение подсказали ее же билеты с пометкой «Суперприз». Можно было загнать один перед концертом за бешеные деньги, но это означало, что и к Люку она придет вместе с потенциальной соперницей. Ее женская мнительность уже нарисовала в воображении конкуренцию с нахрапистой немкой или ушлой испанкой.

«Нужен свой человек, предсказуемый и управляемый!»

Подруга, которая от него не тащится и на чьем фоне Оля смогла бы легко адаптироваться, а затем отправить ту домой. Она решительно отмела девочек из своего фан-клуба «Инфернальные Волчицы», ибо они – армия дурочек с никами «Невеста Люка» или Inferno 666. После нехитрой математики осталась одна кандидатка – лесбиянка, знакомая по готик-вечеринкам, поэтому можно не волноваться, что она отобьет у нее Люка. Но она уехала на неделю, а больше «безопасных» подруг не было.

Или все-таки... была?

Оставался лишь один номер в записной книжке, который не очень-то хотелось набирать.

Потому что ответила бы Алиса.

Приехав, Оля случайно узнала, что на одном из ее семинаров есть какая-то русскоговорящая, и надо было заполучить ее. Свои должны держаться вместе, считала она.

То, что она нашла, никак не выглядело своим. Определить национальность Алисы не удавалось: в ней словно проступали черты нескольких этносов сразу, но ни одного – отчетливо. В блеклых, на первый взгляд, чертах вдруг могло прорезаться что-то чуть ли не шаманское. Это впечатление создавали острые, угловатые скулы и темные волосы до самой поясницы.

Акцента на немецком у Алисы не было, и, как выяснилось, она родилась и выросла в Германии, в семье мигрантов. По-русски действительно говорила, но как-то ломано и искусственно деля слова.

«Мама из России, – лаконично пояснила она. – Вышла замуж и переехала сюда».

А отец, судя по экзотической внешности, даже немцем не был. Ее знакомая напоминала кусок айсберга, который дрейфовал в море до тех пор, пока его не прибило к случайному берегу. На ней стояла печать в форме вопросительного знака.

Но тогда выбирать не приходилось, и Оля в своей привычной манере насела с вопросами об университете и городе.

Алиса выдала ей развернутую справку, но участия не проявила и дружеского плеча не подставила. О себе не говорила вообще, от посиделок отказалась. Ее помощь походила на обслуживание роботом-андроидом.

В общем, Алиса ей не понравилась. И после того семестра, когда девушки посещали один семинар, по учебе они больше не пересекались. Иногда виделись в столовой и библиотеке, и уже позже пара знакомых кое-что нашептала.

Во-первых, почти ни с кем не общается.

Во-вторых, ее парень пристрелил себя из пистолета у нее на глазах. Так говорили.

В-третьих, ходили слухи, что она шастает по кладбищам, черт ее знает зачем.

Последние два пункта сами образовали тревожную связку. Между эстетствующей готкой и какой-нибудь крезанутой сатанисткой имелась существенная разница. И дело уже не в блэк-метале.

Однако больше всего Олю отталкивало непонимание ее сути, что не слишком вязалось с планом получить управляемый девчачий бэкап для разгона свидания.

«Но ты уверена, что в одиночку сможешь развлекать такого человека, как Люк Янсен?» — спросила она саму себя.

В конце концов, наверняка Алиса не более безумна, чем другие люди.

В ухо уже лились тягучие гудки, которые казались бесконечными. Трубку сняли не сразу, создавалось впечатление, будто достучаться до Алисы — все равно что звонить на тот свет. Когда Оля уже практически растворилась в монотонности гудков, в наушниках вдруг ясно прозвучало:

— Слушаю.

— Привет, Алиса! Это Хельга!

Ответная реакция была обескураживающей:

— Кто?

— Ну, Оля. Мы же вместе были на медицинском праве...

— А, да. Помню, — с небольшой задержкой ответила она. — Тогда привет.

— Ты сейчас где? — деловито спросила Оля.

— На работе.

Алиса была почти готовым медиком в одиннадцатом семестре, но лечить никого не собиралась. Оля знала, что она выбрала себе профиль «патологическая анатомия» и даже уже работала ассистентом в институте судебной медицины.

— Ну, как ведут себя жмурики?

— Нормально. Вчера привезли двух мужчин. У обоих прострелен висок, но смерть наступила от отравления газом, пропаном. Это значит, что головы им прострелили уже потом, когда они задохнулись. Любопытно, не находишь?

— Очень, — слукавила Оля, едва слушая ее. На языке вертелась неудобная и стыдная просьба, и она в итоге метнула ее как гранату. — Слушай, ты свободна через два дня, часов в шесть?

— А ты хочешь сделать мне предложение, от которого я не смогу отказаться?

— Ну, ты же знаешь, что я выиграла билет на концерт Люка Янсена?

Она так орала в тот день на весь универ, что невозможно было остаться непричастным к такому счастью.

— Нет. Но ты только что об этом сообщила.

От Алисы всегда несло каким-то едким буквализмом.

— Хоть Люка Янсена ты знаешь?

— Это тот, что поет сейчас на каждом канале?

— Да, это он, — поджала губы Оля, слегка покоробленная ее упрощенным восприятием божественного фронтмена. — Через два дня Люк со своей группой Inferno №6 выступает в «Олимпии», а потом у меня с ним ужин в его особняке. Ты нужна мне на один вечер. Очень-очень!

— Без обид, но у меня дел по горло.

— Алиса, ну пожалуйста. Один вечер. Посуди сама: ты получаешь халявный билет, болтаешь с самым красивым мужчиной на свете и потом идешь домой. Ты даже ляжешь спать вовремя.

— А почему я? — резонно вопросила Алиса и добавила с потрясающей прямотой: — Мы ведь даже не подружки.

— Прошу тебя! — Голос Оли внезапно наполнился внушительной силой. — Это мой шанс, но я не смогу одна поначалу. Побудь там лишь чуть-чуть. Пожалуйста. Надо поддерживать беседу какое-то время, и если меня вдруг понесет куда-то, толкни или подмигни, чтобы я поняла. Я... я... заплачу тебе.

Повисло молчание, в полной мере вобравшее в себя безумие влюбленной девушки. И Алиса не могла этого не почувствовать.

— Ну... ладно, — чуть ли не со скрипом ответила она. — Если это так уж необходимо... хорошо, я помогу тебе. Бесплатно.

— Ты будешь со мной?

— Обещаю болтаться рядом.

— И заполнишь паузы, если они возникнут?

— Чем именно?

— Ну уж придумай. Расскажи чуток о себе, отвесь комплимент его музыке, скажи, какая я классная... Немного движухи.

Последнее слово отлично вязалось с Алисой.

— Хорошо, — прозвучало безо всякого энтузиазма.

— Отлично, я заеду за тобой ближе к семи, — радостно провизжала Оля, у которой камень с души свалился.

* * *

Алиса приходила после обеда. Три года подряд по субботам она неизменно приезжала на кладбище и ныряла в блуждающие тени главной аллеи. Сквозь листву над ее головой мерцали звездочки света, мягко шелестел ветер. Солнце по-прежнему светило всем на этой земле, но с ее приходом его точно становилось меньше.

Ее шаги были быстрыми и бесшумными. Вскоре она скрывалась за огромными деревьями, охраняющими ее мрачную тайну, и становилось еще тише.

«*Здесь спит Любовь*», — каждый раз издевательски шептала витиеватая надпись над воротами.

Она уже знала это кладбище и его обитателей как свои пять пальцев. Приветствовала про себя каждого плачущего ангела, пересчитывала надгробия.

Имена и даты, памятники и венки — вот и все, что тут имелось. Ни бога, ни дьявола не было и в помине.

Петляя меж чужих надгробных плит, Алиса пробиралась к могиле, за три года ставшей ее собственной.

Знакомый крест из белого камня с молчаливым равнодушием выглядывал из-за живой изгороди.

Якоб Радке

Пусть ангелы ведут тебя даже там, где нет Бога.

Пусть они сохранят твою юность и доброе сердце.

Плавно она опускалась на скамейку напротив, молчаливо приветствуя того, кто оставил ей этот мир. Смерть Якоба походила на странный дар.

«Держи, Алиса. Это жизнь без меня, которую ты выбрала. Так почему ты ею не наслаждаешься? Ты же хотела все закончить...»

Она уже не знала, звучал ли в голове голос совести, принявший его облик, или же это был сам Якоб. Несмолкающий. Укоряющий. Зовущий ее, даже когда она сюда не приходила.

Где-то заливался жаворонок. Его пронзительная трель расколола небосвод, и в это мгновение весь мир сузился до белого креста, а буквы на камне прожгли сознание.

«Якоб...» «Ангелы...» «Там, где нет Бога...»

Казалось, что перед ней ребус и его надо решить, выявив ключевые элементы.

Якоб там, где нет Бога.

«Это ты хочешь сказать мне с того света?»

Гравировку сделали по желанию матери, потому что священник не разрешил хоронить его по католическим традициям, ведь он – самоубийца. Так что это стало ее последним напутствием.

Раз за разом Алиса вскрывала каждое написанное слово, ища в нем новый смысл.

Юность. Да, он был молод. В двадцать три года все должно быть прекрасно, как в первый день творения. Многие думают, что в этом возрасте смерти не существует.

Доброе сердце. Алиса могла запросто рассказать, что такое сердце. Фиброзно-мышечный орган, обеспечивающий ток крови по кровеносным сосудам.

Был ли он добр? Возможно. В любом случае Якоб не был злым. Скорее, потерянным и одиноким.

«Он никогда не был дурным человеком, – всегда хотела сказать Алиса его родителям, для которых поступок сына оказался жестоким и подлым ударом. – И плох тот Бог, который наказывает одиноких, сломленных людей не только при жизни, но и после смерти, если ваш ад – правда. Такой Бог не заслуживает веры».

Так что хранить? Ни молодости, ни доброго сердца. Ни человека, ни следа. Все ушло в землю, впиталось, как вода, и теперь здесь растет трава.

«Не там ты меня ищешь, Алиса. Неправильно ты меня зовешь».

«А как, Якоб? Скажи, и я сделаю».

«Найди меня. Поймай, пока не поздно. Это ты отправила меня лететь вниз в одиночестве. И я все еще в полете, Алиса. Я так и не приземлился...»

Жаворонок замолк, и небо не рухнуло. Якоб в ее голове тоже замолчал. Над кладбищем воцарилась всепоглощающая тишина.

Знать бы еще, где искать мертвого. Умом она понимала, что вместо этого надо встать и уйти отсюда, но завершать — это то, чему она так и не научилась. На ней, как клеймо, нарушенное обещание, походящее на открытую, незаживающую рану. В мире после Якоба не было свободы, а вокруг запястья сама свилась новая цепь, которая вела к его могиле.

Алиса достала из сумки учебник и погрузилась в чтение.

Якоб в этот раз воздержался от комментариев.

* * *

«Наверное, мне надо было стать писателем. Чтобы я это осознала, тебе пришлось умереть. Мы все — рассказчики историй, своих и чужих. Но мало кто рассказывает их вслух.

Знал ли ты, что самое сильное влияние на меня в детстве оказали сказки? Прялки, розы и говорящие жабы не на шутку вскружили голову. Пряничные домики стали навязчивой идеей. Гномы и великаны рвались из головы в реальную жизнь. Полночь стала самым важным детерминантом, в котором трансформировались время и пространство. И никто не уходил навсегда. Хорошие воскресали, плохие танцевали в раскаленных башмачках.

С тех пор так ничего в моей голове и не поменялось. С годами я стала мрачнее и сказала себе, что все хорошие истории должны начинаться и заканчиваться на кладбище, и так непроизвольно написала историю своей жизни.

Мои письма к тебе — это тоже сказки, которые надо читать, чтобы напугать до чертиков. Мы с тобой пожизненно застряли в каком-то плохом ремейке "Спящей красавицы". Ты спишь уже давно, а я — та, кто целует скелет в надежде, что он снова обрастет плотью и кожей.

В последнее время я думаю больше о том, почему пишу тебе, а не о тебе самом.

Потому что недавно поймала себя на мысли, что никогда не была так несчастлива. Я хочу вернуть тебя, но это невозможно. Еще сильнее я хочу найти в себе силы не приходить сюда. Ты еще здесь, Якоб? Это ты меня держишь или я – тебя? Если я встану и уйду, то что найду за твоей могилой? Куда бы я ни шла, я возвращаюсь к ней. Обвинить бы тебя во всем, но вместо этого я пытаюсь заслужить твое прощение.

Да ни при чем ты уже.

Кажется, я просто крупно встряла.

И, похоже, это уже только моя вина».

* * *

Люк Янсен готовился к концерту. Подготовка заключалась в том, что он, развалившись на диване, потягивал вино, курил сигарету за сигаретой и болтал с Анри, своим продюсером и лучшим другом в одном лице.

– Не забудь, сегодня после концерта тебя еще ждет победительница конкурса «Инфернальная встреча» Хельга Сивакова. Я не звоню Крису, будем считать, что цыпочка на сегодня у тебя есть? Надеюсь, она не такая жирная, как та...

– Мне без разницы, – лениво протянул Люк, сминая сигарету в пепельнице, где уже и так возвышалась гора окурков. – Что за идиотская идея устраивать встречи сразу после концерта?

– Потому что мы – фабрика гребаных чудес для твоих фанаток. Для того чтобы уверовали все, достаточно одной. Ты знаешь этот трюк: цыпа придет к тебе сразу после твоего шоу, в рамках конкурса, ты переспишь с ней — и угадай, что она сделает?

— Займется сталкингом. И мне придется сменить имя, внешность и попроситься в какую-нибудь программу по защите жертв общественного домогательства. Если такая вообще есть...

Указательный палец Анри взвился вверх и укоризненно дернулся.

— Возможно, но сначала она запостит во всех социальных сетях свой романтический вопль о том, что ты — досягаемый и реальный. Может, сольет в инстаграм, как она лежит на твоем татуированном плече. И миллионы других фанаток будут верить, надеяться, участвовать в конкурсах наших партнеров, и мы купим их лояльность еще на пару лет вперед. А также активнее налетят на весь мерчандайз Inferno №6, который мы привяжем к следующим конкурсам. Спать с каждой победительницей необязательно. Но один выстрел должен быть точно в цель. Понимаешь мой расчет? Это будет живая реклама!

Люк чертыхнулся от такой извращенной стратегии повышения продаж. Анри же укоризненно наблюдал за его унылым лицом.

— И будь с ней вежлив. Ты обязан этим чикулям очень многим.

В ответ донесся протяжный стон. Анри поправил идеальный узел галстука и бросил со вздохом жалости:

— А если начистоту... и что эти бабы в тебе находят? Ты состоишь из одних костей, а поешь так, будто тебя в жопу ранили. При этом каждая из них представляет тебя в своих эротических фантазиях.

Люк Янсен выползает из темноты и нежно перегрызает бретельку ее лифчика...

— Хочешь стать на мое место?

— Не могу, у меня жена.

На короткий миг Анри отвлекся, сосредоточенно рассматривая в большом настенном зеркале свои поры. Затем опять придирчиво поправил галстук и продолжил:

— Я мог бы, Люк. Ты же знаешь... У меня есть харизма. — Он бросил своему отражению самовлюбленный оскал. — Но Вера и так отслеживает меня через GPS-трекер, так что я пас... Кстати, из чего они делают этот крем?

И он окунул палец в тарелку с пирожными. Люк закатил глаза, швырнул в него пустым пластиковым стаканчиком, а затем ни с того ни с сего спросил:

— Когда ты в последний раз дрался?

Анри застыл над тарелкой, не убирая изо рта палец.

— Ну, лет в десять, — промычал он. — А что?

— Я бы тебе вмазал сейчас. За все твои нотации. Но мне та-а-ак лень.

Анри хохотнул.

— Лучше выщипай брови, принцесса.

Люк тоже громко рассмеялся, не выпуская из зубов сигареты, и взялся за игровую приставку.

— Принцесса хочет жрать. Притащи мне что-нибудь. Иначе я тебя уволю.

— Три ха-ха. Используй ножки. Холодильник напротив тебя.

Их привычная манера общения — подкол за подколом — стала настолько естественной, что они уже не помнили, чтобы когда-то разговаривали иначе. Вероятно, так было всегда.

На самом деле Люк пребывал в плохом настроении. То ли шутил, то ли огрызался. Глаза сами закрывались, и он хотел одного — проспать весь остаток своей жизни. Мир был омерзительным.

И его лучший друг Анри.

И его будни и концерты. Даже многочисленная армия фанаток.

Хотя нет, не даже. Они-то в первую очередь.

— Ты хуже нас всех, Анри. Ты расчетлив, как калькулятор, и никого не любишь, — процедил он, выпуская дым. — Даже свою жену. Даже своих детей. И меня тоже.

— Эй, вот не надо, пожалуйста! Я люблю их! И ты мне не сбоку припека! — машинально отбрил его продюсер.

Янсену было лень препекаться. Он еще глубже уселся на диване, отчаянно барабаня пальцами по приставке. На экране рубились какие-то инопланетные твари.

— Ладно, что у нас нынче в печати? — Анри присел в кресло и взял со стола кипу отобранных газет и журналов.

Бегло прошелся по заголовкам, просматривая статьи о Люке. Анри любил быть в курсе всего, что писали об Inferno №6. С маниакальной дотошностью он регулярно сканировал прессу и торчал на фан-форумах — это являлось частью его работы. Но на самом деле он просто был въедливым и, раз начав, уже не мог остановиться.

— Так, тут снова пишут, что ты голубой...

— Полагаешь, мне надо сходить в солярий? — вяло пошутил Люк.

— Нет, думаю, солярий тут не поможет... Они пишут, что я с тобой целовался в ночном клубе! «Кто ближе всего к Люку Янсену? Только его продюсер!» И фотографии сфабриковали...

Люк демонически улыбнулся и выдал с притворным вздохом:

— Ах, Анри, пора уже сказать миру всю правду о нас...

— Не смешно! — истерично взвизгнул тот и запустил в него подушкой. — Меня Вера закопает после этой статьи.

Тиран на работе, дома Анри был типичным подкаблучником.

В ответ раздался загадочный звук. Это Люк на миг присосался к бутылке, а затем проворчал:

— Успокойся, я к тебе даже под кайфом не полезу.

— Ой, вот ты-то меня волнуешь больше всех, — огрызнулся Анри, буквально протыкая носом злосчастную фотографию.

— Круче слуха, что я — на самом деле женщина, пока еще не было. — Люк утер губы и снова откинулся на диван.

Анри уже едва слушал, шуруя в настройках своего смартфона.

— Алло, Петра, передай юристам пресс-ревью за сегодняшнее число, и пусть свяжутся с «Миром звезд», — гаркнул продюсер, придерживая выпадающий наушник телефона. — Я им устрою... Они скоро себе некрологи писать будут!

Люк закрыл глаза и погрузился в легкую дрему. Руки сами разжались, и игровая приставка плавно соскользнула на диван. Да пусть говорят, что он гей или что у него на стороне десять детей и он не платит никому из них алименты. Пусть он даже будет женщиной. Это свобода слова или нет?

В очередной раз его посетило ощущение дежавю.

Так ведь уже было. Стоял такой же весенний день, и они находились в турне. И вернулись в эту комнату или не в эту — неважно, они все похожи одна на другую. В каждой имеются большой диван, зеркало на полстены, валяются их вещи, стоит еда, выпивка, за окном слышится какой-то гул... Все сигареты дымятся одинаково, все повторяется снова по кругу, каждый раз.

Жизнь — это цикл бессмысленных действий.

Анри говорит. Он всегда говорит. Не с кем-то, так сам с собой. Вечно ругается, ведет беспощадную войну с газетами, журналами, организаторами и звукозаписывающими фирмами.

Нет, это невыносимо.

Люк открыл глаза. С плаката на противоположной стене на него уставился он сам, вальяжно развалившийся в гробу, с извечной сигаретой во рту и мрачным взглядом исподлобья.

Он везде — в любом доме, в каждом сердце.

Человек-загадка не считал себя тайной и не удивлялся своей популярности. Люк Янсен уже был мертв. Но умер он не в восемнадцать лет вместе с Сабриной. Смерть пришла чуть позже, когда, опустошенный этой потерей, он написал свои первые песни и они вывели его в мир дикой популярности.

Говорят, он вернул готику, воскресил ее. Из пафосной субкультуры, угасавшей под натиском незамысловатых хипстеров и истеричных постхардкорщиков, готика снова стала самым ярким андерграундным движением. С Люком случилось даже больше.

Это нью-готика.

Глэм-готика.

Мрак, спесь и высокая мода.

Элитная печаль, сошедшая с подиума, вобравшая в себя лучшее от Белы Лугоши, London After Midnight и Александра Маккуина*.

И обретшая голос Люка Янсена.

Но кем он был на самом деле? По утрам, глядя в зеркало, Люк видел никчемного, бледного типа, который не узнавал самого себя. Совершенно точно, что он никому не желал добра и любил приложиться к бутылке.

Слава оказалась блужданием в лабиринте кривых зеркал, которые отражали черт знает что, и в итоге себя настоящего найти уже не можешь. Одно он знал точно: все видят лишь то, что хотят видеть. Это особенность человеческой натуры.

Он сказал, что Анри не любит ни жену, ни детей. Но сам Люк отлично понимал, что немногим от него отличается, и именно поэтому они до сих пор — лучшие друзья.

Но раньше — и от этой мысли что-то тонкими лапками ползло вверх по позвоночнику — он любил, с юношеским отчаянием и сладкой болью. Он любил свою Сабрину, с которой началось все это: болезненное, ранящее вдохновение, глупая слава на почве трагедии и одиночество, ставшее темницей.

«В день твоей смерти меня кинули в колодец и задвинули крышку. Прошли годы, но я все еще в нем...»

---

* Бела Лугоши — американский актер венгерского происхождения, известный по роли графа Дракулы в одноименном фильме 1931 года.
London After Midnight («Лондон после полуночи») — американский немой художественный фильм ужасов, а также название группы в жанре готик-рок.
Александр Маккуин — английский дизайнер модной одежды.

...Давным-давно, Люк не имел ни трона, ни регалий. Он бы даже назвал себя деревенским дурачком — даром что жил в городе. У дурачка были любовь да гитара. Потом любовь умерла в реках собственной крови, и музыка превратилась в единственную отдушину. Сочиняя, Люк чувствовал, будто из него что-то выходило, и становилось чуть легче.

Так десять лет назад его крик услышал весь мир. Колонки магнитофонов наполнились его отчаянными песнями, в которых он переживал события тех дней снова и снова. Это был какой-то бесконечный плач по мертвой любви. Каждый справляется как может. Кто-то сказал, что истинный художник должен страдать, и от его беды заплакал весь мир. Вместе с ним умирали и воскресали миллионы людей, которые разделили его горе.

А затем потребовали еще. И он сумел превратить свою скорбь в искусство.

Итак, сказка про деревенского дурачка закончилась, и началась другая — про короля всех печалей.

Люк кричал в микрофон до боли в горле, вспоминая при этом мертвую Сабрину, кровь на пальцах, свой бессильный крик, когда она умирала, цепляясь за его футболку, как захлебывалась этой кровью, хрипела и плакала...

Смерть — это чертовски больно.

Смерть — это не романтично.

Вот правда, которую не опишешь ни одной песней. Но в этом вдруг обнаружился и источник ошеломляющей энергии, потянувшей за собой миллионы желающих быть частью чего-то прекрасного. Правда потонула в метафорах, и кто ее теперь найдет?..

Чем глубже была его боль, тем больше шипов вырастало на короне владыки темной сцены. Поэтому неудивительно, что через год Люк стал популярен... И пуст.

Только сначала казалось, что его скорбь никогда не прекратится, это будет длиться годами, возможно, даже дольше, чем человеческая жизнь, ведь истинному горю нет меры. Оно простирается в бесконечную глубину. Но на место страданий пришли лишь тишина и пустота — две бесполые сестры, высушивающие жизнь, как цветок в засуху. И это оказалось страшнее всего, потому что невозможно все время кричать, как и плакать. Наступило временное затишье, давшее ему осознать одну важную вещь: Люк истратил себя, а время стерло и без того размытый образ Сабрины.

После ошеломительного успеха Inferno №6 вдруг затихли. Барабанщик пытался лечиться от наркозависимости, у гитаристов были свои сольные проекты, что не помешало одному из них впасть в депрессию и провести год в психушке. Все они порядком опустились, разве что клавишник продержался нормально и даже открыл свой бар.

Люк болтался без дела. Ходил на отвязные вечеринки, спал со всеми подряд, пил так, что видел звезды даже днем... Это был своеобразный способ реабилитации. Так прошло еще три года из этих десяти.

«Знаешь, я никогда не думал, что что-то может вывернуть меня наизнанку...» — часто хотел он сказать Сабрине, и слова почти срывались с губ, а потом он оглядывался и понимал, что ее нет. Но привычка делиться с ней мыслями не прошла, а только вросла в него глубже.

Король всех печалей спился, и началась новая сказка — о доброй фее.

Люк вернулся в шоу-бизнес, потому что за дело взялся его лучший друг. Анри был родом из маленькой французской деревни у подножия Пиренеев, но в раннем детстве переехал с семьей под Цюрих и поселился неподалеку от Янсена. Они сдружились, привлеченные собственными противоположностями. Анри был приземленным и деловым, Люк — мечтательным и оторванным от реальности.

Когда группа рванула на всю Европу, Анри рядом не было, он учился и работал в Америке. Но лучшие друзья действительно возвращаются тогда, когда в них нуждаешься. Он приехал, маленький засранец в дорогом костюме, зашел в его квартиру — и все стало ясно. Этот парень умел делать деньги на чем угодно. Так он стал делать их на Люке, а тот и не возражал. Что-то же, в принципе, надо было делать.

Взявшись за Inferno №6, Анри амбициозно заявил, что доведет их до неба и даже Господь Бог будет любить их музыку. Но сначала требовался полнейший ребрендинг. Люк был самородком без дисциплины и коммерческого чутья, ему требовались рамки и завершенный публичный гештальт.

— Нет имиджа — нет денег. Нет денег — нет музыки, — вещал Анри, как заклинатель.

— Что мой имидж? — искренне не понимал тот.

— Смерть и ужас. Серьезно.

— Но готы — это уже помои. Просто обсосы в фетиш-бутсах, — сопротивлялся Люк, все еще не веря, что возвращается.

— Тогда бутсы должны быть от Лабутена*, — приказным тоном вещал Анри. — Я пробил тебе фото-

---

* Кристиан Лабутен — французский дизайнер обуви.

сессию в Interview Энди Уорхола*. Ты не представляешь, чего мне это стоило. Если мы не преподнесем твое возвращение в концепции нового времени, тебя уже ничто не реабилитирует.

— То есть меня надо просто переодеть в брендовые шмотки? — огрызался Люк.

— Сейчас готика — отмирающий андеграунд, ты прав. Избыток мейкапа, избыток страданий. Ты вписан в ложную систему смыслов. Мы перенесем тебя в эксклюзивную роскошь, и тогда народ решит, что это модно. Верь мне: мир любит глазами, а у тебя гипнотичная рожица. Твоя музыка здесь вторична. Я делаю акцент на визуальной кампании, и график фотосетов и ивентов расписан на два месяца. Тебя не услышать должны, Люк, а увидеть. Стань новой идеей, идолом, создай религию.

И все вышло, как хотел Анри. Его расчет оказался настолько точным, что даже не было сопротивления. Люди, подзабывшие его имя, приняли Люка как пилюлю. Массам всегда нужен поводырь. Анри удачно воткнул подкрашенного Янсена в идейный вакуум, воцарившийся в тот период в поп-культуре.

Из-за скверного чувства юмора он когда-то назвал свою группу по аналогии с известным парфюмом, ожидая, что это будет характеристикой его старомодной, нелепой музыки, пропитанной альдегидами, а оказалось, что он выражался в терминах будущего. Никто не догадался, что подражал он самому себе, только восемнадцатилетнему, но в более дорогой обертке. Так работал шоу-бизнес: берешь лежалый товар, крепишь на него дорогой бантик — и снова всем нравишься.

---

* Interview — популярный журнал, основанный художником Энди Уорхолом.

Алкореабилитация прошла в течение полугода, а потом Люк записал еще один альбом, причем сам не понял, каким образом — видимо, на автомате. Но теперь он уже не был разгневанным Орфеем, бросающим вызов Смерти. С ней тягаться бесполезно, Эвридику никто возвращать не собирался, хоть оборачивайся, хоть нет. Вместо этого он стал лицом Inferno №6. Боль превратилась в коммерцию, а мертвая любовь — в торговую марку.

Во всей этой кутерьме он пропустил момент, когда перестал вообще что-либо ощущать. Когда это произошло? Когда он спел о Сабрине все, что мог? Или когда с грехом пополам пережил те три года затишья, пытаясь осознать, что же это все-таки было — ее смерть и его популярность на этой почве. Ответов не было. Люк вернулся уже другим, и теперь он делал свою работу.

Меньше чем через год вышел еще один альбом. Они все продолжали штамповать потусторонние хиты, хотя душевному состоянию Люка больше соответствовало бы молчание. Ему все меньше хотелось что-то сказать другим. Слова и ноты уже кончились. Началась бессмысленная репликация самого себя.

Это и был момент его смерти: когда музыка играла, но он уже не ассоциировал себя с ней.

Иногда Люк вспоминал, с чего все началось. С парня и девушки подле старого гаража. Он бренчал на гитаре и горланил что-то с серьезным видом, а она смеялась и шутливо хлопала. Если бы им тогда сказали, как именно закончится это незатейливое знакомство, они бы ни за что не поверили.

В памяти постоянно шло бессмысленное кадрирование прошлого. Диковатый взгляд Сабрины, улыбка полумесяцем и резкий смех. Говорят, они были даже внешне похожи, их часто принимали за брата и сестру — оба высокие, худые, с одинаковыми абсентовыми глазами. Глядя по утрам в зеркало, он видел в своем лице извечное напоминание о ней.

Часто по памяти он пытался написать ее портрет. И все безмолвно спрашивал: «Ты как там?» Но кто бы ему ответил? С каждым годом ему все труднее вспоминалось ее лицо. Фотографии не особенно помогали.

Ощущение ее пропало, а значит, все заканчивается.

Где же он сейчас, дурачок, ставший королем всех печалей? Куда бредет? Ради чего все делает?

Добрая фея превратила все тыквы в золото, а его самого — в кусок продаваемого дерьма. Она была алхимиком от бога, что и говорить.

В первый раз его альбом появился как стихийный ребенок, Люк даже сам не понял, как написал все песни. А теперь он наловчился делать мелодичные халтурки. Это оказалось несложно. Немного обновить аранжировку, обязательно минорное оформление, почаще срываться на крик, дать пару забористых гитарных соло. Когда совсем туго, подключить церковный хор на бэк-вокале.

И хоть бы кто крикнул: «Эй, да он это уже все когда-то спел!»

Но критики, словно ослепленные лихорадкой Inferno №6, вопили об уникальности его музыки.

Фанаты зверели с каждым днем, преследуя его по пятам.

Тексты его песен стекали кроваво-красной краской по стенам домов и заборов в сотнях городов.

Люк незаслуженно превратился в икону тяжелой музыки, оккупировал и высокую моду, рекламируя темные очки, черные шмотки и горький парфюм, и даже умудрился между делом сняться в кино, сыграв секси-вампира (ну какой еще образ можно подсунуть гот-звезде?).

И ему захотелось остановиться, перестать штамповать бездарные музыкальные трагедии и закончить все эти сказки про дураков, королей и добрых фей из сферы постпродакшн. Но его существование подчинялось контракту, и у него не было другой жизни. Анри за эти годы стал ему настоящей мамашей, без его контроля все опять превратилось бы в ту помойку, в которой они сидели в период затишья.

Что же он будет делать после тридцати? Так же красить глаза и петь о любви и смерти?

А в сорок?

От одной мысли, что этот театр будет длиться еще много лет, Люк холодел и думал, что лучше ему тогда умереть чуть раньше, чем Иисус Христос.

* * *

Пресс-конференция, проходившая в банкетном зале «Ритц-Карлтона», была в самом разгаре. Анри Реми, продюсер группы Inferno №6, крутился на месте, иногда не давая звезде даже вставить слово.

Люк Янсен скучающе курил и лениво помалкивал. На его носу сидели огромные темные очки, скрывающие взгляд. То тут, то там мигали вспышки фотоаппаратов.

— ...один из самых крупных туров, которые когда-либо совершали Inferno №6. В частности, группа впервые дала концерты в Японии, Китае и Тайване, – трещал Анри со скоростью пулемета. – Все билеты были распроданы за полгода до концертов!

Слова. Факты. Цифры. Вырваться бы отсюда куда подальше.

От скуки и раздражения Люк разглядывал лица прессы. В какой-то момент взгляд выцепил приятную мордочку близко сидящей журналистки, которая робко пыталась задать вопрос, но ее в упор не замечали.

– Вы, пожалуйста, – ободряюще обратился к ней он, из легкой вредности заткнув Анри на полуслове.

Тот метнул на него сердитый взгляд, но промолчал.

– Люк, скажите, а почему вы всегда поете о смерти? Является ли это данью вашему прошлому? – чуть ли не по слогам выдала она, робея, как ребенок.

Вопрос на миллион баксов. Из года в год одно и то же. Посоветовать ей поднять архивы молодежных журналов за последние десять лет?

Или снисходительно полить пафосом?

Наверное, все же второе...

– Смерть – это, возможно, самое важное, с чем предстоит встретиться человеку, – сказал он, плавно поведя рукой с сигаретой. – Думаю, это особая точка, в которой получаешь резюме всей своей жизни. Что-то вычитается, что-то прибавляется. Решив это совершенное уравнение, вы постигнете смысл своего существования.

Ответ зачли. Защелкали фотоаппараты.

– А что вы сами можете сказать о своей музыке?

В висках вдруг опасно застучало, и какой-то важный предохранитель в его голове бесшумно слетел. Когда дым рассеялся, с губ сорвались следующие слова:

— Тогда начистоту: если бы существовал термометр безвкусицы, я был бы критическим мерилом. Представляете: втыкаете этот термометр кому-то в задницу, и тот отображает — «Люк Янсен».

Лицо Анри нервно перекосилось, и он поспешно залопотал в микрофон:

— Люк весьма критично оценивает свою музыку и предпочитает не говорить о ней...

— Постойте, постойте! — включилась другая журналистка, из Bravo. — То есть вы обвиняете ваших же фанатов в плохом вкусе?

— Это была шутка, — ледяным тоном сообщил Анри, наклоняясь к микрофону.

— А как вы относитесь к мнению, что вы штампуете песни, а вся шумиха вокруг вас — всего лишь дань моде и грамотный пиар?

Даже не повернув головы, можно было сказать, что продюсер вспотел. От этого стало еще веселее. Люк обезоруживающе улыбнулся всем присутствующим и сверкнул поверх темных очков развеселыми зелеными глазами.

— Слава богу, это еще кто-то замечает... — был его ответ.

Воцарилась гробовая тишина, в которой кто-то придушенно пискнул. Кажется, Анри.

Но агрессивная журналистка вдруг некстати порозовела и сказала:

— Вы же не серьезно?

— Разве вы не знаете, что люди, спящие в гробу, всегда серьезны? — медленно начал Люк и погасил свою улыбку так же внезапно, как и зажег. — Как бы то ни было, я не зря плачу деньги своей команде, тому же господину Реми. — Он радостно хлопнул зеленеющего продюсера по плечу, а затем невпопад продолжил: — Ясен пень, качество упало. Все это сплошное дерьмо, но хоть на пиво хватает. Расписаться вам на сиськах?

В зале послышались смешки. Последний вопрос был настолько неуместным, что корреспондентка впала в ступор, почему-то осмысливая его предложение. Продюсер обреченно закрыл лицо руками. А так хорошо все начиналось...

Журналисты вдруг уставились с каким-то нездоровым хищническим интересом, а Люк приглашающе улыбнулся.

И они словно очнулись от долгого сна. Вопросы и обвинения посыпались как из рога изобилия.

— Почему в ваших текстах присутствуют депрессивные или даже суицидальные мотивы?

— Вы понимаете, что оказываете на подростков пагубное влияние?

— Ваша популярность стабильна из года в год. Чем вы за нее платите?

— Своей печенью, — умудрился вставить он.

Вспышки слепили...

— Вам не кажется, что в вашем творчестве наступил кризис?

— Мне постоянно что-то кажется. Возможно, надо перестать пить... Кто знает, что я еще увижу?

— Значит, у вас снова проблемы с алкоголем?

— Люк, а что насчет наркотиков? Говорят, вы проходили реабилитацию...

— Все-то вы знаете!

Они по-рыбьи открыли рты, и их физиономии покраснели. Ох, что после сегодняшнего понапишут...

«Вот что вы на самом деле думаете. Вот что на ваших языках. Вы просто ждали повода, чтобы спросить. Ну, я вам тогда отвечу».

— Вы не уважаете свою музыку и не очень-то, судя по всему, цените фанатов. Не боитесь так профукать их лояльность? — спросил еще какой-то корреспондент.

Но его тут же перебил другой:

— Не кажется ли вам, что ваш образ страдающего вампира уже не актуален?

— Какую из современных рок-групп вы можете назвать своей достойной заменой?

— Никакую. К сожалению, другие тоже играют дерьмо, — снова ляпнул он. — Слышали, коллеги? Вы все лабаете жуткий отстой, потому что копируете меня! Выражаясь математически, вы — дерьмо в квадрате, а может, даже в кубе!

Анри на полном серьезе пытался отодвинуть Люка от микрофона, но тот вцепился в него намертво, с удовольствием ожидая возможности выстрелить очередным провокационным ответом.

— Вы ругаете собственную музыку из кокетства или таким образом у вас выражается комплекс неполноценности?

В его глазах запрыгали чертовы искорки, а губы подрагивали. Он сдерживался, чтобы не засмеяться во весь голос. Анри менялся в лице, как хамелеон, и наконец подал кому-то знак.

Микрофоны просто вырубили.

Сам продюсер вскочил с места и истерично провыл:

— Конференция закончена, всем спасибо! Люку надо готовиться к концерту!

И он шустро вытолкал его прочь, а тот уже и не сопротивлялся — видно, наскучило. Фотографы помчались следом, ослепляя друг друга вспышками, и Люк на миг застыл в дверях, послав им очередную дьявольскую улыбку. В его лице промелькнуло что-то пронзительное и незабываемое.

Двери гулко захлопнулись, и воцарилась разочарованная тишина. Только кто-то все еще щелкал непонятно что, видимо, на автомате.

Журналисты могли ругать Люка, но камеры любили его и не хотели отпускать.

* * *

За закрытыми дверями все стало по-другому.

— Да что ты за задница такая?!

Глаза Анри посверкивали от бешенства, а губы превратились в нить. Вот это отмочил! Молодец, нечего сказать! Под конец ему просто хотелось воткнуть кляп в хохочущую пасть Янсена.

— Я задница? Ну спасибо! — довольно спокойно отреагировал Люк.

— Да пожалуйста! Что ты нес?! Мы так договаривались? Эпатаж должен быть только по договоренности. Просто ты пользуешься доверием и нашей дружбой! Потому что я тебя щажу, а другие продюсеры влепляют своим звездочкам такой гайдлайн перед конференциями, что те пикнуть без их ведома боятся! Ты хочешь этого? Да? Ну скажи! Хочешь, чтобы я вписывал тебе нормы поведения в контракт и штрафовал? Я могу это сделать. Только тебе же хуже будет, кретин! А про меня вообще ни слова не должно быть, я просто организую твое творчество! Успокаивает, что стадо девочек уже раскупило все билеты твоего тура, и вряд ли они передумают.

Люк только закатил глаза, пропустив гневный монолог Анри мимо ушей. Но видеть его таким разозленным было все-таки приятно. Тот думал, что лошадка смирная, а она вдруг машет копытами.

— А ты заметил, что у нас впервые были новые вопросы?

Анри утер вспотевший лоб и сказал уже чуть спокойнее:

— И чему ты радуешься? Пресса любит нас все меньше. Не надо ее провоцировать! Это волк, и он сожрет тебя, как только ты покажешь свое мягкое брюшко.

— Я пошутил. Я что, уже и пошутить не могу? Внеси и этот пункт в контракт, — миролюбиво предложил Люк.

Ох, зря он это сказал. От этого Анри снова взвился как пружина.

— Да что это было, нахрен?! Тебе скучно? Ты обдолбанный? Кто, блин, в тебя вселился? Про бухло вообще почему заговорил?!

Вокруг стояла тишина, нарушаемая лишь слабым гудением ламп на потолке. Люк и Анри замерли друг против друга, в воздухе искрили маленькие молнии. Пауза затягивалась, и между друзьями впервые обозначилось нешуточное противостояние.

— Ты мог сказать все сам, вообще не выпуская меня из номера, — наконец произнес Люк. — У тебя же столько легенд, буквально с пеленок я в твоем эпосе, как в дерьме...

— Не понимаю. Тебе что-то не нравится? — налившимися глазами уставился на него Анри.

— Я хочу завязать с музыкой, — прямо сказал Люк. — Надоело.

Фраза прозвучало несерьезно.

— Опять что-то курнул? Вот что... сдашь мне снова все тесты на наркоту, сразу после последнего концерта. Я понимаю, это турне просто выжало тебя. Нервы, да? Не-е-рвы...

— Какие нервы, я задолбался так жить! — вызверился Люк, и по коридору пронеслась дорожка эха.

Воцарилась неприятная тишина, с потрохами выдающая истинное положение вещей.

Анри смотрел на него, барабаня пальцами по стене, а затем решительно сказал:

— Нет, лучше даже завтра. Сходим к моему врачу, и он выпишет тебе пилюльки.

Он не слушал, никогда. Люк устало облокотился о стену, перестав в какое-то мгновение видеть Анри, да и вообще все.

— Я не могу постоянно говорить за тебя на интервью, потому что я — не ты! И если у тебя в руках микрофон, это не значит, что надо пороть херню, как пятилетка на табуретке... Больше никакого выпендрежа! Как ты не понимаешь: вы уже не те Inferno №6, какими были десять лет назад! — выдохнул вконец обессиленный от стресса Анри. — Когда ты пел в каких-то задрипанных клубах, а твой дебютный альбом стал успешным только потому, что все знали...

И он остановился на полуслове. Люк холодно сощурился.

— Что Сабрина умерла? — закончил он за него.

— Да! — решил не церемониться тот. — Но сейчас все по-другому. Ты на мегауровне! Это уже давно не твоя личная трагедия, ее больше нет! Нет, понимаешь?! Теперь это работа! Теперь это не только ты, но и мы!

Люк взирал на него ясными глазами, не говоря ни слова. Мысленно Анри проклял себя за то, что вообще упомянул ее имя. Он уже готов был попросить прощения, потому что эта тема всегда была у них под запретом.

Но Янсен все так же молчал, и продюсеру начинало казаться, что он совсем не знает, что происходит с ним на самом деле. А когда тот открыл рот, все оказалось еще хуже..

— Не думаю, что публику можно хоть чем-то удивить, после того как она решила, что я — гей, а ты... — рука Люка коварной змейкой обвилась вокруг талии Анри, — мой любовник!

— Янсен, ты спятил! — взревел Анри, уносясь вперед и оставляя покатывающегося от смеха Люка позади. — У тебя крышеснос!

Даже Сабрина для него уже — пустой звук. Этот парень стал просто неуправляемым.

* * *

Дэвид усмехнулся, глядя на белую фигуру, мигающую на доске тревожным светом. Она сияла как звезда, и этот свет был ему понятен. Дэвид многое знал о звездах. Он сам был одной из них на небосклоне. Но *эта* звезда трепетала в агонии.

Танатос же поглаживал черную королеву со своей странной улыбкой-гримасой, походя на осклабившуюся ящерицу. Количество его фигур по-прежнему равнялось шестнадцати. Только Дэвид хотел менять издревле установленные правила, потому что привык идти против всех канонов. И фигур ему семнадцать подавай, и исход игры другой...

Да как угодно.

Танатос был вежливым хозяином, а Дэвид — одним из немногих гостей, чьей компанией он наслаждался и посему потакал ему.

— Выводи королеву, ты же хочешь, — заметил он, глядя, как узловатые пальцы Танатоса поглаживают резьбу на этой фигуре.

— Королева двигается, оставаясь на месте, — покачал головой тот. — Ты этого не видишь пока. И я бы на твоем месте поучился играть другими фигурами. Ставя на самых сильных, забываешь о том, что историю делают не те, на ком венец, а те, кто пал за него.

— В моем случае я вообще играю семнадцатой фигурой, которой не должно быть в шахматах. Так зачем мне придерживаться и других старых правил? — поднял брови Дэвид.

Его разные глаза помигали озорными вспышками. Он смеялся в лицо Танатосу, но тот все равно уважал его безумный выбор.

— И я верю в Люка, — заметил Дэвид. — Стервятники растащили его на куски, но он еще вспыхнет. Он всех удивит.

— В этом я не сомневаюсь.

— Ну а ты? Что ты будешь делать?

— Играть дальше, — последовал спокойный ответ Танатоса. — Ибо это для Королевы — вся наша игра и даже твоя семнадцатая фигура.

Дьявол преследует меня и днем и ночью,
потому что боится одиночества.

Франсис Пикабиа

Глава третья

КТО ЖИВЕТ В САМОМ ТЕМНОМ ДОМЕ

Оля нервно стукнула по гудку уже в третий или четвертый раз.

После короткого телефонного разговора они с Алисой не виделись, только договорились, что Оля заедет за ней перед концертом, уже вечером. И вот она здесь, а эта отмороженная не торопится.

Через пятнадцать минут Алиса неспешно вышла из здания своего научного института. Чуть ли не пинками затолкав ее в салон, Оля на бешеной скорости понеслась по направлению к Олимпийскому стадиону, с риском прорываясь на зеленый свет.

— Осторожнее, — заметила Алиса. — Это же просто анархия в Германии!

Покосившись на нее с переднего сиденья, та буркнула:

— Плевать. Пусть штраф влепят и вообще права отберут. Сегодня — самый важный день в моей жизни. Кстати, могла бы сказать, и я привезла бы тебе из дома что-нибудь поприличнее из одежды.

Сама она втиснулась в кожаный корсет с металлическими вставками, а на бедрах лопалась мини-юбка с черепками. Алиса же была в джинсах и каком-то унылом свитере с капюшоном – так на концерты не ходят.

– Зачем? – поинтересовалась она. – Соблазнять его, кажется, собираешься ты, а не я.

– М-м-м.

Мозги были в кашу. Оля замолчала, чувствуя, что ее маленькая вселенная сжалась в крошечный предвкушающий комок. Сегодня она состояла из сплошных нервов и про себя молилась непонятно кому, чтобы все получилось. Если нет, если... что-то пойдет не так, ее дальнейшее существование будет просто бессмысленным. Она не представляла себе жизни за чертой своих несостоявшихся планов.

Алиса уже успела разобраться, что ее знакомая – вечный тинейджер, которому постоянно надо быть частью какого-то массового культа, увенчанного безвкусным идолом. Но поучать кого-то было не в ее стиле.

Также ей было не совсем ясно, как участвовать в предстоящем плане поддержки. Оля не дала никаких внятных инструкций, только стиснула ее руку до боли и припечатала: «Говори, если вдруг будет пауза!» Похоже, что однокурсница до жути боялась неловкого молчания. Но как ей объяснить, что Алиса жила в нем почти круглые сутки?

Мимоходом она перебрала кучу календариков и постеров на сиденье рядом с ней. Это лицо смотрело из каждой витрины и с каждого билборда вокруг. Только Алиса раньше думала, что это женщина.

– Это все на подпись, раздам подружкам... – невнятно сказала Оля и с еще большим остервенением принялась стучать по гудку. – Ну же! Что застрял? Езжай, слоупок!

Со всех плакатов на Алису глядел уже знакомый мрачный, полуголый... все-таки парень. На правой руке выбиты замысловатые шипы, а вокруг талии обвилась татуированная черная змея. И в довесок какая-то надпись на ребрах. Алиса сощурилась и разобрала буквы.

*All I loved, I loved alone**.

Эдгар По.

Ну что сказать: готичен от макушки до пят.

Обработанные фотошопом снимки не скрывали слегка неровного привкуса. Это едва уловимое несовершенство оставляло в его образе загадочную незавершенность.

Ее бывшая коллега просто обожала его. Алиса привыкла, что на протяжении полугода рядом выл этот Люк, задавая сотрудникам морга темп работы и настроение. Но она не могла запомнить ни одной его песни. Они выпадали из памяти сразу после прослушивания.

— Правда он зайчик? — осведомилась Оля.

Ее вопрос уже содержал в себе верный ответ.

«Так и становятся подружками», — мрачно подумала Алиса, настороженно наблюдая за ней, но поддакивать не стала.

— Немного похож на Дэвида Боуи.

— Ой, замолчи! Боуи вообще уже умер! — закатила глаза Оля и добавила на случай, если Алисе придет в голову сказать о нем что-то оскорбительное: — И *он* не женщина и не гей, что бы про него ни говорили!

Затем ее взор обратился на дорогу, и Алиса решила больше не спорить. Смысла в этом все равно не было, как и в этой дурацкой поездке. Она и сама

---

* Все, что я любил, я любил в одиночестве.

не поняла, как согласилась. В манере Оли требовать присутствовало что-то очень цепкое.

Остаток пути прошел в молчании. В голове хаотично проносились отвлеченные эпизоды прошедшего дня: поврежденные кожные покровы, череда скальпелей, иглодержателей и расширителей, ловящих свет галогенных ламп на потолке... Приглушенные разговоры коллег из-под масок, обсуждающих, чем лучше удобрять цветы... И длинные аллеи на пути к дому, кладбищу, университету. Вся ее жизнь была прошита ими, но ни одна из них не кончалась.

Иногда Алисе казалось, что она видит себя со стороны, идущей вдоль бесконечной вереницы ухоженных деревьев. И ей хотелось окликнуть себя, поймать и спросить: «Эй, куда ты идешь?»

Однако это один из тех вопросов, которые стараешься себе не задавать, потому что не знаешь, что ответить.

У Алисы не было друзей. До смерти Якоба она, слегка кривя душой, пыталась общаться с эпизодическими знакомыми, в глубине не чувствуя в этом особой потребности. Но мир вокруг, по крайней мере, казался интересным. Это было верное слово, оно выражало и ее отношение к жизни.

Когда Якоб умер, Алиса словно попала в фильм с отключенным звуком. Все вокруг нее пребывало в движении, но она перестала ощущать с этим какую-либо связь. После его смерти реальность стала избыточной.

Якоб, Якоб, Якоб. Привидение, нависшее над изголовьем ее кровати и смотрящее за ее сном. Тень в уголках глаз, ждущая своего часа.

Якоб, Якоб, Якоб, *отпусти меня.*

Но Якоб держит.

Потому что Якобу страшно. А Алисе страшно за него.

И все повторяется. Аллея, кладбище, письмо. Ее просьба отпустить. И его тень, медленно начинающая выплясывать по ее глазному яблоку.

Алиса предпочитала думать, что выбрала весьма своеобразный способ взаимодействия с тем чудовищным чувством вины, которое осталось после его смерти. И втайне чувствовала умиление ко всем одержимым людям. Ведь она так хорошо понимала, каково это — быть во власти каких-то абсурдных мыслей или чувств.

...Так, отчасти она понимала и Олю, которая поклонялась своему Люку, но боялась ехать к нему в одиночку. У всех свои заскоки.

Происходящее сейчас возвращало ей подзабытое чувство, что вокруг есть и внешний мир. Несмотря на внутреннее сопротивление этому идиотскому плану девчачьей поддержки, она по-своему ценила такие редкие вылазки в люди. Потому что на мгновение переставала бежать в своей голове вдоль ряда одинаковых деревьев без ощущения конечности этого пути.

Но, сидя среди груды календарей с полуголым Янсеном и слушая изрыгающую проклятия однокурсницу, Алиса остро почувствовала свою чужеродность, словно могильный камень, поставленный посреди детской площадки.

* * *

Они все-таки опоздали. Концерт уже начался, со стадиона доносились вопли и музыка. Оля размашистым шагом понеслась вперед, волоча Алису за собой.

— Это очень-очень плохо, — верещала она. — На концерты надо приходить за пять часов, а на такие — вообще за сутки, потому что настоящие фанаты должны быть в зоне танцпола: только там можно видеть его близко... Твою же мать... Значит, будем пробиваться как черти.

— Разве сначала не играет какая-нибудь левая группа для разогрева?

— Да, но хочешь получить место у сцены — лезь первой и слушай их. Кстати, надеюсь, ты ничего не пила, потому что назад хода нет, и в туалет попадешь только после концерта...

Последняя вереница людей уже утекала внутрь. Где-то впереди ревела музыка и плескалось море криков.

«Сколько же их там?» — с ужасом подумала Алиса.

Их пропустили, и Оля снова вцепилась в Алису железной хваткой.

— Готова? Вперед!

И она тараном понеслась в толпу, работая локтями. В ответ на все возмущенные крики Оля махала своим билетом и орала:

— Я выиграла «Инфернальную встречу», мое место у сцены! Пошли вон! Все пошли вон!

— Да где это написано?!

— Э-э-э... полегче...

Они пробивались сквозь толпу, и та смыкалась за ними, толкая по инерции вперед. В итоге обе девушки оказались где-то недалеко от сцены. Стоило признать — Оля в жизни не пропадет.

В небе мелькали лучи прожекторов, посылая привет далеким звездам, в то время как происходящее на земле напоминало дьявольский обряд. Зрителями были преимущественно девушки во «вдовьих» нарядах, с вульгарным макияжем.

Множество корсетов, ошейников, латекса.

На каждом втором болталось что-нибудь с символикой группы.

Сережки и кулоны с надписью «Inferno №6», майки с лицом Янсена.

Сигны на щеках, татуировки, шапочки с эмблемами.

Добро пожаловать в готы. Здесь носят темные очки после полуночи, а отсутствие пульса считается эротичным.

По сцене носились какие-то размалеванные ребята, внешне не сильно отличающиеся от публики. Отыграв минут сорок, они убежали под рев людей, скандировавших имя Люка.

Прошло еще минут сорок саундчека Inferno №6. Это ожидание всех выматывало: поклонники орали, стучали и хлопали, а небо с каждой минутой становилось все темнее.

И вот оно, долгожданное зрелище: Люк Янсен с тлеющей в уголке рта сигаретой выходит на сцену, и татуированная змея вокруг его торса ползет вместе с движением мышц, когда он хватается за микрофон. В небе грохочет последний хит про мертвую невесту, и толпа в ритуальном упоении подхватывает его.

Оля, как и другие, начала подпевать, уткнув невидящий взор в фигуру на сцене. Девушки синхронно раскачивались из стороны в сторону и как околдованные смотрели вперед. У некоторых по щекам текли слезы, смешанные с грубой черной подводкой. «Олимпию» окутывала бешеная энергия. Яростная толкучка, слезы и визги только усиливали атмосферу сакрального безумия.

Алиса была настолько оглушена чудовищной громкостью, что происходящее едва казалось реальным. В тисках разгоряченных тел ей оставалось только смотреть вперед, потому что другие движения были невозможны. В голове некстати всплыла недавно прочтенная статистика смертей во время массовых сборищ.

Люк Янсен без устали носился со своей несовершенной улыбкой, обнажающей чуть выпирающие резцы. Голос периодически срывался, выдавая слабоватую дыхалку. Но он не терялся и судорожно обрушивался снова вне ритма.

— *Уо-о-оу!*

Пара тупых слэмеров навалилась на нее, мотая во все стороны патлатыми головами. Правда о концертах была такова: на них под музыку калечили людей.

Когда Алиса наконец-то пришла в себя от окружающей истерии, в воздухе отгремел уже третий по счету похоронный марш.

И настала короткая пауза.

— Привет-привет, Берлин!

Они взревели, как стадо раненых бизонов.

Люк с улыбкой возвышался над этим энергетическим катаклизмом и бросал краткие слова благодарности в микрофон. Татуировка на ребрах словно ожила вместе с его дыханием.

All I loved, I loved alone.

Внезапно Алиса поняла, что эта надпись была слева, то есть под сердцем.

Он коротко прикрыл глаза, ненадолго отрешившись от них всех. Эти срывы явно давались ему не так легко, как могло показаться. Вопреки окружавшему его пафосу из него все равно бил свет, похожий на бледное мерцание далеких звезд.

«Почему же ты поешь только о тьме?» — мельком пронеслось в мыслях Алисы.

Через легкое внутреннее сопротивление пришлось признать наличие у него мрачного обаяния, выражавшегося больше в его манере держаться, чем в монотонном пении. Этакая смесь макабра и самоиронии.

Люк же начал новую песню. В этот раз медленно, иногда понижая голос до такой степени, что он превращался в мелодичный рык. На заднем плане, как капли воды, разбивались чистые звуки клавишных.

Эта мелодия читалась словно книга, в ней трепетала чья-то пойманная душа. В этот момент Алиса впервые почувствовала себя причастной к концерту. То, что сейчас звучало, было настоящей музыкой.

— Мне нравится эта песня! — с удивлением прокричала она Оле.

— Что? — переспросила та, повернув к ней лицо.

У нее были абсолютно счастливые глаза, в которых, как жидкое золото, плескались блики прожекторов.

— Песня — класс!

— А-а-а, это раннее, — перекрикивая истеричный вой фанаток и гремящую музыку, сообщила Оля.

Группа уже отыграла добрую половину сет-листа. А публика все больше расходилась, напевая что-то произвольное. Это был гимн верных поклонниц, их мантра. Лились безостановочные слезы.

— Я люблю тебя, Люк!

На сцену вразнобой полетели кружевные лифчики — извечный символ женской преданности.

Он с вымотанной усмешкой оглядел беснующуюся толпу и снова закрыл глаза, слушая голоса. Прожектор прошил его синим лучом. На мгновение Люк стал настоящей звездой: усталым, спящим светилом, случайно упавшим с неба в жадные руки кричащей толпы.

Что он на самом деле думает обо всем этом?

Что ему дает его слава?

Он выглядел отчужденным от того, что делал, хотя выкладывался на полную катушку.

— Мне нравится ваш настрой, — наконец снисходительно сказал Люк, кивая непонятно чему. — Вот так... вот так... молодцы. Но вы можете громче, так ведь?

О, лучше бы он молчал. Визг поднялся, как цунами.

— Молодцы... — выдохнул он, откидывая мокрые волосы со лба. — Тогда у меня для вас — раритет. Впервые мы исполним эту песню live. Я писал ее для одного-единственного человека, но он ее не услышал. Зато ее поют миллионы, которым она не предназначалась...

Застучали ударные, и Люк, глядя поверх голов, запел снова. Хотя, скорее, это был речитатив под шаманские барабаны...

Внутри Алисы вдруг все замерло. Ей показалось, что каждому камню в ее душе подобрали имя.

I left the lights for you to pave the way,
Who will come back under your name?
But knock three times, I'll let you in.
*Keep knocking, even when I'm scared within**.

«...Стучи три раза, чтобы я знал, что это ты. Стучи громче. Напугай меня до чертиков, притащи за собой всех мертвецов, дьявола, Бога, но вернись...»

Пальцы стираются о струны гитары... Эта песня течет по кровотоку невидимого ножа, которым он ковыряет дыру в себе. Похороны прошли тяжело.

---

* Я оставил огни, чтобы проложить тебе путь,
Кто вернется под твоим именем?
Но постучись трижды, я впущу тебя.
Продолжай стучать, даже если мне страшно.

Мать Сабрины безостановочно плакала, и, глядя на нее, хотелось просто выйти и прекратить все это. Нельзя отмерять так много боли людям, потому что столько не вместит человеческое сердце.

Люк перестал чувствовать пальцы, но они все наигрывали заклинившую мелодию, походящую на крошащийся плач. Это не музыка, а какофония. Слов к ней нет. Семи нот не хватает.

«Ты себе травму связок заработаешь...»

Он отложил гитару и сжал кровоточащую руку. В голове крутились строки.

«Стучи три раза. Я только так тебя и узнаю. Среди всех проходимцев, чужих, своих, мертвых, живых... Стучи же в мою дверь. Я жду тебя за ней. Сабрина! Сабрина!»

Внезапно он сам начал отстукивать ритм по крышке стола. Грудь тяжело вздымалась, а губы начали произносить эти слова. Люк впал в транс и повторял их, чувствуя, что пот заливает глаза.

Должно быть, за его плечами стояла сама смерть, когда он писал эту песню. Он никогда не забудет безмолвной тяжести, чужих теней на стене и ритма, пришедшего из другого мира.

«Стучи три раза... я буду у двери. Я буду ждать».

* * *

На Алису накатило вязкое головокружение. Растапливающие зеленые глаза мелькали на всех экранах, и в них читалось что-то сумрачное и гипнотически сильное...

В картине перед ней словно проступила сеть трещин.

Сквозь звуки окружающего мира донесся странный ритм. Так скребется кошка в закрытую дверь... Но скрежет нарастает, и в нем слышится лязг.

Якоб стучался в твою дверь. Якоба никто не впускал.

Мир вокруг нее подернулся тошнотной сепией, и где-то у сцены, как наяву, обозначилось лицо. Человек стоял в тени, склонив голову и засунув руки в карманы своей потрепанной кожанки. И Алиса знала, что они сжаты в кулаки. Он не мог их разжать.

Это был Якоб.

Она неотрывно смотрела на него, едва осознавая, что сейчас концерт Inferno №6 и все мертвецы здесь — просто готы с пожизненным Хеллоуином.

Но Якоб был среди них. Мертвее всех. И он пришел специально для нее.

«Чтобы ты помнила, Алиса, — говорили его бледные голубые глаза, — что задолжала мне обещание».

Слегка вздернутый нос, капризно оттопыренная нижняя губа и въедливый, болезненный взор... Якоб смотрел на нее исподлобья с молчаливым укором, неумолимо приближаясь. Его руки легли на железное ограждение между ними, и он тряхнул его изо всех сил. Металл глухо лязгнул.

Открывай свою чертову дверь, Алиса.

Она отшатнулась, вдавливаясь в кого-то позади себя.

От его близости веяло опасностью.

«Как такое вообще возможно?»

Эта колдовская песня? Ее сумасшествие? Все сразу?

Якоб не давал ответа, но парадоксально воплощал его собой. Желание исполнилось, он здесь.

Только что-то ты не рада.

Внезапно в уши отчетливо влились чьи-то ожесточенные слова, приводящие ее в чувство:

But it was me who knocked on your door.
*It was you who closed it**.

Люк Янсен закончил ими песню.

Этот контакт не хотелось продлевать. Алиса не выдержала и рванула сквозь толпу с такой силой, что даже кто-то умудрился попадать.

Вот вам слэм, придурки.

Гитары взревели снова, и она увидела небо в алмазах. Локти уже сами прокладывали путь среди беснующихся людей. Мелькали проколотые губы и носы, подведенные глаза и чьи-то черные слезы.

Господи, только бы выбраться.

Стоило только оказаться в пустом проходе, и Алиса побежала так, словно за ней гнались. Она влетела в здание и интуитивно нашла дверь туалета. Здесь было тише.

Капала вода, а зеленоватый свет лампы тускло отражался в белом кафеле. Все кабинки были пусты. Она оперлась о раковину, тяжело дыша и пытаясь сфокусировать взгляд на своем отражении. Наконец-то это получилось. В глазах лихорадочно дрожали какие-то блики.

За этими стенами продолжал грохотать стадион, там все шло своим чередом, и едва верилось, что все это находится рядом.

...Этот Янсен придает смерти красивую форму, делая ее изысканной и желанной. Но смерть некрасива. Алиса это знала лучше всех.

Мир наконец перестал кружиться, возвращая ей чувство опоры под ногами.

— Ну где ты? — тихо спросила она Якоба, словно он был здесь. — Выходи. Ты же за мной пришел.

---

* Только это я стучался в твою дверь.
Ты та, кто ее закрыла.

Вода продолжала капать. И никто не появился.

Мир плавно, исподтишка вернул себе цвета, выставив ее идиоткой в собственных глазах.

«Не списывай это на поехавшие мозги, — коварно шепнул ей внутренний голос. — Знаешь, что не только ты его видела. Он тебя — тоже».

* * *

Когда концерт закончился, было уже совсем темно. Звезды в городе виднелись через раз, но Алисе хватало и круглого пятна света, который на нее бросал уличный фонарь. Она не стала возвращаться и так и просидела на бордюре, пока в воздухе не прогремел последний аккорд, после чего раздался взрыв криков и аплодисментов. Вокруг ошивалось много людей, не попавших на концерт. Они слушали издалека уже более рассеянный голос Люка и грустно вздыхали.

Все закончилось, когда «дети ночи» толпой повалили наружу. Кто-то без стеснения снял штаны и стал отливать прямо рядом со стадионом. В туалете, вероятно, была огромная очередь.

Оля, как ни странно, быстро нашла ее, сидящую на бордюре.

— Я думала, ты меня кинула, — заявила она, бесцеремонно хватая Алису за руку. — Почему ты ушла? Там столько всего было! Под конец, правда, бедняжка совсем охрип...

Ну еще бы, так орать.

— Мне стало плохо. Вас там было слишком много.

— Не тебе одной, — многозначительно повела бровями Оля. — Там одна девушка вообще откинулась! Обнаружили только под конец концерта, и кто знает, почему. Небось передоз или от волнения. Ух, сейчас такое начнется...

К зданию стадиона подъезжала скорая помощь. Вот так, без происшествий такие мероприятия не заканчиваются.

Но Оле это уже было неинтересно. Она стремительно поволокла Алису к большому черному лимузину, стоявшему у здания.

— Он уже телепортировался туда?

Знакомая походила на соляной столб.

— Наверное, нет... Ему же надо привести себя в порядок. Ой, страшно-то так...

Когда она взялась за ручку, ее ладонь дрожала. Дверь плавно открылась, и они замерли. Момент истины настал.

— Ладно, садимся. — Оля почти втолкнула Алису в салон и следом забралась сама.

Внутри было просторно, роскошно и приятно пахло. На бежевых сиденьях не было ни намека на охрипшую звезду. Зато сидел какой-то мужчина в костюме с иголочки и бодро улыбался.

— Я — Кристоф Метц, организатор конкурса «Инфернальная встреча», хотел бы лично поблагодарить вас за активное участие. Кто из вас Хельга Сифакофа? — слегка исковеркав ее фамилию на немецкий лад, спросил он.

— Я, — прошептала Оля, протягивая их билеты, на которых стояла надпись «Суперприз», и свои документы.

Тип мельком глянул на бумажки и просиял, протягивая руку:

— Мои поздравления! А это ваша подруга, которой, как я понимаю, повезло, что вы — друзья?

И он хохотнул, протягивая к ним свою ладонь.

Девушки настороженно пожали ему руку.

— А... Люк...

— Герр Янсен ждет вас у себя дома. Всего хорошего, дамы. — Он масляно улыбнулся и покинул салон.

Лимузин, плавно качнувшись, заскользил по дороге.

После громоподобной музыки и криков в салоне, казалось, стоит мертвая тишина. Девушки осоловело смотрели вперед, отходя от звукового шока. Оля почти не чувствовала своего тела. От четырехчасового стояния оно затекло и болело.

Спустя пятнадцать минут обе начали приходить в себя. Оля извлекла зеркальце и мельком в него посмотрелась. У нее была цель, и она очень тщательно готовилась к этой встрече с того момента, как услышала его песни. И это была *ее* преданность, которая, возможно, ничем не уступала преданности Алисы Якобу.

– Что ж... рада, что твоя мечта сбывается.

– Дорогая, я еще больше рада, чем ты, – невнятно пробормотала Оля, продолжая старательно поправлять волосы.

Пошел дождь, и асфальт заблестел в свете фонарей. Поездка казалась бесконечной. Берлин мигал палитрой разноцветных огней, которые становились все более редкими. После концертной эйфории начала закрадываться какая-то тоска.

– Блин, надо кофе тяпнуть, – пробормотала Оля. – Иначе не дотяну до встречи с ним.

Девушка открыла холодильник и принялась изучать ассортимент. Выбрав энергетический напиток с кофеином, она лихо опрокинула его в себя и вдруг поперхнулась.

– Вот же черт!

– Что?

– Я забыла все календарики и плакаты в своей машине! Подружки из фан-клуба меня возненавидят, я же всем им обещала автографы... – рассеянно пробормотала Оля.

— Тебе не кажется, что они и так тебя не очень любят после победы? — хмыкнула Алиса.

— Господи, ну почему ты такая невыносимо честная?

На это Алиса могла только развести руками.

— Что мне делать? Как модерировать ваш диалог?

— Импровизируй! Если я смотрю на тебя, надо что-то сказать. Когда мы с Люком начнем уже нормально общаться, можешь идти. Ты же понимаешь, что это мой вечер, м-м-м?

— Ты повторила это раз десять за эти два дня.

Оля нахмурила татуированные бровки и погрузилась в молчание. В салоне нарастало какое-то необъяснимое напряжение.

Между тем по обеим сторонам дороги начали возникать особняки. Шины мягко шуршали по мокрому асфальту, а громоздкие мрачные дома с пышными садами мокли под дождем. Очевидно, они уже приближались к обители Янсена.

Оля нервно царапала ногтями кожаную обивку сидений.

— Где мы? — спросила Алиса, пытаясь поймать за окном хоть один указатель. — Выглядит как Далем или Грюневальд.

Наконец машина затормозила.

Дверь предупредительно распахнулась, и девушек встретили двое провожатых с зонтами. Над ними возвышался трехэтажный дом, очертания которого размывались дождевой завесой. Можно было различить какие-то арки, балконы и сложные нагромождения, теряющиеся в полумраке.

Некоторое время девушки несмело разглядывали эту огромную конструкцию, а затем маленькими шажками двинулись внутрь. С похоронной торжественностью их провели темными коридорами, обитыми черными панелями, и даже сопроводили по лестнице.

Казалось, что дом нежилой. Они шли через пустые комнаты, в которых только отзывалось эхо и клубилась пыль, но чем дальше углублялись в недра особняка, тем отчетливее становился дух человеческого присутствия. Это витало в воздухе. Двухстворчатые двери в конце одного из коридоров распахнулись, и девушки оказались в мрачной комнате, посередине которой стояла огромная кровать с черными простынями. По углам мерцали маленькие ночники-черепки, создававшие атмосферу загадочных сумерек.

— Спальня? — удивилась Алиса. — Так ужина и не планировалось?

— Ну, если хотите, могу угостить вас йогуртом, — вкрадчиво раздалось над ее ухом.

Они обернулись и увидели Люка Янсена, прислонившегося к косяку и жевавшего незажженную сигарету с его неподражаемой демонической ухмылкой.

* * *

Девушки прибыли в количестве двух человек.

Первая была упакована по готическому стандарту. Большую грудь выдавливал наружу тугой корсет (Анри называл такие штуки бронелифчиками), на запястье — татуировка «Inferno №6», на бордовых губах — нервная улыбка. В глазах безошибочно угадывалось уже знакомое ему выражение пугающего вожделения.

Вторая была высокая и бледная, с волосами до поясницы. Матовые темные глаза настороженно смотрели на него с долей плохо скрываемого скепсиса. Люк поймал себя на мысли, что своей угловатой пластикой она смахивает на героиню старинных черно-белых фильмов ужасов.

Снэпшоты стоящих перед ним гостий тут же снабдили его невербальной информацией. Мисс Бронелифчик рвали на части гормоны и невроз. А молодая Мартиша Аддамс, похоже, пришла стеречь моральный облик первой.

— Я Хельга, — дрожащим голосом представилась первая.

— Алиса, — сказала ее подруга.

— Добро пожаловать, девушки. — Люк показал рукой на кровать. — Располагайтесь.

— Мне казалось, что ужин и визит в спальню — это несколько разные вещи, — протянула Алиса, присаживаясь на диван.

— Ты что, дома пожрать не можешь? — свистящим шепотом осведомилась у нее Оля по-русски.

— Так как насчет йогурта? — непринужденно поинтересовался Люк, вздернув одну бровь.

— О, нет, спасибо! — залепетала Оля. — Она... э... так... сболтнула.

— Тогда желаете выпить?

— Виски! С колой! — не стала мелочиться низкая.

— Спасибо, ничего, — отозвалась высокая.

Люк пожал плечами и налил Оле щедрую порцию. Затем непосредственно завалился на черный шелк, а она присела рядом, поджав ноги и напрочь забыв про Алису.

Все трое слились с полумраком. Девушки отогревались, Люк же давал им время адаптироваться. За окном слышался шум дождя, и казалось, что здесь — какое-то убежище, где они скрываются от бури и злых сил. Но это мгновение быстро прошло.

Будущее тем временем проступало уже без хрустального шара. Сейчас низкая накачается алкоголем и полезет к нему в штаны, а высокая тихо уйдет с брезгливой физиономией.

Алиса думала примерно о том же, но в ином ракурсе. До нее только теперь доходила правда.

«Ужин» со звездой — это переспать со звездой. Все было очевидно с самого начала, просто до кого-то туго доходит. Какая, к черту, еда, когда на часах двенадцать ночи?!

Оля налила себе еще. Руки тряслись, и графин постукивал о край стакана. Но ей нужна была храбрость. Затем она подвинулась ближе к Люку и не нашла ничего умнее, чем сказать:

— Господи, это... ты!

— Да, мы с Господом всегда были на одно лицо, — непроизвольно сыронизировал он.

Она взвизгнула как ребенок, и Люк невольно заулыбался, наблюдая за ней.

— Я... я... просто не верю, — начала она со скоростью пулеметной очереди. — Два года я в теме Inferno №6. Моя жизнь изменилась в тот миг, когда я услышала твои песни. Знаешь, какая была первой? «Everlasting Scream»! Это просто нечто! Как будто про меня написано. У меня был не самый легкий период в жизни. Но когда появилась твоя музыка, Люк... ты меня спас. Я была во тьме. Меня никто не понимал. Только ты... Это так... странно...

— Весьма, — с серьезным видом кивнул он.

Она не замечала, что он уже второй раз передергивал ее слова. За этим, как двадцать пятый кадр, проскальзывало его другое лицо, которое никак не удавалось разглядеть. Оставалось только смутное ощущение, что за всем этим скрывается что-то совсем иное.

Что, возможно, мало кому нравится.

— Ты — мой маяк в океане рутины и безысходности, — нервно засмеялась девушка, чувствуя, что безумная шарманка внутри нее начинает наяривать дурацкую мелодию, которую уже никто не остановит. — Ты спас меня однажды. Хотя тебе это все говорят, наверное?

— Ты ничего не путаешь? Обычно говорят, что от моей музыки охота вскрывать вены.

— Не-е-ет, вены не хочу вскрывать. Ха-ха.

Алиса слушала этот неуклюжий диалог, и ей хотелось закрыть лицо ладонью и уйти на цыпочках прямо сейчас, вжимаясь в эти погребальные стены.

Снова донесся плеск из очередной бутылки.

— Тихо, тихо, с текилой так нельзя, — с веселой ухмылкой сказал Люк. — А соль? Давай-ка вместе.

Хельга его забавляла. Она пила, а он незаметно ее изучал. Непосредственна, как неуклюжий щенок, стремящийся зализать хозяина до смерти. Ни интриги, ни подвоха. Но мило, черт возьми.

Оля заторможенно слизнула с руки соль, а Люк дразняще высунул язык, демонстрируя пару крупиц на самом его кончике.

— Ой, так он нормальный! — непринужденно воскликнула она, широко раскрыв глаза. — А то на форуме писали, что ты сделал пластическую операцию, чтобы язык был как жало змеи.

Люк подавился, и всем стало неловко.

— Охренеть, — он потер переносицу большим пальцем, — чего еще я про себя не знаю?

— Извини... — пролепетала Оля.

— А на член я себе случайно пластику не делал, чтобы он тоже был как жало? А когда я снимаю штаны, он еще и шипит, как змея: «Тсс!»

— Не-е-ет, про это ничего не писали, — совсем стушевалась она, а Люк начал ржать.

Чтобы контролировать Олю, надо было сесть подле них на этот траходром и периодически бить ее по голове. Она уже не замечала Алису, и та на полном серьезе не знала, как спасти ей свидание, которое летело в тартарары.

Но Люк демонстрировал удивительную снисходительность к бестактности гостьи.

— Да забей, я привык. Еще? — спросил он с ноткой коварства в голосе, указывая на текилу.

— Да-а-а... Ты... ты — такой необычный человек! — Голос Оли варьировался от грудных раскатов до визгливого фальцета. — И татушки у тебя такие... стильные. Со смыслом. Не то что все эти ласточки на ключицах.

Люк привстал, налив ей еще порцию, а затем откинулся на кровать и поскучнел.

— Спасибо. — И, неожиданно подвинувшись, вкрадчиво взял инициативу беседы в свои руки. — Но давайте лучше побеседуем о вас. Чем вы занимаетесь, девушки?

— Я... Я учусь на юриста, — пролепетала Оля, и ее ноздри трепетали, как бабочки.

Люк перевел взгляд на ту, что держалась в тени.

— Ну а ты, Алиса?

— Танатология. Если точнее, судебная медицина.

Он посмотрел на нее уже с нескрываемым интересом.

— Танатология. Получается, наука о смерти, — со смешком пробормотал он.

— А у меня уголовное право, — вставила Оля.

Люк коротко глянул на нее и снова уставился на Алису. Вот тут и наступила пауза. Мартиша Аддамс, в отличие от Хельги, не говорила.

Оля попыталась что-то сказать, но губы ее не слушались. В голове же сгущалась каша, которую утром кто-то будет разгребать очень долго.

Алиса интуитивно поняла, что знакомую пожрал зеленый змий и надо как-то отрабатывать свое присутствие. Стряхнув дрему, она добавила:

— Мы пересеклись с Оль... Хельгой на семинаре по медицинскому праву.

— Ох уж это медици-и-инское право, — хихикнула Оля, хватаясь за тему как за соломинку. — На нем только с людьми и знакомиться. Учить такую муть — все равно что пúсать, стоя на одной ножке.

Ну, началось.

Люк ухмыльнулся себе под нос, однако его внимание неизбежно переключалось на Алису.

— И какой профиль?

— Аутопсия.

— У тебя, видимо, крепкие нервы и желудок.

— А у тебя нет? Для тебя так близки все эти... трупы.

Тени под его глазами словно стали резче, но он только ей улыбнулся вместо ответа.

— Ты хоть одного видел? — решила поддеть его Алиса. — Или так... мертвечина — твой эстетический концепт? Как-никак готика.

— Я видел, — сдержанно ответил он. — Не так много, как ты. Но видел.

В его словах мелькнуло что-то странное.

Люк усмехнулся с полузакрытыми глазами и протянул безо всякой обиды:

— Тебе не нравится мое творчество.

— Не обижайся, но мне кажется, что твои эмоции так наигранны. Хотя твои ранние песни меня действительно тронули, — с усмешкой ответила Алиса, сама не понимая, откуда возникло желание легкой конфронтации. — В чем перемена? Шоу-бизнес и разврат?

— Типа того.

Силы вернулись к Оле или же это была вторая волна опьянения, но она вдруг встряла в их разговор.

— Люк, не слушай ее, она не в теме. Главное — любовь и преданность тех, кто тебя понимает, — выдала она, подвигаясь к нему все ближе и ближе.

Заодно ее рука выдрала из бара еще какую-то маленькую бутылку. Кажется, это была фруктовая водка.

Люк хохотнул и переспросил:

— Любовь? Да брось, это остервенелое обожание — просто временное помешательство. Девочки и мальчики, обнаружившие в себе смутную потребность любить, направляют ее на своего кумира. Я — ваш символ.

— Символ чего? — не поняла Оля, не зная, как реагировать на его странную откровенность.

— Чего хочешь, — ответил Люк. — Ты вольна вложить в меня любой смысл.

«А не дурак он, этот Янсен», — подумала Алиса.

— Как бы то ни было... есть те, кто будет любить тебя до конца жизни! — упрямо заявила Оля, так ничего толком и не поняв.

Люк неожиданно ей улыбнулся и сказал:

— Это пройдет. Твой идеал в реальной жизни — занудный тип, да еще и алкоголик.

И снова наступило молчание, быстро наполнившееся шумом несмолкающего дождя. Ночник освещал лицо лежащего Люка и обрисовывал контур Оли, застывшей подле него. Где-то поодаль от света угадывалась фигура Алисы. Так, втроем, они пребывали в этой комнате в полном молчании, и каждый нашел здесь свое место.

— Зачем же тогда ты продолжаешь играть? — решилась спросить Алиса, уже без враждебности.

Люк словно вышел из транса. Его взор медленно скользнул в сторону Алисы. Что это за девушка такая? Ее вопросы точно по лбу били.

Оля некстати икнула и зажала рот ладошкой. Лицо Люка перед глазами делало сальто. Под тяжелыми слоями дурмана она почему-то подумала, будто нога судьбы, приведшая ее сюда, теперь делает все, выпинывая ее как третью лишнюю.

— Я сейчас... — пробормотала она и пошла к выходу, сбив по дороге пару ночников.

Теперь Люк и Алиса остались в комнате вдвоем.

Некоторое время до них еще доносились ее удаляющиеся шаги. А пауза затягивалась. Казалось, вместе с Олей пропал удобный фон, с которым в случае чего можно было слиться и скрыть внезапно проклюнувшуюся личную направленность этого разговора.

Как это замечательно — все трое друг друга используют, лишь бы не быть откровенными.

Украдкой Алиса следила за этим человеком, лениво пускающим кольца дыма в потолок. Затем с несколько картинной пластичностью Люк встал с кровати и перетек в кресло напротив нее.

Раз у него вдруг появился разумный собеседник, то надо хотя бы видеть его вблизи.

— Так... — начала она снова, — зачем ты играешь? Если тебя все достало?

— Ну, я уже из этого поезда не выпрыгну. Я стал и вагонами, и рельсами. — Уголки его губ дрогнули в еле заметной усмешке.

— И тебе это не нравится, — утвердительно сказала Алиса.

Зеленые глаза полыхнули легкой вспышкой.

— Нет.

— А зачем ты мне это рассказываешь?

— Потому что ты спрашиваешь.

Они таращились друг на друга в полутьме, и каждый пытался понять своего собеседника. Впервые эти двое встретили того, кто интересовал их больше, чем мертвецы.

— Раньше твои песни были хорошими. Даже... мне они понравились, — осторожно произнесла она.

— Даже тебе? — Люк суховато рассмеялся. — Передо мной сидит либо тонкий ценитель, либо девушка с кошмарной манией величия.

— Уверена, что у этих песен была причина, — проигнорировала его реплику Алиса. — Что же произошло теперь?

Почему-то ей хотелось узнать правду, и она сама не понимала, откуда иногда берется это желание — понять другого. Но к Янсену появлялось неожиданное расположение. С ним хотелось говорить.

Сейчас в Люке не было и капли того мистицизма, что бил с каждого плаката. Он недоуменно улыбнулся ее вопросу, слегка сведя брови.

— А ты не знаешь? Алиса, откуда ты взялась? Из какой Страны чудес?

Внезапно он наклонился к ней так близко, что она могла разглядеть темную подводку, повторяющую форму его глаз, и почувствовать, как циркулирует воздух между ними... Некоторое время он взирал на нее в абсолютной тишине, а потом отчетливо вдавил в нее:

— Сабрина... умерла.

Он не сказал, кто такая Сабрина, да это было и неважно. Но она заставила его петь, и мир принял его музыку, словно жертву, отобрав все до последней капли. У него ничего не осталось. Он пуст.

«Человек-загадка», «кумир молодежи», «Орфей нового поколения» — все это оказалось безбожными медийными клише.

Перед Алисой сидел одинокий, выпитый до дна человек.

* * *

Старая боль вдруг проснулась и кольнула его так, что стало трудно дышать. Он с трудом верил, что это его такой надломленный голос сейчас сказал: «Сабрина... умерла». Стыд, да и только. Момент был чудовищный, а темнота и плохая видимость усилили это чувство в сотни раз.

Сидящая перед ним девушка спросила:

— Им пришлись по вкусу твои страдания?

Он испытал к ней секундную ненависть. Потому что она каким-то образом поняла больше, чем он сказал.

— Ну, когда-то мне было хреново, — тем не менее сдержанно отозвался он. — Моя девушка вроде как умерла.

Первичный интерес к ней сменился растущей настороженностью.

Что-то в груди Люка все еще стремительно сокращалось, пуская круги дрожи по всему телу. Взор не отпускал странную гостью напротив него. Много не говоря, она обладала жутковатой особенностью настраиваться на одну волну с собеседником. Как если бы кто-то деликатно забрался к тебе в душу и начал осторожно разбирать ее на части.

— От чего она погибла?

— Автомобиль, — чуть помедлив, стал рассказывать он. — Ее сшибло прямо на моих глазах, и я был с ней до приезда скорой помощи. Об этом, если честно, никто не знает. Всем известно, что ее просто сбила машина.

— И ты видел ее смерть?

— Да. Скорая опоздала. Ей в живот очень неудачно воткнулась какая-то железка. Фонтан крови. Мы оба были в ней, просто финал фильма «Пила» какой-то... Она цеплялась за мою майку и могла только смотреть мне в глаза. Собственное бессилие — настоящий кошмар.

Сейчас он снова был прежним. Иронизировал даже на больную тему и отмазывался не очень умными шуточками. Но в тот момент что-то в беседе стало для них общим, какая-то невысказанная мысль.

— And all I loved, I loved alone, — протянула Алиса.

Люк с ухмылкой потер свою татуировку на ребрах. Напряжение стало спадать, и между ними вдруг заструилось доверие.

— Складно вышло, не правда ли? Я набил себе его фразочку, а теперь с ней по земле ходит еще миллион людей. Я всегда говорил, что я — просто икона безвкусицы.

— И разумеется, у тебя одна любовь на всю жизнь? — ровно спросила она.

— А можно ли считать привязанность к мертвецу любовью? — парировал Люк. — Может, это просто... память?

В лице Алисы что-то изменилось. Это было заметно даже в полумраке. Или же перемена произошла в воздухе, в котором витало их настроение. Но Люк понял: сейчас уже он задел ее.

— Кто знает? — уклончиво ответила она наконец. — Хотел бы ты увидеть ее снова? Что бы ты сделал, если бы вместо меня здесь была она?

Его опять пробрала легкая дрожь. Он ведь даже не видит лица своей собеседницы. Здесь так темно, что под ликом какой-то Алисы в эту дождливую ночь мог прийти кто угодно.

Даже... *она.*

Люк сжал двумя пальцами переносицу, чтобы слегка отрезвиться. Это глупо. Алиса была другой. А Сабрины больше нет, это он знал совершенно точно.

— Это что, интервью? — поинтересовался он снова с деланым раздражением.

— Нет, просто мое любопытство. Ты, оказывается, другой. То, что видят люди, похоже на искусную постановку какого-то жадного продюсера.

Анри раскусили, даже не зная его. Люк невольно хихикнул.

— Все притворяются, Алиса. Каждый пытается выдать себя за кого-то другого. И ты, и я, и они.

Она подалась вперед. В свете плафона-черепка меж ними проступили спокойные черты лица с внимательными умными глазами. Алиса наконец-то обрела плоть и кровь. Теперь он был уверен в двух вещах: в том, что она — не Сабрина, и в том, что она — настоящая.

— А ты... никогда не хотел умереть вместе с ней?

Очередной вопрос. Почему-то шепотом. И опять прямо в сердце. Люк был убит ее проницательностью. Откровенность их беседы походила на оголенные лезвия, прижатые к коже. Они никого не ранили, но эта жутковатая честность причиняла легкую, щекочущую боль, от которой, впрочем, было и приятно. Это давало необъяснимое ощущение родства.

— Очень хотел, — также понизив голос, ответил он. — Но не стал. Как ты думаешь, в чем заключается настоящая трусость? В самоубийстве от отчаяния или в дурацкой жизни без смысла? Те, кто сводит счеты с жизнью, — по-своему большие смельчаки.

Алиса тихо посмеялась.

— Тебя обвиняют в распространении суицидальных настроений.

— Но я не чувствую себя виноватым. Наверное, потому что каждый имеет право не только на жизнь, но и на смерть по своей воле.

— Что же ты не воспользовался своим правом? — спросила она.

Ей словно нравилось задавать провокационные вопросы. Но Люку было не в лом ответить.

— Мне и так нормально. — Конец фразы он почему-то прошептал ей на ухо, изогнувшись как змея. — Однако тех, кто это сделал, я осуждать не хочу.

Его слова болезненно вспыхнули в ее сознании, и пару секунд Алиса даже не могла пошевелиться.

Тут они обнаружили, что Оли уже давно нет. Люк вышел в коридор и вернулся через минуту, посмеиваясь.

— Твоя подруга заблевала всю ванную и вырубилась... Шофер еще был здесь и только что увез ее домой. Ей надо выработать алкоиммунитет, она улетает от одной рюмки. А знаешь, что происходит с такими девушками? Их насилуют, убивают и растаскивают на органы.

— Ты будто знаешь, о чем говоришь.

— Я знаю таких, как она. Но не подумай, что я хоть что-то из перечисленного делал.

— На такого мерзавца ты не похож.

— Правда? А на кого я похож? Расскажи-ка, — доверительно сказал он. — Что-то кроме пластики по раздвоению языка...

Алиса получала странное удовольствие наблюдать за этим человеком и его реакциями. Все, о чем он говорил, было ей близко. Это была не просто беседа, они друг друга *понимали*.

И ей хотелось сказать, что во многом он похож на нее. Но вслух вышло другое:

— На мима с двумя лицами. Одно смеется, другое плачет. Забавная у тебя шизофрения. Или имидж. Даже не знаю, что вернее.

Люк расхохотался низким смехом, полоснув ее горящим взглядом.

— Тебе бы в мозгоправы идти, Алиса, — чуть сипло добавил он позже. — Могла бы быть психиатром. Ты умеешь задавать верные вопросы.

— Уйди из шоу-бизнеса, — неожиданно сказала она. — Пока от тебя еще что-то осталось.

Их глаза встретились. Люк смотрел с вернувшейся настороженностью, а она выглядела серьезной и мрачной. Будто приказывала ему.

— Не могу, Алиса, — тихо ответил он. — Я, по словам Анри, бесценен в этом деле.

— Если вещь бесценна, ее цена равна нулю, понимаешь?

— И это тоже верно, — развел он руками, чувствуя дурацкий кураж от запоздалого действия алкоголя. — Я ничего не сто́ю ни как музыкант, ни как человек. И к этой мысли, доктор, я пришел уже давно и сам.

Невольно ей стало немного страшно от того, насколько он был серьезен. Люк Янсен — на дне, куда его опустили эти слава и индустрия, а на деле он неглупый человек и интереснее своего имиджа. Но все видели только подростковую горячку в кожаных штанишках.

— Хороший вечер, — перевел он тему, глядя на нее с непонятной усмешкой. — Ты приятный собеседник. С тобой можно говорить так, словно я обычный человек. А с фанатками все тут же отправится по форумам.

— Хельга действительно тебя обожает, — сказала Алиса, слегка смутившись от его искренности. — Ты бы только знал, как долго она ждала этой встречи. Если бы она не напилась...

— А, ей повезло, что она не осталась, — махнул он рукой.

— И что было бы? — полюбопытствовала она.

— Ничего. Мы бы занялись с ней сексом, а наутро ее выставили бы мои менеджеры. — На лице Люка снова появилась ухмылка. — Она ушла бы разочарованная, с ощущением, что ее просто использовали.

Алиса издала нечто среднее между смешком и возгласом удивления.

— Никакой фантазии.

— А что, я должен был выпить ее кровь?

— Хотя бы. И получается, раз Хельга ушла... то это должна быть я?

Люк привстал с кресла и, опершись руками на столик между ними, наклонился к Алисе вновь. Еще пять минут назад это был изможденный человек, которого доконали собственная скрытность и одиночество. Но он вмиг поменялся, начав излучать ауру болезненной эротичности.

Она невольно вжалась в кресло.

«Неужели и я тоже?» — со смятением пронеслось в ее голове.

Он просто наклонился, но этого было достаточно, чтобы Алиса на миг ощутила все то, что испытывает та же Оля. Девочки всегда будут проседать от таких взглядов. Это как законы Дарвина. Грубая физиология и насмешка природы над доводами разума.

Люк продолжал ухмыляться, а полумрак, царящий вокруг, делал ситуацию еще более неоднозначной.

— А что... ты хочешь заняться со мной сексом? — Его голос, словно змейка, закрался в сознание Алисы, и в этот момент наваждение спало.

Но теперь она знала, что происходит со всеми этими девочками. Это был невольный мгновенный акт приобщения.

— Хочешь, хочешь. Я умею понимать такие вещи.

Алиса улыбнулась и мягко оттолкнула его от себя. Он был пьяноват и просто утек обратно в свое кресло.

— Мне кажется, ты не спрашиваешь, хотят быть с тобой или нет. Ты просто берешь, как корзинку в супермаркете.

— Нет, мне просто дают эту корзинку, — недвусмысленно ответил Люк. — А я никогда не отказываюсь.

Он закинул ногу на ногу, то ли умышленно, то ли случайно скопировав ее позу, и безо всякого смущения заявил:

— Я еще не встречал таких девушек, как ты. Ты милая, но по-своему. Хотя сначала кажешься замороженной, как полуфабрикаты. Я думал, тебя из монастыря заслали.

Разговор разваливался на ходу, и в комнате начинало витать напряжение, которому не было названия. На этом месте действительно либо занимаются сексом, либо расходятся.

Она встала и направилась к выходу.

— Спасибо за интересный вечер, Люк. Меня завтра ждет работа, не хочу от недосыпа упасть лицом в чьи-то внутренности.

Он не стал ее ни задерживать, ни даже провожать.

— Ну, пока, — лишь донеслось ей в спину.

Перед выходом Алиса обернулась и увидела, как в темноте снова сверкнула его улыбка.

Колдовство какое-то.

Она спустилась по лестнице. В доме, кажется, больше никого не осталось и дух человеческой жизни постепенно растворялся в пустоте коридоров особняка.

Стоило ей только выйти на крыльцо, как ее накрыло косыми плетьми дождя.

И никакого лимузина и провожатых.

Он даже не предложил ей зонтик.

Алиса натянула на голову капюшон свитера и быстро пошла к остановке, оставляя позади унылый особняк и того, кто жил в его вечной тьме.

Они с Люком повстречались не в реальности, а где-то на обочине времени. За ним брело одиночество, а за ней – Якоб. Каждый бежал от своих привидений, но в этот вечер они впервые ненадолго избавились от своих демонов.

* * *

Дэвид улыбался как ребенок, разглядывая фигуры на доске. Танатос тоже улыбался, но его улыбка была тусклее, будто припорошена пылью. Они походили на родителей, наблюдающих за первыми шагами своего чада. В некотором роде они ими и были.

– Прекрасно, просто здорово, – пробормотал Дэвид. – Давно я не видел ничего лучше.

– Как думаешь, они встретятся вновь? – лукаво спросил Танатос, поднимая на него любопытный взгляд.

В глазах Дэвида вспыхнуло таинственное озарение. Он словно открыл в расстановке фигур какую-то истину бытия.

– Конечно они встретятся. – Он слегка повел пальцами по краю доски. – Да ты и сам это знаешь.

Танатос всматривался в замершую черную королеву, которая пока не сделала ни шага. Но это только на первый взгляд. Он-то знал, что королева прошла расстояние куда большее, чем эта доска. Но время так просто не увидишь. Время – не для глаз.

– Люк и Алиса – два осколка целого, – заметил Дэвид, – или две блуждающие звезды в космосе, между которыми началось гравитационное взаимодействие.

– Все, во что веришь, ты рассматриваешь как звезды, – покачал головой Танатос.

В этом был весь Дэвид – сумасшедший идеалист как при жизни, так и в смерти.

– Да, я верю в них.

– А я не верю. Я знаю.

Призрачная улыбка Танатоса окончательно погасла, словно ее и не было.

– Что же ты знаешь?

– Что Алиса не звезда. Она – черная дыра.

Where love was good, no love was bad.
Wave goodbye to the life without pain,
Say: "Hello, you're a beautiful girl".
Say "hello" to the lunatic men,
Tell them your secrets,
They're like the grave.

У искренней любви не бывает пороков.
Помаши на прощание жизни без боли
И скажи: «Привет, красавица».
Скажи «привет» лунатикам,
Расскажи им свои секреты,
Которые хранишь как могила.

David Bowie «Love Is Lost»

Глава четвертая

МЕРТВЫЕ НИКУДА НЕ УХОДЯТ

«Я часто имею дело со смертью. Иной раз думаю, что знаю достаточно, чтобы ни во что не верить. Но ты помнишь, что в моей жизни много иррациональных моментов. Все, что я рассказывала тебе про стены кладбищ и молчание мертвых, — правда, с которой живешь, как ребенок, зажмурившийся во тьме. Я всегда чувствую эту черту между миром живых и вашим. Ощущаю, что ты — по ту сторону, водишь руками, будто по стеклянной стене, следуя за моим силуэтом.

Я увидела тебя, Якоб, и не знаю, что позволило тебе подойти так близко. Мне страшно, но хочется заглянуть дальше и в то же время отвернуться и больше никогда не видеть, не слышать, не вступать в эти странные контакты.

Недавно я встретилась с человеком, у которого та же беда: он потерял того, кого любил. Но если наша с тобой драма — это бред, помноженный на мое потакание твоим съехавшим мозгам, то он потерял свою девушку страшным и несправедливым образом. В любом случае мы друг друга хорошо поняли.

Потому что мы — те, кто остался после вас.

Он сказал мне, что теперь это просто воспоминание. По крайней мере должно им быть. Но, видно, у нас с ним чересчур хорошая память, чтобы вас отпускать.

Я все еще помню, Якоб, как нашла тебя на ночных улицах, сломленного и одинокого, как вела тебя все это время, думая, что знаю путь. Больше всего меня гнетет то, что все было зря. Я сорвалась, а заодно столкнула тебя.

Безумец не может нести ответственность за свои поступки. И я должна была взять ее на себя.

В конце остается память — скверное наследие. Это симулякр, жалкая подделка реальности, встроенная в мозг. Человек, как ни крути, хреново устроен. Он тонет в иллюзорном, нематериальном мире, но по-прежнему остается смертным. Не принадлежит больше природе, но и от ее законов не свободен. Так и тянется по реке времени с воспоминаниями о том, что исчезло.

Что хотел сказать нами Бог? Похоже, люди стали неудачной шуткой. Бабочки-однодневки в этом отношении — более совершенное изобретение.

К черту философствование. Я просто говорила о том, что помню, и мне больно от этого. Возможно, дело еще в этой могиле, я очень привязана к твоим останкам. Позавчера мне снилось, что я тебя обнимала, а ты плакал в моих объятиях.

Якоб, ты дитя, которое потерялось, чтобы никогда не вырасти.

Якоб, что же мне с тобой делать?»

* * *

Престарелая Генриетта Лаубе лежала на кровати в окружении любимых кошек и горы подушек. На вздутом животе покоились модный журнальчик и очки, которые мерно поднимались в такт глубокому дыханию. Женщина дремала.

Квартира в Шенеберге, в которой она проживала с детства, была грязная и захламленная. Окна с толстым налетом пыли на обеих сторонах стекол едва пропускали свет, и комната утопала в грязно-бежевом полумраке. Шелковые обои свисали кудрявыми лохмотьями благодаря усердию ее трех кошек. Тихо гудел холодильник, а часы вторили ему зловещим тиканьем. Все остальное в этой квартире молчало, погрузившись в полуденный сон.

Она проспала бы так до самого вечера, обложившись кошками и подушками, но эту идиллию прервал звонок в дверь.

До нее не сразу дошло, что это к ней звонят. Открыв глаза, она надела очки и настороженно прислушалась.

Звонок повторился. Тяжело спустив отекшие ноги и сунув их в домашние туфли, Генриетта побрела в прихожую.

— Кто там? — слабо спросила она в домофон.

— Фрау Лаубе? Я звонил вам два дня назад. Мы говорили о вашем зеркале, — донеслось из громкоговорителя.

Генриетта мигом вспомнила низкий голос в телефонной трубке, который расспрашивал ее. Он же говорил с ней и сейчас.

Палец сам нажал на кнопку, и вскоре в ее прихожей появился высокий худой мужчина в непроницаемых солнцезащитных очках и черной одежде, к ее удивлению, с длинными волосами, собранными в хвост.

— Добрый день, — сказала она, подозрительно щурясь.

— Надеюсь, я вас не отвлек...

— Все нормально. И можете не разуваться.

Мужчина оглядел тусклый коридор, по-прежнему не снимая своих очков.

— В общем, я упомянул уже по телефону, что давно интересуюсь подобным антиквариатом... — произнес он. — Я больше, чем коллекционер, можно сказать, *специалист*.

В этом слове промелькнула какая-то ирония, но смысла ее Генриетта не уловила.

— Ну, вы не разочаруетесь, — заявила она, провожая его в одну из закрытых комнат.

Туда она заходила редко, разве чтобы протереть пыль.

Гость осторожно протискивался между ее захламленными комодами, едва касаясь их пальцами. Лицо его не выражало ни брезгливости, ни интереса. Указательный палец Генриетты неустанно манил визитера за собой.

— Я храню это сокровище уже много лет и сама никогда к нему не прикасаюсь. Это что-то вроде нашего семейного проклятия — ни выбросить, ни воспользоваться...

— Что именно с ним не так?

Генриетта покосилась на гостя, как бы сомневаясь, говорить ему сразу или нет. Доверия он все-таки не внушал. Их свел антиквар Йорг Бахман, через которого она вознамерилась продать это чертово зеркало. Однако на вопрос, кто он такой, ни Йорг, ни сам клиент не дали внятного ответа.

Бахман только сказал: «Это чрезвычайно важный клиент, готовый хорошо заплатить. Этого разве не достаточно?»

Это был весомый аргумент в пользу его анонимности.

В углу комнаты стоял большой плоский предмет на ножках, завешенный серым покрывалом.

Гость уже потянулся было к нему, но Генриетта предупреждающе вцепилась в его руку.

— Оно что, кусается? — последовал вопрос.

— Не так быстро, молодой человек. Вы хотя бы понимаете, что собираетесь купить? — попыталась она приструнить его энтузиазм.

— М-м-м... зеркало?

Он издевался.

— Это не совсем то, чем кажется.

— Знаю. Мне ведь и не нужно *простое* зеркало.

— Когда мне было двенадцать, а моему брату двадцать, наша мать умерла, —мрачно начала Генриетта. — Надо сказать, что до этого мы им не пользовались, оно лежало в кладовке и бог знает что показывало. Пару дней спустя после ее смерти брат подошел к этому зеркалу и увидел ее *там*. И не раз. В результате он стал проводить всякие эксперименты. Ходил с ним по городу, торчал на кладбищах, наблюдая за отражениями. Так и свихнулся. Мы поместили его в клинику, и он умер пару лет назад. До самой смерти говорил, что загробный мир рядом, за каждым зеркалом.

— А вам оно что-нибудь показывало? — осторожно поинтересовался гость, пожирая предмет под тканью жадным взором.

Даже его темные очки не могли скрыть эту энергетику любопытства.

Генриетта дернула плечом.

— Я, знаете ли, предпочитаю в него не глядеть. Береженого Бог бережет.

— И все же мне надо его осмотреть. Я ведь должен знать, что собираюсь купить. — И он бесцеремонно стянул покрывало, открыв большое овальное зеркало на ножке.

Генриетта ойкнула и прижала пальцы ко рту.

Однако ничего пугающего она не обнаружила. В зеркале отражались только она и молодой человек.

Какое-то время он сосредоточенно осматривал зеркало, и было непонятно, о чем при этом думает. Длинные пальцы чутко исследовали раму и поверхность зеркала, оставляя дорожки на пыли. Внезапно его подбородок слегка дернулся, хотя губы оставались сомкнутыми. Она не поняла, что он там узрел.

Но было очевидно — что-то увидел.

Наконец он отстранился. И тишина стала иной.

Клиент впечатлен, поняла Генриетта.

— Йорг проводил экспертизу зеркала и сообщил мне базовую цену, — отстраненно донесся до нее его задумчивый голос.

— Но оно стоит больше, — тут же встрепенулась фрау Лаубе.

— И сколько хотите сверху? — деловито спросил он и бесцеремонно закурил.

— Ну, полагаю, вы убедились, что зеркало необычное. Вас не смущают большие суммы? Как вас, кстати, зовут?

— М-м-м... так сколько? — нетерпеливо спросил он, проводя рукой по краю зеркала.

— Десять тысяч с учетом его комиссионных, — и глазом не моргнув выпалила она.

Тип совершенно не смутился, достал телефон и что-то набрал.

— Пишу Йоргу о договорной цене в десять тысяч. Он оформит контракт. С вас ему двадцать процентов. И, получается, еще двадцать пять — с меня...

Телефон мигнул в руках гостя.

— Йорг ответил, что оформляет контракт. Оплата пройдет через него. Вы получите на ваш счет сумму уже с вычетом комиссионных. Он просит вас попозже отправить ваши реквизиты.

— Вот и ладненько. Передайте, что я позвоню ему в течение дня.

Попрощавшись сквозь зубы, в которых дотлевала сигарета, мужчина убежал, а Генриетта в недоумении осталась торчать на пороге. Неужели так просто? Судьба послала к ней сумасшедшего богача. Ей с трудом верилось, что она урвала столько денег за каких-то пять минут. Почти сразу же она позвонила Бахману и недоверчиво продиктовала данные счета.

Следующие два дня Генриетта занималась своими делами: сводила кота к ветеринару, купила удобрения для цветов, разбиралась с хозяйством. О зеркале и деньгах помнила, но пока не решалась строить планы насчет этой суммы.

На третий день Бахман снова объявился и сообщил, что клиент заплатил и документы о сделке уже отправлены ей по почте. Генриетта сходила в банк и не сразу поверила: ровно восемь тысяч евро упало на ее счет через ателье антиквара.

Старушка в очередной раз впала в раздумья и пребывала в таком состоянии до вечера. А затем ей позвонили, и уже по первым интонациям сдержанного приветствия: «Как поживаете, Генриетта?» — она догадалась, кто это.

— Я заберу зеркало?

— Конечно...

А на что оно ей вообще сдалось? Заплатил, и хорошо.

Через час загадочный незнакомец снова нарисовался на ее пороге вместе с двумя молодчиками. Генриетта и вздохнуть не успела, как те подхватили зеркало и вынесли его из квартиры. Клиент шутливо поклонился и впервые глянул на нее поверх очков:

— Приятного вечера, фрау, и удачи.

Сверкнув какой-то сатанинской улыбкой, он стремительно вышел из комнаты, а Генриетта подумала, что она, наверное, продешевила. Надо было содрать за это зеркало втрое, чтобы окупить содержание свихнувшегося брата. Этот тип заплатил бы и больше...

На пыльном полу остались только две полоски — единственное свидетельство того, что здесь стояло зеркало. Генриетта двинулась к кровати и автоматически взялась за журнал, который мусолила уже несколько дней. Мысли все еще крутились вокруг странного гостя, денег, которые теперь были ее, и проклятого зеркала.

Открыв случайную страницу, она замерла. С разворота на нее смотрел ее визитер. Это определенно был он. Те же бледные скулы и полыхающий взгляд... Большой заголовок гласил: «Люк Янсен и Inferno № 6 завершают свое мировое турне»...

* * *

Алиса положила письмо перед могилой Якоба и присела напротив. С неба струился солнечный свет, и прохладная атмосфера вечного умиротворения, царящая здесь, способствовала стремлению к образованию. Она открыла учебник и погрузилась в чтение.

Здесь всегда кто-то был, и к ее удивлению, не скорбящие, а праздные туристы, фотографы, мамы с колясками и даже целующиеся парочки. Удивительно, как спокойно мертвое сосуществует с живым.

Кладбища вызывали у нее смешанные чувства. С одной стороны, вероятность встретить здесь знакомых была довольна мала. Алиса терпеть не могла поддерживать беседу из вежливости. Если не о чем говорить, то к черту эти неуклюжие попытки.

В этом плане могила Якоба стала идеальным местом.

С другой стороны, это вызывало отвращение на интуитивном уровне. В том, чтобы возводить надгробия и мавзолеи, было что-то противоестественное. Кому нужна эта роскошь после смерти? Явно не тем, кто под землей.

Она старалась получить о смерти как можно больше информации, не только изучая ее, но и пытаясь по-своему... понять. Во время прохождения практики в клинике Алиса могла часами наблюдать, как умирают пожилые, взрослые и дети. Смерть сквозила в их лицах и отражалась в ее глазах. Она отслеживала терминальное состояние, фиксировала его в памяти как посмертные снимки, но момент ухода всегда ускользал. Где пересекалась эта граница между живыми и мертвыми?

А вскрытие... в этом она достигла преждевременного совершенства, быстро и точно диагностируя причины смерти, отчего присвистывали даже опытные патологоанатомы. Алиса разобрала на части множество людей и собрала их снова по заданному образу и подобию. Она являлась чернорабочим безвестного творца человечества, анализируя элементы чужого замысла, ища в них тайну созидания и разрушения. Но никакого секрета не было.

Конец — это просто конец.

Где же так называемая *душа*? Человек должен быть конструкцией более сложной, чем плоть и кровь. Или же ей очень хотелось верить, что люди — больше чем их физические оболочки.

Эти мысли прервали чьи-то легкие шаги и обрушившийся на нее неожиданный вопрос:

— Алиса? Далеко же тебя Белый Кролик завел...

Подняв голову, она увидела Люка Янсена.

Ее словно по голове чем-то огрели, настолько тот странно выглядел при свете дня.

— Ого. Вот уж не думала, что встречу тебя снова, — пробормотала она. — И впервые вижу тебя одетым.

Он саркастически хмыкнул и заявил:

— Не могу же я по улице бегать, как Маугли. Разрешишь присесть?

— Пожалуйста, — пожала плечами Алиса, отодвигаясь. — Ты... приходил к Сабрине?

Это казалось логичным.

— Нет, она похоронена в Цюрихе.

С момента их встречи прошло почти две недели, и по телевизору говорили, что группа Inferno № 6 отправилась гастролировать по Скандинавии.

О странном вечере, полном недомолвок и пугающей откровенности, она уже не вспоминала, хотя тот разговор оставил после себя много мыслей. Не все из них удалось усвоить ясно.

Люк стянул очки, щурясь на солнце. Видеть его ненакрашенным было еще необычнее.

— Тогда что ты тут делаешь? Оправдываешь славу кладбищенской звезды?

Он засчитал ее издевку, снисходительно усмехнувшись.

— Прячусь от своего менеджера, он меня задолбал. И случайно заехал на кладбище. Иронично, что сказать. А ты что тут забыла, девушка из морга? Тоже имидж поддерживаешь?

Придумать Алиса ничего не успела. Взгляд Люка стремительно скользнул по могиле Якоба и в конечном итоге наткнулся на лежащий у подножия креста белый конверт.

Объяснение было неизбежно.

Некоторое время они молчали, а потом Люк кивнул на письмо и поинтересовался:

— Это тебе?

Ответ вдруг вылетел из нее быстрее, чем она успела его обдумать:

— Нет, это ему от меня.

— Ну давай, теперь твоя очередь рассказывать свою грустную историю.

— Еще чего, чтобы ты потом об этом спел? — усмехнулась она.

Люк подавил очередную ухмылку и спросил:

— Секрет за секрет. Давай, Алиса.

Неожиданно от его вкрадчивой интонации и знакомой полуулыбки возникло ощущение, что она беседует со старым другом, хотя они виделись всего раз, неделю назад. Внезапно тяжелый замок в груди отворился и ей захотелось открыться Люку, как близкому человеку.

— Это... мой парень. Он покончил жизнь самоубийством, когда я оставила его ненадолго одного. Выстрелил в голову.

Он смотрел на нее, не произнося ни слова. Кожей ощущалось, как его внимание заостряется с каждой секундой. В его лице мелькнуло даже странное торжество, словно он нашел подтверждение какой-то гипотезе.

«Так значит, и ты. Ты тоже осталась», — говорило его молчание.

Атмосфера общей невысказанной тайны, случайно возникшая между ними в его доме, концентрировалась вокруг снова.

— Что значит когда ты его оставила... одного?

— Он был болен. Я должна была его контролировать.

— Должна? Так ты девушкой ему была или надзирателем?

— Уже не знаю, — отстраненно произнесла она, смотря куда-то в середину креста.

Она рассказала Люку обо всем, словно открывая дверь. И сквозь эту щель потекла вереница слов, неизвестно для кого хранимых, но сейчас они впервые нашли верного слушателя.

...Однажды девушка по имени Алиса наткнулась на ночной улице Берлина на одинокого замерзшего парня. Он торчал на станции метро «Ослоер-штрассе» и кутался в кожаную куртку, которая совсем не грела.

Его можно было принять за очередного джанки, которыми Берлин полон до краев. Пустой, ищущий взгляд, трясущиеся руки. Зрачки расширены, глаза смотрят на тебя, но не видят.

В его взгляде расслаивалась вселенная. Или же это было разложение его души.

Почему-то Алиса сразу поняла, что он не наркоман. И чем дольше она за ним наблюдала, тем тревожнее ей становилось. Он не ждал поезда, в отличие от нее. Он вообще ничего не ждал. Его пережевало и выплюнуло на обочину жизни. Все в его виде кричало об этом, хотя он не издавал ни звука.

Его взгляд остановился на ней, и где-то произошло короткое замыкание. Якоб оторвался от стены и двинулся следом. Якоб шел по станциям метро и темным запутанным улицам, и так до самого Фриденау. Когда Алиса остановилась, он замер, как ее вторая тень.

Возможно, следовало бежать, да так, чтобы он никогда ее не догнал. Но оба в тот час оказались в ловушке странной корреляции друг с другом. В преломляющемся фонарном свете Алиса увидела больного измученного человека, который нуждался в помощи и по какой-то причине узрел ее в ней. Его взгляд все время о чем-то безустанно молил.

Чего он хотел? Что искал, раз без раздумий последовал за ней, как доверчивый щенок?

События стали нанизываться, как бусины на нить.

Кто-то из них эхом сказал: «Эй...» Невесомое касание ее запястья и вживление в чужой облик по какому-то зову. Странное знакомство без имен и лишних слов.

Сама не зная как, Алиса вывела его из-под земли, и он дошел до самой двери ее квартиры. И она впустила его, потому что за него было страшно. Этот парень выглядел так, будто вот-вот сделает что-то опасное. Никогда она не испытывала чувства такого иррационального беспокойства за незнакомого человека. То, с какой покорностью он побрел за ней, говорило только, что ему действительно больше некуда идти.

(Может, он только и ждал того, кто подберет его и убережет?)

«Раз пришел, входи».

Алиса усадила его на диван, принесла ненужный чай. Спросила, кто может о нем позаботиться. Ответом были молчание и безжизненный пронизывающий взгляд. Мобильного телефона не имелось. В бумажнике нашлись мятая пятиевровая купюра и потрепанное удостоверение. Так она узнала, что ее визитера зовут Якоб Радке.

«Эй, Якоб... У тебя есть родители? Друзья?»

«Лечащий врач...» — вертелось на языке, но не сорвалось.

Якоб сидел очень тихо, водя невидящим взглядом по ее комнате. Был где-то глубоко в себе, и вытащить его не получалось.

Она проверила его запястья, но следов уколов не было.

«Ты пришла за мной?» — раздались первые внятные слова.

«Это ты пошел за мной».

«Я останусь?».

Алиса смотрела на него и чувствовала необъяснимую ответственность. Его хотелось только пожалеть. Ничего другого он и не заслуживал.

«Держи меня».

«Что?».

Более странной просьбы в тот момент нельзя было представить.

«Ты должна меня держать, — отчеканил Якоб с необъяснимой уверенностью. — Иначе я упаду».

«Но ты уже в полете. И начался он задолго до меня»

Эти слова тоже остались несказанными. Рука сама коснулась его дрожащей ладони. Алиса, которая никогда не проявляла ласку и не давала никому своего тепла. Оказывается, она берегла их для этого приемыша с улицы, и он ожил, как заводная кукла, и начал говорить.

Так они беседовали всю ночь, до рассвета. Она спрашивала, потому что умела задавать верные вопросы, а Якоб давал ответы, от которых было страшно.

«Меня уже нет. Здесь осталась только часть».

«Где же другая?».

«Не знаю. Я уже давно ее не чувствую. И этого тоже скоро не будет. Я убью себя. То, что осталось, не может существовать без содержания. Я умер когда-то. Не помню только... когда».

«Почему ты считаешь, что я могу тебе помочь?».

«Найди меня. Я вижу, что ты знаешь, как меня найти».

Молящий лихорадочный взгляд исподлобья. Слабая надежда, что его можно вытянуть, что он еще борется с собой. Сумасшедший, решивший, что только она знает, как вернуть ему целостность рассудка и личности.

Слова кончались. Алису затапливало его отчаяние, похожее на грязную черную воду.

В голове Якоба – разбитый циферблат, который уже не починить. Но она все равно начала выполнять его просьбу – искать. Где-то в этом месиве его червивых мыслей должен быть он сам. Алиса решила помочь Якобу и влюбилась в его уродство.

Что ее влекло?

«Что одной ногой он уже был там»

Очередная странная мысль, родившаяся в тишине.

Алиса хотела его уберечь, но в итоге толкнула в пропасть. Летишь, так лети. Тех, кто на полпути ко дну, уже не спасают.

* * *

– Это депрессивно-параноидный синдром на фоне прогрессирующей шизофрении. Он пытался покончить с собой еще в шестнадцать лет, и родители определили его в специальную клинику, посадили на антидепрессанты. Реабилитация не помогла, – отстраненно рассказывала Алиса притихшему Люку. – Он просто научился скрывать от них свои симптомы. В нем уживались рационалист, который прекрасно справлялся с болезнью, когда возникала угроза помещения в клинику, и... другой, тот, кто всего боялся, ненавидел жизнь и себя.

Алиса сложила ладони вместе и положила на них подбородок. Она теряла нить повествования от внезапного возвращения в ту ночь.

Впервые в ее жизни появился некий другой, который поглотил ее собственную личность, и это казалось странным. Ведь она — такой холодный, рассудительный человек. Эти качества сделали ее одиночкой. Она ни с кем по-настоящему не дружила, никогда по-настоящему не любила. Изо всех людей на земле умненькая девушка, аналитик до мозга костей, влюбилась в полнейшего психа, который жил в мире только ему понятных иррациональных страхов.

Кем она ему была все это время? Тюремщиком, возлюбленной, психиатром?

А дальше пошел уже отработанный до боли сценарий: тот день, пистолет, эта чертова песня, ее побег.

— Знаешь, — задумчиво продолжала Алиса, — был период, когда мне казалось, что каким-то образом он стабилизировался. Отчасти, может, благодаря моему присутствию. Это была иллюзия. Камень, который я толкала в гору, начал съезжать обратно вниз, и со страшной скоростью. Я разубеждала его очень долго, но однажды устала. В этом заключался момент и моего отчаяния. Я ничего не могла с ним сделать. Может, поэтому он впал в эту кому. Иногда толчок в пропасть — это бездействие. В данном случае мое.

— И что он тебе говорил про причины своего желания умереть?

— Был убежден, что в этом мире он никогда не будет счастлив. И я тоже. Что мы просто нежеланные Божьи дети.

— Еще и Бога приплел.

Брови Алисы сошлись к переносице, а взгляд устремился вперед. Кладбище, Люк и небо пропали. Она словно видела Якоба за крестом и спрашивала его уже в который раз.

— И ты ходишь сюда три года? — вернул ее к реальности голос Янсена.

— Да.

— И пишешь письма?

— Как видишь. Если их не уносит ветер, я засовываю их под крест, там есть небольшая ниша. А его родители сюда не приходят, им и так тяжело дались похороны. К тому же они страшно набожны, католики, а самоубийство — это...

— ...грех, — эхом закончил Люк. — Так говорят.

— Так говорят.

Его губы тронула недоуменная усмешка.

— И что ты меняешь этой перепиской для никого?

— Менять я ничего не собираюсь. Сделанного не воротишь.

— Тогда что это? Искупление?

— Самобичевание, — непонятно почему усмехнулась она, хотя ничего смешного тут не было, — или способ заключить произошедшее в клетку из слов, чтобы оно не сожрало меня заживо. Да, верно... — медленно произнесла она, продолжая неотрывно смотреть куда-то сквозь крест. — Я все пытаюсь найти этому место в моей жизни. Не могу выкинуть эту часть, она была важной. Но и позволить ей затопить все, что от меня осталось, тоже нельзя. Инстинкт самосохранения, может быть. Выглядит как ритуал по сохранению каких-то кусков меня... Похоже, в этой могиле моя изрядная часть.

Люк молчал, тоже уставившись в пространство. Она говорила ужасную правду обо всех потерях. Когда кто-то близкий навсегда уходит из твоей жизни, понемногу разрушается и твоя личность. Даже самые конченые эгоисты ищут в ком-то свое отражение, что уж говорить о других...

Он вдавил в землю свой чадящий окурок, не глядя на Алису, а она продолжала говорить:

— Я часто думаю... А если бы он остался жив? Остались бы мы вместе? Выдержала бы я дальше? Так ведь бывает. Люди расстаются, хотя вначале не отлипали друг от друга. И любовь умирает раньше нас самих. Ты сказал об этом в какой-то своей песне. А музыкальные критики считают, что ты знаешь о любви все.

На это он только фыркнул, но выдал что-то совершенно новое для нее:

— Отношения, которые могли бы быть, ранят сильнее всего. Тебя будет вечно преследовать это извечное «если бы».

Невольно она вытаращилась на него, очередной раз удивляясь ему. Все-таки этот Янсен бывал мудрецом.

Ветер легонько шевелил ее конверт. Затем на их глазах тот поднялся в воздух и исчез где-то за мавзолеями. Люку стало невероятно грустно от увиденного или услышанного.

Теперь он знал тайну Алисы.

Конечно, еще бы им не понять друг друга. Когда вдруг два одержимых смертью человека встречаются, то им хотя бы есть о чем поговорить.

— И что ты собираешься с этим делать? Посвятишь свою жизнь могиле?

— Пока не знаю. Может, я по-своему двигаюсь дальше. А может, стою на месте.

— Но это не твоя вина. Если он псих, то с тобой или без тебя — все равно бы это сделал.

— Я не могу выявить соотношения моей и его вины. Я не знаю, как это измерить.

Это прозвучало по-настоящему беспомощно. Люк нахмурился и извлек новую сигарету. Каждый погрузился в свои мысли, и на мгновение оба даже забыли, что сидят рядом. Дым медленно полз вверх и растворялся в пронзительной голубизне неба.

— В общем, я — абсолютно ненормальный человек, одержимый смертью, — подвела Алиса итог своему монологу. — Считай, что работа в морге — это своеобразная борьба с ней. Честно, я хочу реванша.

Он расхохотался, услышав это, и тут же слегка закашлялся.

— Послушай, Алиса, ты и впрямь не в своем уме. Хотя я тебя понимаю, — сипло раздалось из кулака у его рта. — Но глупо мстить смерти. Это преступник, которого нет. Однако если очень хочется... можно узнать, что там, за чертой, когда остановился пульс.

И в его глазах блеснуло что-то манящее, как приглашение к очередной тайне.

— И что, получается?

— Ну, предположим, я кое-что обнаружил. Но входа в их мир нет.

Ответ был крайне странным. Алиса взирала на него с нескрываемым напряжением, не понимая, шутит ли он, как всегда, или серьезен. Но почему-то все в ней замерло.

— Их мир? Да неужто рай?

Люк опять рассмеялся и, беспардонно положив руку ей на плечо, сказал:

— Все верующие — счастливцы, они думают, что их хоть что-то ждет. Я же знаю точно только одно: мертвые никуда не исчезают. Они все еще где-то есть. — В этот момент в его голосе прозвучала неведомая убедительная сила. — И можно их увидеть. Существует один способ. Правда, это все равно что смотреть в телескоп на далекие звезды. Поверь, ни слезы, ни даже наша любовь их не вернут. Якоб и Сабрина прошли точку невозврата. А значит, и твои походы сюда уже бессмысленны.

Его глаза сузились, он смотрел вперед с отчужденностью и даже жесткостью. В его речи мелькнуло что-то неуловимо жуткое.

— Откуда ты это знаешь? — сглотнув, спросила она.

Внезапно ей захотелось сделать встречное признание, продолжить их игру в секреты из могилы — что на его концерте она увидела Якоба и с тех пор он словно следует за ней по пятам, маячит тенью на стенах, все машет ей откуда-то с той стороны. С того вечера ее не покидало противное чувство, что он незримо за ее спиной. Люк сделал это той песней про закрывшиеся двери. Или же кто-то обратил его случайные слова в заклинание, приводящее мертвых к живым.

Но об этом она все-таки промолчала.

— Ты же где-то это видел? Или слышал?

— Я это не выдумал, — буркнул он и резко перескочил на другую тему. — Странно видеть друг друга при свете дня. Если честно, в прошлый раз я неоднократно спрашивал себя, была ли ты реальным человеком или просто заблудившимся привидением. Теперь вижу, что у тебя даже лицо есть.

Люк уходил от темы, и Алиса не знала, стоит ли ей попытаться ковырнуть дальше. Что еще ему известно о смерти? Пару секунд назад он говорил очень убедительно, словно мог поручиться за свои слова.

— Как там, кстати, твоя подруга Хельга? — метнул он в нее вопрос, и Алиса неохотно переключилась.

— Ольга. Ну, она протрезвела, но больше тебе ничего сказать не могу. Мы не разговариваем, если нам друг от друга ничего не надо. Она только позвонила, чтобы узнать, переспала ли я с тобой. Я сказала, что нет. Не уверена, что она поверила.

— Надо было соврать в любом случае, — хмыкнул он, — и добавить смачных деталей. Мир полнится историями, знаешь об этом? И как тебя вообще ко мне занесло в ту роковую ночь? Ты ведь не моя фанатка.

— Заплутала и выбрала пряничный домик посимпатичнее, — как всегда, саркастично отозвалась Алиса, а затем сказала правду: — На самом деле Ольга выиграла конкурс, и там было два билета. А она страшно боялась, что сделает что-то не то, и я должна была ее какое-то время контролировать, а потом оставить вас готично совокупляться.

Люк непосредственно рассмеялся.

— О-хо-хо, как же меня иногда удивляет сложность женского мышления. Но ведь вышло все иначе. В итоге ушла она, а ты осталась. Тебе вдруг... понравилось.

И он хитро улыбнулся, по-своему напрашиваясь на комплимент.

— Ты не самая худшая компания, — честно ответила она.

— И только? Зря ты тогда ушла. Мы тоже могли бы очень *готично* совокупиться. Уверяю, я и в этом специалист.

Он смотрел на нее сквозь сигаретный дым. Алиса не очень понимала его внимание и все эти шуточки с намеками.

Спасло время на часах — нужно было ехать на работу.

— Не живи упущенными моментами, Люк. А мне пора.

— Я тебя чем-то обидел? — поинтересовался он, как всегда, не собираясь никого удерживать.

— Нет, у меня сейчас смена начинается.

— Но мы еще встретимся? — нахально спросил он с развеселой ухмылкой.

— Да, если поклонница задушит тебя лифчиком. Я в морге работаю, не забывай, ко мне все попадают, — чуть сердито парировала она.

— Тогда до встречи.

Это звучало в его духе — полушутя, полусерьезно.

Разговор с Люком что-то в ней неприятно растревожил. Она выговорилась, и это походило на внезапную детоксикацию.

Однако Люк своими короткими вопросами и сарказмом заставил ее задуматься о том, что ей со всем этим делать. Так ведь не может продолжаться вечно — письма, галлюцинации. Борьба со смертью или... попытка ее понять. С этими мыслями она села в автобус и уехала.

А Люк еще посидел, изучая крест Якоба Радке.

Жизнь — шутница.

Умненькая уравновешенная Алиса влюбилась в полнейшего шизика. Она была очень рассудочным человеком, в первый же момент он заметил, что ко всему у нее научный интерес, опережающий любую эмоциональную реакцию. Видимо, там, за совершенными схемами ее разума и психоаналитическими призмами, скрывается что-то такое же отчаянное и безумное, как и ее Якоб. Все в мире тяготеет к себе подобному.

Психи — к психам.

Мертвые — к мертвым.

Люк — к Алисе.

Оставив под скамейкой гору окурков, он тоже пошел прочь, и уже миновал пару фамильных склепов и почти дошел до аллеи, как вдруг заметил застрявший в ветках соседнего куста белый конверт.

Как он и полагал, до того света тот так и не дошел. Недолго думая, Люк сунул его за пазуху и пошел к своей машине.

Ему хотелось залезть глубже в ее тайны. Между ними возникало чувство какого-то иррационального родства (родства душ, может быть?). Словно они оба стояли в кромешной тьме, держа высоко над головой по трепещущему фонарю, чей свет недоступен для глаз других людей. Только они видели этот свет и так набрели друг на друга.

Люк сел в машину и задумчиво побарабанил пальцами по рулю. Некоторое время он колебался, а потом вскрыл конверт.

Это был словно взгляд внутрь, прямиком в ее голову.

Она писала почти так же, как и говорила: мелькали неприкрытая ирония и издевка над собственными чувствами. Но среди этого невесомо проскальзывала удивительная, чистая грусть, от которой хотелось задержать дыхание. Все его песни – абсолютная ерунда по сравнению с той честностью, с которой она писала эти строчки...

Он уже прочитал ее послание, и даже перечитал его два-три раза.

Мир вдруг наполнился ее шелестящими словами.

Люк отложил письмо и выехал со стоянки. У него появилась идея.

When all that's left,
Is skin and bones,
I'll still have love for you.

Даже когда от тебя останутся
Только кожа да кости,
Я не перестану тебя любить.

New Year's Day «Tombstone»

Глава пятая
СЛЕДУЙ ЗА БЕЛЫМ КРОЛИКОМ

Алиса жила во Фриденау, одном из самых красивых районов Берлина, тех немногих, где еще сохранилось единообразие архитектуры. Даже редкие новостройки так или иначе вписывались в старые кайзеровские фасады. Все здесь льнуло друг к другу.

Буквально через пару кварталов начинался Шенеберг, но там уже царила типичная для Берлина гремучая смесь из старинных домов, турецких супермаркетов и новомодных офисов. Фриденау же оставался прежним. Все, что вторгалось в его структуру, врастало в нее.

Жизнь здесь протекала тихо и размеренно. Шумные тусовки и андеграундные вечеринки проходили где-то там, в центре и восточной части города. Фриденау спал даже днем. Он походил на древнее дремлющее существо, решившее за счет спячки пережить само время.

Алиса и Фриденау подходили друг другу. Она была мрачной девушкой, крадущейся в тени на солнечном тротуаре, а этот район полнился ею до краев. Под сенью его деревьев скрывались не только дома, но и некоторые люди. В спокойствии Фриденау иногда слышалось, как растет трава и ползет плющ по стенам зданий.

Каждый в этом мире попадает в те места, которые похожи на него самого.

Она снимала комнату в одном из старых домов. Ее соседи постоянно менялись, и их череда была типичной для Берлина — хипстеры в рэй-бэнах, готы в ошейниках, пары геев на стадии семейного планирования, незамужние немки в годах, занимающиеся самопознанием, и многочисленные студенты ERASMUS, неспособные связать по-немецки и двух слов. Ее нынешней соседкой была некая Джун Ким из Сеула, получившая комнату благодаря знакомству с предыдущей соседкой Алисы, Юнсун Ким. На это «слегка расистский» владелец квартиры только хохотал и делился с Алисой, в которой почему-то видел свою, умозаключениями: «Одна Ким или другая Ким — теперь не придется выбирать! Удобно с этими азиатами, а? И внешне одинаковые, и фамилии тютелька в тютельку».

Ее часто подмывало спросить: «А меня как вы в своей опознавательной системе пометили?»

Но она сдерживалась, лишь автоматически криво ухмыляясь.

Обеих Ким она в любом случае видела через раз. Все ее сожители предпочитали где-то бешено тусить и прибегали во Фриденау под утро, чтобы отрубиться до следующей вечеринки.

Так Алиса и жила — в вечной тени и со странными соседями.

Другая сторона ее жизни была не менее тихой, существуя между библиотекой университета и работой в институте судебной медицины. Все в ее распорядке дня было продумано и выверено по часам.

Ей нравилось иметь привычки — начинать утро с читального зала, пить перед работой жасминовый чай, расчесывать волосы с концов... Через них она структурировала хаос, живущий под слоями ее рационализма. После смерти Якоба она поняла, что ей очень нужна *структура*. Поэтому она разработала свою жизнь до мелочей и каждой из них уделяла свое время.

Учебники уже давно были не нужны, но они стали частью ее порядка. Когда она принималась за очередное вскрытие, руки начинали жить собственной жизнью. Понимание причин смерти и стадий распада давалось ей блестяще, в то время как диагностика болезней живых выходила посредственно. Потому что она не лечит, это не ее труд.

Еще во время практики в клинике Алиса безошибочно определяла, если человек был близок к кончине. Чувство возникало на кончиках пальцев, едва ощутимое, но что-то нервно откликалось в глубине и возникало *знание*. Даже если диагноз казался оптимистичным. Иногда ей удавалось доказать это и опытным врачам, составляя подробную клиническую картину.

Но бывали случаи, когда анализы говорили, что человек будет жить, однако чутье нашептывало другое. Где-то на полпути случится рецидив, и выигранное у смерти время вернется назад, к ней. Об этом говорила интуиция, но это не научная категория.

Только вот саму смерть найти пока так и не удалось. Алисе часто казалось, что в трупных явлениях она ищет какую-то суть.

Личность. У смерти есть личность.

В этих мыслях было много сумасбродства, но покуда она их не озвучивала, коллеги не считали ее безумной. Они говорили, что она — очень увлеченный человек.

* * *

На наручных часах мигало пять утра. Из комнаты Джун доносилась приглушенная речь на корейском. Скорее всего, очередной разговор по скайпу с Сеулом.

Алиса тихо прикрыла входную дверь и скользнула к себе в комнату. Они с Джун жили не мешая друг другу, и обе были благодарны такому ненавязчивому соседству, а еще тому, что каждая из них выносила мусор без напоминания.

Алиса часто работала в ночную смену. За ночь привозили в среднем двух-трех мертвецов, хотя бывали дни и без происшествий. На пару с главным патологоанатомом Хеннингом она принималась за вскрытие.

Щелкали резиновые перчатки, грохотали каталки по кафелю.

Врач монотонно бубнил в диктофон о результатах наружного осмотра. После забора образцов тканей на изучение мертвецами снова занималась Алиса. Хеннинг прекрасно знал, что она справится с лабораторной частью не хуже его, но ассистентам все же полагалось делать «черную» работу: комплексное извлечение органов и помещение их назад после осмотра врача, наложение швов, бальзамирование, возвращение в холодильную камеру.

К своей работе в институте у нее выработалось чуть ли не ритуальное отношение. В мертвых таилась некая безмолвная истина, головоломка с зашифрованными ключами. Усопшие просто ждут того, чтобы их тайны разгадали.

Психологически работа была не из легких. Некоторые трупы находились на серьезной стадии разложения, другие имели такие увечья, что их едва можно было назвать людьми. По этой причине другая ассистентка не выдержала и перевелась в клинику — к живым.

«Эту профессию слишком мистифицируют в триллерах, — морщился Хеннинг, работающий судмедэкспертом тридцать три года. — Молодежь суется сюда в надежде раскрыть преступление века, а вместо этого катает туда-сюда тележки с мертвяками, которые воняют...».

Судебно-медицинскую экспертизу в Германии почти нигде не преподавали, да и спрос на нее был только в больших городах — Берлине, Гамбурге, Франкфурте. Те немногие, кто попадал на эту работу, в итоге с нее сбегали, оставались только самые крепкие и упорные. Или одержимые вроде Алисы.

...Закрылась очередная дверь, и голос Джун растворился за ее спиной. Она включила радио, чтобы рассеять нежилую атмосферу в комнате. Колонки успокаивающе забормотали про погоду, и она прилегла на диван. Сон пока никак не шел.

Перед ней всплывали картины прошедшего длинного дня. Как она легко выдала Янсену свою тайну, а тот дымил ей в лицо, сыпал остротами... И стало легче.

Похоже, нельзя жить с камнем в сердце. Однажды его надо вытащить.

Веки медленно опускались.

«Странный человек этот Янсен... Не по возрасту мудр, но тратит себя на жуткое дерьмо».

Ей вдруг захотелось, чтобы они подружились. Он нашел для нее верные слова, а это дорогого стоит.

Что-то знакомое играло в колонках...

Then the door was open and the wind appeared,
The candles blew then disappeared.
The curtains flew, then he appeared,

*Saying don't be afraid**.

«Опять эта идиотская песня...» — пронеслось в голове, но сон уже одолевал ее.

* * *

«Алиса... Алиса...»

Эхо голосов, без устали повторяющих ее имя.

Или одного голоса, хриплого, с песком и горечью.

Тьма множится перед глазами... Сколько же у нее измерений? Сколько оттенков?

Алиса реет в пустоте, она где-то... В кроличьей норе. Падение началось, теперь назад пути нет.

Что там будет, на дне?

Страна чудес или геенна огненная?

Но в конце был только Якоб. Вся чернота уходила в него, он стал ее центром, началом и концом. Алиса двигалась к нему, а он удалялся, как лукавый мираж.

Ты видишь его, но никогда не дойдешь...

— Алиса, — отчетливо доносится до нее, хотя его губы сомкнуты, — ты хочешь меня бросить.

Внезапно они оказываются нос к носу. Все измерения этого безумного пространства наконец сошлись на нем.

Стоит, дышит размеренно, даже спокойно.

— Но я здесь, с тобой, — сами размыкаются губы, отчетливо выговаривая эти слова.

---

* Дверь открылась, и ворвался ветер,
Задул свечи и исчез.
Шторы зашевелились, и появился он,
Сказав: «Не бойся».
(Отрывок из песни «Don't Fear The Reaper».)

Так хочется провести рукой по его спутанным волосам, ощутить, как они невесомо скользят сквозь ее пальцы...

— Ты не здесь, — качает он головой.

Капризная складка обозначается между бровями. Упрямый... просто ребенок.

— А где я, Якоб? — Алиса чувствует, что ее взгляд выражает укоризну. — Где, если не с тобой?

— Ты уходишь с каждым разом все дальше. Однажды ты не придешь ко мне... И я останусь совсем один.

Их лбы соприкасаются, и они стоят в молчании посреди вечной ночи. Глаза обоих прикрыты, и ощущение физической близости реально до невозможности. Внутри Алисы шевелится глухая тоска, хочется вцепиться в него и оставить себе навсегда.

Как же его не хватает... Это как часть ее самой, которая прячется где-то глубоко внутри, пугливая, ранимая и отчаянная.

— Я не брошу тебя, обещаю.

Якоб медленно приподнимает ее лицо к своему. Глаза смотрят серьезно и мрачно.

— Хочешь найти меня, Алиса?

— Ты имеешь в виду по-настоящему?

Уголки его рта едва заметно углубляются. Он всегда так улыбался.

— Именно. Хочешь, покажу, куда я попал после смерти? Это особенное место, Алиса... — Губы мягко касаются ее щеки, проводят по ней, а голос шепчет уже на ухо: — Ты можешь последовать за мной, даже не умирая. Есть один способ...

Фраза кажется знакомой... Кто-то уже говорил ей про некий *способ*.

— Я покажу. Только согласись, и я покажу... — рассеиваются слова где-то внутри нее.

— Тогда веди.

Он зарывается лицом в ее волосы, будто врастая в нее, и его спина дрожит. Якоб всхлипывает — от горя или от счастья? В нее уходят его клокочущие рыдания, и в этой жуткой темноте их эхо становится громче слов.

— Позови меня снова. Открой дверь, и я покажу тебе путь. Не бойся меня. Никогда меня не бойся...

С этими словами его руки разжимаются, и он отдаляется. Но его дыхание и тиски пальцев все еще на ней. И эти слова.

Иди за ним, Алиса. Он не просто так тебе является. Ты должна кое-что увидеть.

* * *

Пробуждение было жутким. Глаза Алисы резко распахнулись, и раздался судорожный вдох.

Девять утра на циферблате. За окном чирикают птицы.

— ...напоминаем, что проезд на перекрестке Целлендорф закрыт из-за строительных работ на мосту... — рапортует ведущий радионовостей.

Проклятая песня уже растворилась, как будто ее и не было.

Алиса встала и машинально шлепнула по переключателю. Стало тихо. Глаза все еще досматривали сон. Она находилась здесь и не здесь.

На ней болталась одежда, в которой она ходила вчера. Значит, после работы она сразу отключилась, такое тоже иногда бывает. На автопилоте Алиса приняла душ, съела какой-то бутерброд и проверила почту. Но в голове не переставали мелькать образы.

Следуй за Якобом.

А ведь он почти никогда ей не снился. Она вообще редко видела сны, тем более странным было это видение. И каждое явление ее мертвого парня в последнее время походило на плохой знак. Хотя, как ни крути, в этой истории все знамения дурные.

Внутри Алисы всегда существовала дилемма между рационализмом и мистическим ужасом. Обычно ей не составляло труда понять окружающий мир как механизм или же подобрать ко всему математическую параллель – это было ее хобби. Однажды Алиса категоризировала и Якоба с его безумием:

«Ты – в системе иррациональных чисел. Твое сумасшествие дробится в бесконечность. Знаешь, как возникла эта шиза? Ты решил обнаружить промежутки в целых, неделимых вещах. Это как зачем-то извлечь квадратный корень из двух. Получается несуществующее число. Ты сам себя загнал в эту ловушку, Якоб. Часть тебя расщепилась, когда ты начал делить то, что должно оставаться целым».

Якоб только посмеялся на это, но не перестал быть иррациональным числом. Ей же в любом случае все казалось логичным и обоснованным.

Пока не начинался поток других знаний, идущих в обход рациональности. Эта обратная сторона всегда существовала в ее жизни. Припорошенная пылью обыденности, вытесняемая, изгоняемая, как страшный бес... И оттого пугающе реальная.

Там не было чисел, квадратных корней и логарифмов.

Это же Алиса и ее *интуиция*.

Алиса – и ее вечные *знаки*.

Алиса, которая знает, кто когда умрет.

Она предскажет вам смерть на чем угодно, от колоды игральных карт до детской считалочки. На кого укажет палец Алисы, тот помрет в ближайший год. На кого она выложит туз пик, для того он станет первым гвоздем в крышке гроба.

В этой второй реальности ничто не вычислялось. Ответы кристаллизовались сами, вопреки законам логики, но оказывались точнее любых расчетов вероятности. И это было страшнее всего.

Так, незаметно, исподтишка, сколько она себя помнила.

Алиса вовремя поняла, что об этом надо молчать. Потому что это пугает других. Что нельзя объяснить, нельзя понять. Пусть второе знание тихо живет рядом.

Хеннинг говорил, что интуиция — хорошее качество и патологоанатом руководствуется ею так же, как и головой. Его интуиция исходила из профессионализма и опыта. Алисина являлась даром, вложенным в нее до того, как она осознала его наличие.

Этот сон был как далекий привет из того мира предчувствий, который она всю жизнь старалась игнорировать. Возникало тяжелое ощущение, что она снова близка к этой зыбкой грани. По ту сторону что-то ждало ее, просило не уходить...

У их комнатного цветка, названия которого никто из соседей не знал, была прилеплена записка от Джун, в которой та просила купить мешки для мусора. Спать уже расхотелось, поэтому Алиса решила отправиться в магазин, а заодно, может, и Якоб вылупится и покажет ей Страну чудес. При свете дня начинала оживать ирония, и с ней было легче. То, над чем нельзя пошутить, рано или поздно начинает пугать.

Она стянула домашнюю майку и случайно скользнула по зеркалу взглядом. Увиденное оказалось неожиданным. На спине появились отчетливые темные следы, идущие полукругом вокруг лопаток.

Медленно она приблизилась к отражению и оглядела оттиски внимательнее: пять симметричных точек с каждой стороны, итого десять, как пальцев.

Якоб вдавливал в нее свои руки так, словно хотел добраться до мяса и костей. Ну, ему почти удалось.

Алиса надела пуловер и вышла из дома.

Следуй за Якобом.

Живых-то поводырей нет.

* * *

Семь лет назад Алиса жила в Галле. Про себя она именовала его городом бабок, потому что местное население состояло из стареющих женщин за пятьдесят и это создавало определенную атмосферу изношенности. За пределами красивого старинного центра была типичная Восточная Германия — обглоданные, ржавые каркасы домов, необлицованные фасады и какие-то страшные граффити.

Но маму город устраивал, а с годами она и сама грозила превратиться в одну из типичных Галлететок. Отца Алиса помнила смутно. Он оставил семью, когда ей было три года, и бог знает, где его носило. Мать в свое время это здорово надломило, потому что ей пришлось растить ребенка в одиночку, будучи иммигранткой. А иностранцам ни тогда, ни сейчас не были особо рады.

Но возвращаться мать не стала, оставшись в чужой недружелюбной стране. Она вжилась, справившись с одиночеством, предвзятостью, и в итоге нашла себе место. У них были хорошие соседи (тоже бабки), сердобольные и дружелюбные, они и поддерживали их все это время.

Но Алису от Галле тошнило. Ей хотелось отправиться туда, где никто не будет знать, кто ты, какая у тебя мебель в квартире и как часто к тебе приезжает почтальон.

Поэтому она сразу полюбила Берлин. Он был как лоскутное одеяло, состоял из диких, на первый взгляд несовместимых элементов. Вековые здания соседствовали с модерновыми стеклобетонными конструкциями, а полгорода находилось в вечной стройке... Иммигранты и немцы уживались здесь легче, чем в других городах, и в центре постоянно слышалось «sorry» с разным акцентом. Берлин был хаотичным, бурлящим и до ужаса честным. Только здесь вас ненавидели искренне и говорили в лицо, что думают. К тому же в таких городах реже чувствуется одиночество.

До Берлина Алиса напоминала себе насекомое, зреющее в коконе и ждущее своего часа, все делала автоматически и попадала в поток, но ни к чему не была приобщена по-настоящему. Сверстники считали ее странной, хотя враждебности не выказывали. По большей части Алиса жила в мире своих аскетичных интересов — читала много научно-популярной литературы, любила гулять в одиночестве, и ее часто можно было увидеть на ступеньках зданий, откуда она наблюдала за людьми и плывущими облаками.

После школы ей нужно было либо найти работу, либо быстро получить профессиональное образование. Финансировать дочь во время учебы в университете мать не могла — она работала продавцом в цветочном магазине и ее зарплаты хватало на двоих с большой натяжкой.

«Ты, конечно, можешь взять студенческий кредит, — поджав губы, говорила она. — Но подумай, как будешь расплачиваться, если вдруг учеба не пойдет... или если работу потом не найдешь».

Жизнь научила ее смотреть на вещи с изрядной долей пессимизма, но это можно было понять. Алиса хотела заниматься чем-то более сложным, чем выносить утки за больными, но дала себе год на размышление, начав обучаться уходу за престарелыми.

Однако решение проблемы мистически нашлось само собой. В холле ее образовательного центра была большая доска объявлений, и однажды там появился странный листок плотной зернистой бумаги. Некий Фонд Симона и Тода объявлял программу поддержки талантливых молодых людей, обещая проспонсировать образование на медицинском факультете в выбранном ими университете.

— Да что за лажа, нашли где повесить... — хмыкнул Месут. — Кто пошел на наши курсы, явно обосрался во всех других сферах жизни. Гребаные немцы. Лишь бы показать, что везде эти равные шансы...

— Подай — проверишь, — усмехнулась Алиса.

Месут слегка набычился.

— Да не буду я ни хрена делать... Что я, дурак?

Логика у него была потрясающая.

— Скажи на собеседовании, что тебя дискриминируют как турка, — заржал другой сокурсник, Марио. — Может, и пройдешь...

Парни погоготали и ушли.

А Алиса осталась и крепко задумалась. Галле был уже поперек горла.

Фонд обещал покрыть расходы на проживание, учебные материалы, административный взнос в университете и студенческий билет, при условии что учеба будет завершена в течение двенадцати семестров с учетом двухлетней практики. Кто-то очень щедрый пришел в их богом забытый образовательный центр, чтобы найти каких-то самородков.

Критериев никаких не было, кроме наличия школьного аттестата. А раз минимум — это максимум, то попытка не пытка.

Глаза уже прожгли дыру в логотипе фонда в виде черной змейки, обвившейся вокруг яйца. Странная символика... В ней мерещился какой-то философский смысл.

В спокойной манере Алисы и отсутствии у нее сомнений не было самоуверенности, лишь необъяснимый фатализм. Она быстро сняла копии со всех документов и отправила их по почте куда-то во Францию, где находился фонд. Месут с Марио прознали об этом и, как водится, растрепали. Злые языки зашептали, что кому-то подавай университет... Алису и так считали снобом, а теперь слегка возненавидели.

Маме она ничего не сказала. Если та узнала бы, что Алиса может уехать, это разбило бы ей сердце заранее. Она хотела держать дочь как можно ближе к себе, и ее в очередной раз можно было понять, ведь кроме Алисы у нее никого не было. Действовать нужно было пока тихо.

Через месяц позвонила какая-то приятная женщина и пригласила Алису на собеседование в Париж. В ее речи звучал французский акцент.

«Я... К сожалению, не могу уехать так далеко, – напряженно ответила Алиса. – Есть ли возможность финансирования поездки или... может, у вас филиал в Лейпциге или Берлине?..».

Ей казалось, что она сама себе пишет приговор.

Но события стали развиваться еще более странно.

«А, Берлин? – переспросила женщина. – Конечно, мы можем организовать встречу там. Беседу проведут наши доверенные лица, профессора медицинского факультета Свободного университета. Подойдет ли вам такой вариант?».

Подойдет ли ей? Она шутит? Это Алиса, по идее, должна ползти в этот Париж на пузе, лишь бы ее взяли.

На собеседовании действительно присутствовало несколько профессоров, и они провели с ней довольно короткую беседу. Всю неделю до этого Алиса читала учебники для студентов по анатомии и биологии. О чем они спросят? Что будут проверять? Как много может знать девушка, едва окончившая школу и начавшая подготовительные курсы сиделок? А может, упирать на энтузиазм? Или дать бизнес-план по открытию собственной клиники? От этих вопросов болела голова.

Но их интересовало совсем другое.

– По какому профилю хотите в итоге работать? Что вам ближе?

– Судебная медицина, аутопсия, – сразу ответила Алиса.

Профессора переглянулись и поцокали.

– А вы в курсе, что в нашем университете она не преподается? Хотя, если ваш спонсор согласится, вы можете изучать это в Гейдельберге...

– Нет, я хочу остаться в Берлине, – выпалила Алиса, сама не понимая, почему.

В конце концов, Берлин или Гейдельберг – какая разница?! Главное – из Галле уехать. Но Берлин ей понравился с первого момента. Через него пролегали дороги, идущие со всех концов света. Алиса душу продала бы, чтобы жить в таком городе.

– Если я пройду соответствующую практику, то смогу этим заниматься, разве нет?

– В принципе да, – кивнул один из профессоров. – Но в этой области много профильных знаний. А почему живыми не хотите заниматься?

– Кто-то же должен заботиться о мертвых.

Не очень умный вышел ответ, но слушателей он позабавил.

– Мне кажется... нет смысла изучать только жизнь и способы ее продления. Смерть недооценивают. Возможно... в этой области больше ответов о жизни, чем думают люди.

Они почему-то заулыбались.

Тронула ли их ее мрачная честность или что-то другое, а может, она была единственной, кто знал, чего хочет, и что сказали другие кандидаты, если они вообще были, — всего этого Алиса не знала.

Вдруг она заметила маленькую видеокамеру на столе перед собой.

— Для чего это?

— Мы делаем записи всех претендентов для директоров фонда герра Симона и герра Тода. К сожалению, они не могут лично присутствовать при собеседовании, так как работают в Париже...

Пять профессоров с кучей степеней выслушивают лепет какой-то неудачницы, да еще и делают запись для этих Симона и Тода. Как много чести.

В общем, никто не интересовался ее амбициозностью или моральными соображениями, призывавшими ее в медицину. Она даже не проходила никаких дополнительных экзаменов по анатомии, биологии и химии.

Алиса выпала из кабинета в прострации. Чего от нее хотели? Дала ли она им это?

В Галле она возвращалась с чувством, что кто-то над ней скверно пошутил. Если она не пройдет, то все это поймут, потому что она останется на курсах. И Месут с Марио, два дебила, будут, как всегда, глупо ржать и тыкать пальцем.

Через неделю пришло письмо на дорогой бумаге с золотым тиснением. Она без труда узнала логотип — змею вокруг яйца. Герр Симон и герр Тод благодарили ее за встречу, смелость и стремление получить больше. Они предоставляли ей грант на двенадцать семестров. От нее требовалось только поступить на медицинский факультет любого местного университета, что с ее мозгами не составило труда.

Несмотря на то, что по профилю ей рекомендовали Гейдельберг, Алиса выбрал Берлин. Этот город получил ее душу раньше, чем она в него переехала. К тому же до Галле было всего два часа на автобусе, а значит, она сможет присматривать за матерью, которая никогда не простит ей побега.

— Милая, куда ты собралась? Какой фонд? Да они какие-то жулики! — кричала она.

— Они не жулики, — как всегда немногословно отвечала дочь.

— Откуда ты знаешь? Во что ты хочешь ввязаться?

— Я уже подписала контракт, поступила в университет и мне предоставили комнату в общежитии...

— И будешь жить с кучей накуренных студентов и сраных иностранцев...

— А мы кто? — не выдержав, начала огрызаться Алиса.

Это был мигрантский парадокс. Стоило приезжим вжиться в страну, которая их отторгала, как они начинали ненавидеть всех других понаехавших.

— Знаю я, что в этих общагах творится. Курят там дурь целыми днями и чиллятся, какая учеба?!

— Тогда я съеду для твоего спокойствия в «ВэГэ»*, — процедила Алиса. — Но не останусь в Галле. Иначе на одну бабку тут станет больше...

— То есть ты меня бросаешь?

— Нет, я просто уезжаю учиться...

— Это одно и то же! — раздраженно воскликнула мать. — Как ты вообще могла все это втихую про-

---

* «Вэ-Гэ» (WG) — сокращение от Wohngemeinschaft *(нем.)* — жилье сообща; форма аренды квартиры или дома вместе с другими людьми.

вернуть?! Почему ты мне никогда ничего не рассказываешь? Такое впечатление, будто хочешь быть чужой в доме!

С этими словами она вышла из комнаты, хлопнув дверью.

Алиса глядела на осыпающуюся с косяка штукатурку, а в ушах звенели гневные слова матери.

«А если я не притворяюсь чужой? — спросила она саму себя. — Что, если я и есть чужая?».

Ее всегда преследовало чувство, что она не на своем месте, куда бы ни пришла. Раньше она не знала, что делать с этим ощущением инородности. Она ведь была в коконе или яичной скорлупе. Тоже верная метафора.

Но все преграды разрушились, а когда скорлупа трескается, обратного пути уже нет.

Однако в яйце был не цыпленок, а змея — логотип фонда на это намекал. И этой гадюкой в итоге оказалась она сама, по крайней мере в том контексте, в каком мать выставила ее стремление получить образование.

В конце августа она уехала в Берлин.

С матерью все это время велись разговоры на повышенных тонах, закончившиеся обоюдным молчанием на года. Та махнула рукой и переключилась на свой сад. Ей надо было о чем-то заботиться, и иногда цветы в палисаднике бывают благодарнее родных детей.

А Алиса оказалась в новом мире. Жизнь в Галле забылась быстро, как если бы ее и не было. Память начала стирать ее сама по себе. Отношения с матерью стали выравниваться буквально три года назад. Они снова заговорили, и та даже стала проявлять какое-то участие к ее учебе и работе. Алиса зарабатывала как ассистент патологоанатома достаточно. Это значит, она справилась, а не провалилась, как ей пророчил весь город бабок.

Но правду знала только она сама — из всего, что с ней произошло за семь лет в Берлине, учеба была самым легким.

* * *

— Да ты обалдел, Танатос! — выдал Дэвид, с легкой неприязнью глядя на фигурку кролика, отплясывающего на доске.

Тот возник из ниоткуда и начал творить беспорядок, сталкивая между собой фигуры, а какие-то вообще выкидывая с доски ударом деревянных лапок, пока не пробрался к черной королеве, которая все так же стояла на своем месте.

Что о себе возомнил этот ушастый? Что он защитник королевы? Ее верный слуга?

Танатос откровенно посмеивался, поглаживая пальцами массивный подбородок. Разноцветные глаза Дэвида уставились на него с досадой и с тенью внезапного понимания. Его противник оказался тоже набит сюрпризами.

— Ты портишь игру, рушишь ее, — возмущенно заявил Дэвид.

— Я ввел новую фигуру, как и ты, — спокойно возразил тот с напускной рассудительностью. — Просто моя оказалась чересчур подвижной. Смотри... всех твоих пешек выпнула.

— Дурацкие у тебя правила, — проворчал Дэвид.

— Но ведь это уже давно не шахматы.

С этим утверждением спорить было сложно.

No one knows where the ladder goes.
You're going to lose what you love the most.
You're not alone in anything,
You're not unique in dying.

Никто не знает, куда ведет лестница.
Ты потеряешь то, что любишь больше всего.
Ты не одинок в чем бы то ни было,
Ты не уникален и в смерти.

Bright Eyes «Ladder Song»

Глава шестая

КОГДА КОНЧАЕТСЯ МУЗЫКА И НАЧИНАЕТСЯ ТИШИНА

— Люк, где ты, бэби? Папа волнуется... — раздалось из телефонной трубки.

Он только закатил глаза. Анри. Пасет его, как барашка на выгуле. Таких звонков он получал примерно десять в день, если они не виделись.

— У бэби все хорошо, — ровно отозвался он. — Расслаблялся после концертов.

— Ты меня беспокоишь, — задумчиво ответил ему тот. — Я все думаю, что мне с тобой делать.

— Ох, умеешь ты выбирать формулировки. Я прямо чувствую себя полноценной личностью с автономной волей.

— Я серьезно. Ты устал?

— Как мне ответить на твой вопрос?

— Честно. Если тебе все на уши уже давит, скажи... Я дам тебе отпуск. Отыграешь последний концерт в туре, и я тебя трогать не буду, обещаю.

— Подпиши мне по этому поводу контракт, — только огрызнулся Люк.

Последнее такое обещание Анри было безбожно пущено по ветру. В первую же неделю отпуска тот выдрал его из его берлоги с требованием прийти на два телешоу, одно из которых было кулинарным.

— А что после? Может, я еще и программы для молодых мамаш буду посещать? — в бешенстве орал Люк, а Анри только хихикал.

Ничего смешного в этом, впрочем, не было.

— Ты выжат, я понимаю, — деловито звучал голос продюсера, а где-то в его реальности слышались шелест страниц и стук пальцев по клавиатуре. — Но пойми и нас. Мы все работаем на группу. У нас примерно такой же график, только в офисах. У всех рано или поздно крыша едет. Мне надо, чтобы твоя не слетела. Наркоту ты вроде больше не трогаешь, это хорошо. С бухлом тоже под контролем, хотя мог бы пить чуть реже.

— Брось, здоровая рок-звезда — плохая рок-звезда, — вяло отпарировал Люк. — Мне нужно полгода, чтобы ты не трахал мне мозги. Полгода, Анри. Дай мне затишье.

— Пишешь что-то? — проницательно осведомился этот жук.

— Не твое дело. Мы заканчиваем турне, а дальше чилаут. Можешь ломиться ко мне в дом, брать мою кровь на анализы, только не вытаскивай меня все это время на люди.

— Ты так говоришь, будто я держу тебя на поводке, — делано удивился Анри. — Я понимаю тебя. Сделаем, как хочешь.

Люк слегка расслабился и прислонился головой к стене. Может, с ним еще можно договориться. Если каждый раз публично выкидывать по финту, Анри от страха начнет давать ему время на то, чтобы он мариновался в блаженном одиночестве. Это напоминало инфантильный шантаж, но ничего другого Люк противопоставить не мог.

— Кстати, один вопросец... — Интонация Анри изменилась, и в голосе зажглось любопытство. — На хрена ты недавно ездил в Шенеберг?

От неожиданности Люк выронил изо рта сигарету, которую безуспешно пытался поджечь свободной рукой, и даже отвел от уха телефонную трубку, посмотрев на нее так, как если бы там имелась скрытая камера.

— Ты что, делаешь как твоя жена? Посадил на меня GPS-трекер? — не поверил он своим ушам.

Вся семья Анри страдала паранойей и манией шпионажа, вплоть до его малолетних сыновей, которые доносили друг на друга родителям.

— Очень надо, — послышалось снисходительное фырканье. — Я посылаю за тобой охрану, глупый. Они держатся подальше, но следят, чтобы на тебя не напали. Помнишь ту больную из Чили? Она тебе клок волос вырезала.

Было дело. Однажды к нему пристала какая-то сумасшедшая, которая отчекрыжила у него прядь и убежала с радостным хохотом. Тогда у Люка возникло жутковатое ощущение, что если он на минутку зазевается, то все части тела перестанут ему принадлежать.

— Ты никогда не смотришь по сторонам, — ворчливо продолжил Анри. — Чешешь вперед как танк. Думаешь, раз напялил очки и шапку натянул на лоб, так тебя никто не узнает? Смешно. Твоя безопасность — моя ответственность. Парни сказали, ты выволок из дома тридцать три на Рубенс-штрассе какую-то здоровую фигню в чехле.

— Антиквариат, — отозвался Люк сквозь зубы.

Наконец-то удалось прикурить. Но ухо горело, а кулаки чесались. Вездесущность Анри напоминала кожную болячку.

— А, помню, — отрешенно отозвался продюсер, тарабаня по клавиатуре как сумасшедший, — собираешь какое-то старье...

— Когда мы летим? — перевел тему Люк.

— Что с тобой вообще? — живо последовал вопрос, и не дожидаясь ответа, Анри буркнул: — Сегодня вечером, склеротик.

Он по-прежнему что-то бубнил, но Люк уже отключился.

Две недели прошли в хаосе. После концерта в Берлине они отыграли еще в Дании, Финляндии, Швеции и Норвегии. Впрочем, эти были еще приятные поездки. Люку нравился северный менталитет, его легкая меланхолия и интровертность. Ему казалось, что там его музыку принимают как что-то само собой разумеющееся. Не было избыточной драматизации, как в других странах. Можно сказать, он даже слегка расслабился в сканди-туре.

Потом, как при ускоренной перемотке, пролетели смутная неделя в Берлине, дурацкий торг с Генриеттой Лаубе и случайная встреча с девушкой из морга.

Алиса.

Ее письмо было с ним. Да и все. Он вернулся на кладбище, к могиле чокнутого Якоба, и нашел ту самую нишу, о которой она говорила. На самом деле это была просто зарубка глубиной примерно в три сантиметра. В нее она засунула пухлую пачку писем, а торчащие края слегка присыпала землей.

Люк отрыл их все, сфотографировал каждое и вернул оригиналы на место.

И начал читать...

Ее слог растворял. Началась фрагментация меж строк ее простых, но точных фраз, иногда едких, как кислота, но искренних. Это то, что зовется правдой. Читая ее письма, он словно вновь воскрешал себя, того старого Люка, который написал свои первые песни, чтобы у него не лопнула переносица от отчаяния и необратимости произошедшего. Тогда каждое слово было верным, а каждый звук гласил истину.

Он понял, что просто хотел бы написать такое снова. Не тот пафос, что сейчас весь мир слушает, а что-то... новое.

Что-то о ней.

Последние два дня его не оставляло почти забытое ощущение зудящего вдохновения. Оно кололо ему пальцы, глаза, губы... Надо было уединиться, чтобы выпустить это таинственное зреющее чувство. Полгода после тура. Идеально, чтобы написать альбом о девушке, которая сильнее смерти.

Она и сама пока не знает о своей силе.

Его взгляд блуждал, ловя в окне отблески солнца. Что-то вырывалось из пелены, он ощущал контуры замысла. О сборах же забыл напрочь. Помнится, с вечера что-то кинул в дорожную сумку, но что именно... Да к черту! Внезапно стало не до этого.

Он проворно вскочил с пола и отправился в комнату, где стояла его старая «ямаха», за которой написаны все песни.

«*Музыка начинается с тишины*», — сказал кто-то задолго до него.

Он включил синтезатор, и светодиод послал ему приветливый сигнал. Люк не переставая слышал незнакомый ритм, раздробленный на обрывки фраз, но стремящийся стать чем-то единым. Он уставился на клавиши с какой-то нерешительностью, и пальцы извлекли первый звук, испуганно взвившийся под потолок.

Ля минор — и будто что-то разбилось. С этого все и началось. С осколков. Но сейчас каждый из них потянется друг к другу, как эти ноты. Сейчас все снова будет целым...

Алиса нашептала ему историю, и он превратит нить ее слов в музыку. Ее голос постоянно звучал в его голове.

Следующие два часа его не было в этом мире. Люк полностью растворился в той реальности, которая случайно возникла между ними двумя: этот мирок солнечных аллей и холодных надгробий, где легко рождались самые тяжелые откровения.

Пальцы уже порхали сами собой, он даже не понимал, откуда возникает мелодия – чистая, печальная, похожая на ледяную воду...

Но все прервалось в одно мгновение. Люк очнулся и перевел дух. Он сидел в темной комнате, а снаружи раздавался требовательный гудок машины.

На часах было уже без пяти восемь, до отлета в Цюрих оставалось около двух часов. Люк подхватил в коридоре свою сумку с вещами и отправился к ожидающей его машине.

* * *

Сначала на сцене царила абсолютная темнота. Внезапно жестко взревели гитары, вместе с первыми аккордами вспыхнули прожекторы.

Люк вышел на сцену, и публика загрохотала голосами вселенной.

Он был в прекрасном настроении, посылая им свои загадочные, манящие улыбки, и море людских голов колыхалось навстречу. Отовсюду к нему тянулись руки. Каждый хотел получить часть его.

Про этот концерт еще не раз будут говорить как про энергетическую катастрофу... Фанаты потом с трудом могли описать, что там творилось. Свет, звук, голограммы и взрывы пиротехники – похоже, группа решила свести всех с ума.

Люк видел каждое из обращенных к нему лиц, и в них читалась жажда необъяснимой надежды. Благодаря ему люди во что-то верили. Странно, смешно, мило. Каждый видел что-то свое, и при этом все видели одно и то же. Раз так, надо петь дальше. Большей пользы он и не принесет. Люк впервые хотел дать им то, за чем они пришли, а не просто отыграть сет-лист.

Потому что он хотел, чтобы и Алиса его услышала. У его бесцельного творчества вдруг снова появился адресат.

«Вот о чем я прошу Бога, вышние силы, кого угодно... Пусть мои слова дойдут наконец-то до тех, кому они действительно предназначаются...» — сумбурно пронеслось в голове.

Свет прожекторов хаотично скакал по нему, а он замер, невидяще вглядываясь в толпу. В тот момент на него будто обрушилась божественная благодать. Если молитвы вдруг услышаны, человек чувствует себя частью безымянного целого. Ощущение единения с музыкой и людьми и растворение собственного тела накрыло его вязкой пеленой.

Но в какой-то момент Люк понял, что уже ничего не различает. Лица превратились в размытые точки. В ушах стало глухо.

Он задыхался.

Световые пятна бешено носились по сцене, а из груди рвался судорожный кашель.

Такова суть божественной благодати: одна рука тебе дает, а другая забирает.

Вдохнуть не получалось, а прыгающие лучи вокруг только усиливали это странное удушье. Гитаристы яростно исполняли жесткое соло, ударные как будто сошли с ума...

Или это его пульс так жутко бьется в висках?

Пользуясь прыгающими по подмосткам лучами света, Люк скрылся за сценой и попытался снова набрать в легкие воздуха. Грудь болела. Шея, судя по ощущениям, раздулась.

На миг он испытал страх перед ждущей его неизвестностью. Что будет потом?

Вдох? Или тишина?

Кажется, у него глаза вылезли из орбит...

Ладони отчаянно колотили о стену, наконец что-то с болью вырвалось и он облегченно опустил веки.

Через мгновение Люк пришел в себя и уставился на стекающие по побелке струйки крови. Было смутное подозрение, что это только что вырвалось из него. И это не прикушенный язык.

Утерев подбородок, Люк отправился назад, на сцену.

* * *

А на следующий день, высоко подняв ворот легкой куртки и нацепив темные очки, Люк торчал в приемной небольшой частной клиники под Цюрихом.

Рядом сидела только пара старушек, лопочущих про свои анализы. Время от времени они жизнерадостно обращались к нему с риторическими вопросами, но он в ответ только мычал что-то нечленораздельное. Ожидание, длившееся не более получаса, показалось вечностью.

В обычную клинику — ясен пень — он в жизни не пошел бы, а сообщать об этом Анри не было никакого желания. Все его звонки за утро он проигнорировал, а из отеля вышел через черный ход, чтобы его дуболомы за ним не последовали. Иногда его самого ужасала собственная жизнь, в которой он прятался не только от поклонников, но и от лучших друзей.

О том, как он закончил вчерашний концерт, даже вспоминать не хотелось. Оставшиеся три песни Люк неожиданно для группы и публики отыграл сам, акустически, иначе ему было не перекричать их хеви-метал запилов. Все закончилось тихо, чуть ли не как колыбельная. Впрочем, в социальных сетях это назвали «атмосферным» и ставили хэштег *#домурашек*. И на том спасибо.

— Герр Янсен, — обратилась к нему медсестра, — вас ждут.

Он встал, быстрым шагом направился в кабинет и уже там наконец-то стянул очки, расслабленно улыбнувшись Ингрид.

Пожилая женщина с высокой прической поднялась с места и крепко обняла его. От нее пахло анисовой водой. Люк никогда не понимал, почему. Может, это было одно из лекарств, но запах был даже в ее доме, что напоминало ему о детстве.

— Люк, — растроганно протянула она. — Наконец-то вернулся! Ну скажи, что навсегда!

— Ноги моей тут не будет вне концертного тура. Но я рад тебя видеть.

Ингрид фыркнула и вернулась за стол с презрительным видом. Впрочем, Люк прекрасно понимал, что это напускное.

— Ну и дурак! Встречаю иногда твоих бывших одноклассников, всегда спрашивают, как ты. Будто мы с тобой регулярно общаемся. Позвонить-то не удосужишься, какие уж визиты.

Люк улыбнулся, устраиваясь в поскрипывающем кресле, стоящем в кабинете уже бог знает сколько лет.

Ингрид была в его жизни кем-то между матерью и другом. Она присматривала за ним с детства. А когда кто-то опекает тебя с такого раннего возраста, начинаешь верить, что этот человек был всегда. Она никогда с ним не церемонилась, могла даже дать пинка... Люк всегда питал слабость к прямолинейным людям, даже если их прямота граничила с бестактностью.

Врач смотрела на него с плохо скрываемой нежностью. Перед ней был все тот же Люк: много нешуточного упрямства и крепнущая с годами нелюбовь к родному дому. Он постарался вычеркнуть все, что только могло потянуть его назад. Обрубил почти все контакты и никогда не приезжал в гости вне концерта. Да и говорил уже как берлинец, быстро и глотая все окончания.

«Что можно сделать с человеком, который полжизни посвятил тому, чтобы отпилить свои корни?» — часто спрашивала себя Ингрид.

Благословить его, и пусть несется как перекати-поле.

Она подняла на него смягчившийся взгляд и сообщила:

— Как правило, я вижу в своем кабинете Янсенов, если они больны или если думают, что больны. Как твою матушку, к примеру. У нее все хорошо?

— Просто прекрасно. Ив покинула Старый Свет и вернулась в Штаты. Мы с ней не видимся. Единственное, что нас связывает, — это открытки по праздникам.

Ив. Не мать, а просто Ив. И главной причиной была сама Ив.

«Не зови меня мамой, я чувствую себя старыми разношенными тапками», — брюзжала эта американская лошадь своему четырехлетнему сыну.

Сказано — сделано: никаких «мам», только Ив.

Ингрид помнила ее очень хорошо. Высокая, под два метра ростом, челюсть как у мужика и прокуренный голос. Но у нее был продуманный образ себя, как ни крути. Этакая независимая женщина, повернутая на здоровом образе жизни и равноправии.

С отцом Люка они жили в постоянном стрессе, потому что Ив не хотела вписываться ни в круг его родственников, ни в город — никуда. По-немецки знала всего пару фраз и произносила их с чудовищным американским акцентом, даже не утруждая себя попытками скрыть его. Критиковала швейцарский размеренный образ жизни, называя Цюрих лежбищем живых мертвецов. И тут, надо признать, они с Люком были два сапога пара. Нелепым чувством юмора он пошел в мать, и это стало еще одной причиной, по которой Ив и Люк не могли выносить друг друга дольше суток, потому что с возрастом становились похожими, как две капли воды.

— Мой дорогой, родные люди так себя не ведут, — тем не менее укорила его Ингрид.

Люк ухмыльнулся под нос и спросил:

— Ну а кто сказал, что мы родные?

— Я не лезу в ваши взаимоотношения, хотя за долгие годы знакомства с вашей семьей у меня, кажется, есть на это право. Твоя мать, в сущности, одинокая женщина.

— По существу, мы все одинокие люди, — парировал он, вертя в руках песочные часы с ее стола.

— Я знаю только, что ты упрямец и немного дурак. — Ингрид нацепила очки и посмотрела на него снова, уже более внимательно. — А на вид — бледная немочь. Слушаю тебя.

Тогда Люк перестал курочить ее вещи и описал в общих чертах, как заплевал кровью стену, и удушливый кашель, который в последнее время его доставал.

Ингрид слушала, и ее лицо выражало настороженность. Постепенно тонкие брови медленно сходились к переносице, пока не превратились в одну прямую линию. Люку нравилось ее лицо, оно было невероятно честным. Движение одной мышцы могло заменить любые слова.

— Мне совсем не нравится твой рассказ, — сурово сказала она. — Но пока не проверим, я воздержусь от выводов.

И Люк понял, что выводы были не очень хорошие.

* * *

Вернувшись с рентгена, он уже успел подумать о всевозможных вариантах. Но за годы у него выработалось странное спокойствие ко всему происходящему. Шоковый порог как-то стерся...

— Садись, — жестко велела Ингрид.

Люк упал в кресло и обнаружил, что дисплей на стене включен. Ингрид щелкнула мышкой, выводя на экран рентгеновский снимок.

— Знакомься, Янсен, это твои легкие, — резко бросила она.

— Очень приятно, — отозвался он, отстраненно разглядывая картину, которая ни о чем ему не говорила.

Но умом он уже и так дошел.

— У меня рак?

— Четвертая стадия.

Брови поднялись, по губам расползлась рассеянная ухмылка. Лучше всего к выражению его лица подходило слово «недоумение». Ингрид молчала, буравя снимок погасшим взглядом.

Люк принципиально не ходил к врачам, иначе напоминал бы себе ипохондричку Ив, способную найти у себя любую болячку. Изредка его сканировал доктор Анри. На свой вечный кашель он уже давно не обращал внимания. Если бы не приступ на концерте, Люк и дальше жил бы покашливая. Но в этот раз все как-то совпало...

Можно было прийти к Ингрид раньше, но в Цюрихе он бывал редко, а потому в чем смысл этих «если бы да кабы»?

Известие о раке почему-то не вызвало *нужной* палитры эмоций. Он вообще ничего не почувствовал при этих словах. Только мелькнула мысль, что как-то мечтал умереть раньше Иисуса. Ну и браво: ему только двадцать восемь — и значит, мечты сбываются.

— Я думал, что это последствия пневмонии, которой я переболел в детстве... или, может, бронхит. Я всегда кашлял, ты же помнишь.

Ингрид смотрела на него, даже не зная, что сказать. К чему он это? Хочет, чтобы она разубеждала его или согласилась с тем, что болезнь затерялась за кучей неоднозначных симптомов... лишь бы не думать о том, что на самом деле он запустил себя сам?

— Симптоматика рака легких и пневмонии весьма похожа, — сокрушенно покачала головой она. — Рентген и компьютерная томограмма твоих легких, к сожалению, показывают другое. Конечно, мы посмотрим результаты анализа твоей мокроты, сделаем еще биопсию... Но, боюсь, это вряд ли изменит картину. Более того, вспышки пневмонии всегда острые. Ты же кашляешь изредка, при этом есть фоновые боли в грудной клетке.

— Но до вчерашнего дня это не причиняло мне сильного дискомфорта.

— Так бывает. Это рак легких четвертой стадии. Добиться ремиссии почти невозможно. Мне жаль.

За своей резкостью Ингрид на самом деле прятала материнские чувства к Люку. Присматривая за ним по просьбе Ив, она невольно привязалась к нему и считала частью своей семьи. Частенько он приходил к Ингрид, когда не хотел возвращаться домой, и просиживал целыми ночами у нее на кухне, дергая за струны гитару или отсыпаясь в самой неудобной позе. Странная дружба между женщиной в возрасте и мальчиком-подростком. Но с первого момента Люк понял, что Ингрид можно доверять. Так она стала своей в доску, хотя сама находила это страшно противоречивым.

Это она наблюдала его фактически беспризорное детство, потому что он удирал от семьи при любой возможности, ибо там царил постоянный дурдом. Бог знает, где он шатался и с кем общался...

Главное — что приходил он всегда к ней, а не к чертовой Ив.

Это она наблюдала его отвязное отрочество — и первые эксперименты с музыкой, и первых девушек. Ингрид помнила и Сабрину, которая была как будто создана для Люка... Оба такие шальные и веселые.

Господи, веселый Люк — как давно это было.

Ей казалось, что однажды ребята все бросят и уедут вместе шататься по свету. Но вышло все не так. Сабрина глупо и нелепо погибла, а Люк в молчании проклял родные места и удрал, на этот раз навсегда.

Она всегда ругала его, но при этом понимала. Так она выражала свою любовь.

Ингрид оказалась и среди тех немногих, кто получал от него весточки, когда он уехал и серьезно занялся музыкой. Но что с ним происходило на самом деле, в сотне километров отсюда, она не знала.

И вот Люк снова перед ней, теперь уже взрослый мужчина с лицом испорченного ребенка. И он умирает. Все, что она знала о его жизни, пролетело в ее памяти за эти десять минут молчания.

Она ждала, что он будет настаивать на лечении или, может, заплачет. Но ей не хотелось видеть такого пренебрежительного равнодушия. Нет, это не мужество, а какое-то абсолютное безразличие.

— И сколько мне осталось?

— Сложно сказать. Несколько месяцев, но если попробуем лечить, может, выиграем год.

— Но это будет год безрадостный. Думаю, лучше сдохнуть сразу.

— До чего ты себя довел?! — подняла она на него внезапно повлажневшие глаза.

— Я думаю, что как приличная рок-звезда я должен напиться, поджечь свой дом и сгореть там заживо.

— Умереть, захлебнувшись собственной кровью, тоже очень стильно, — рявкнула она, разозлившись на его дурацкие шутки. — Я ничем не могу тебе помочь, Люк. Ты должен был прийти к врачу, как только этот кашель вообще дал о себе знать. Ты просто пустил все на самотек.

Они сидели, чувствуя, что сказали все, что могли. Люк еще некоторое время разглядывал свои легкие, словно какую-то любопытную находку, а затем поднялся.

— Ив скажешь?

— Еще чего не хватало. И ты не вздумай. Впрочем, у нее своя жизнь.

— У нее всегда была своя жизнь, несмотря на тебя и твоего отца, — вздохнула Ингрид.

— И за это я, кстати, ее уважал. Хотя мать она хреновая, надо признать.

— Родителей не выбирают.

— Диагнозы тоже. Спасибо, Ингрид, — сказал он совершенно искренне. — И никому не говори. Надеюсь, что никто больше и не прознает.

— Разумеется... — Она устало вытерла глаза и с жалостью посмотрела на него. — Будешь все так же носиться по сцене?

— Нет, запишу еще одну пластинку.

Люк тепло ей улыбнулся — и это был не развратный оскал, предназначавшийся для сцены, а простая дружеская улыбка, полная человечности. Для Ингрид было ясно значение этого мига.

Она обняла его, осознавая, что это, скорее всего, в последний раз.

* * *

Люк вернулся в Германию вечерним самолетом. Он не мог жить дома, хотя стоило признать, что у швейцарцев, в отличие от немцев, был вкус.

При воспоминаниях о годах в Цюрихе он чувствовал себя как после просмотра какого-то очень старого фильма. Лица и события уже не имели значения, остались лишь дрожащий кусочек неба и пара смутных фраз. До смерти Сабрины он мог сказать, что это были дикие, веселые деньки, наполненные репетициями и умиротворением. Но все истерлось, поблекло, и не хотелось окунаться в это снова.

Про Германию он любил говорить, что у него там было недвижимое имущество — дурацкий трехэтажный особняк с горгульями. Но домом в настоящем смысле он не являлся. Скорее, им стал сам Берлин — странный город, не похожий ни на вылизанный Цюрих, ни на другие города Германии. Берлин был этаким хамелеоном, принимая в себя многих людей вроде него, которые мало к чему принадлежали.

О своем диагнозе он предпочел сейчас много не думать. Тут все было предельно ясно: он докурился. Странно, что не сторчался лет на пять раньше. Хотя казалось, что еще чуть-чуть... И конец. Значит, сейчас верное время.

Придя домой, он увидел валяющийся на полу в холле пыльный чехол. А, да, он совсем забыл про зеркало Генриетты Лаубе. Само оно уже было в мансарде, вместе с остальным «антиквариатом», как он сформулировал это для Анри. В прошлый раз он так и не успел изучить его нормально. Даже не разуваясь, он отправился прямо наверх.

Зеркало стояло чуть впереди, ловя блики тусклого света.

Люк подошел ближе и уставился на зеркальную гладь, в которой отражался он сам и комната позади него.

— Ну же, — прошептал он, ласково поглаживая раму, — покажи мне что-нибудь. Давай...

Его голос звучал нежно и проникновенно, как если бы он говорил с любимой девушкой. Но это всего лишь был старинный предмет мебели.

На него уставились блеклые зеленые глаза с полопавшимися сосудами. Зеркало молчало.

— Теперь ты — мое. Давай...

Тогда, в доме Генриетты Лаубе, он мельком увидел, что за ним кто-то стоял, положив руки ему на плечи... Но в тот раз мираж ускользнул, стоило ему моргнуть. Он постучал костяшками пальцев по стеклу и ощупал раму — ничего.

Терпения у него не было, и Люк, чертыхнувшись, пошел вниз, забыв прикрыть дверь. Его спина удалялась в отражении, пока не исчезла на лестнице. Некоторое время в зеркале ничего не отражалось, кроме куска комнаты и распахнутого проема.

Однако позже в отражении нарисовалась девушка, невероятно походящая на самого Люка. Такая же высокая, зеленоглазая, с причудливым изломом бровей, отчего ее лицо казалось слегка удивленным.

Но в мансарде было пусто.

— Люк, — беззвучно разомкнулись ее губы.

Ее пальцы коснулись поверхности зеркала с другой стороны, и на лице отобразилось искреннее недоумение. Но он уже был внизу. С легким разочарованием девушка развернулась и ушла куда-то... куда-то за зеркальную раму, в мир, который уже не отражался.

Heads up, we're in a dead club.

Берегись, мы в клубе мертвецов.

The Kills «Doing It To Death»

Глава седьмая

ЕСТЬ ОДИН СПОСОБ

«Привет, Якоб. Мог бы для приличия рассказать, как у тебя дела.

Мои дела по-прежнему, да и в мире все без изменений. Солнце всходит и заходит, а часы тикают. Время делает нас заложниками нашей памяти. Если бы не попытка человека разбить действительность на часы и дни, мы не придавали бы такого значения тому, что было, есть и будет.

Пифагор давно сказал, что все есть число. Правда, был еще Фалес, который твердил, что все — вода. Кто из них прав? Время ведь и число, и река.

А еще это просто отсчет в пустоте, который начали люди.

Забавно: в двух разных книгах за короткий промежуток времени мне встретилась одна и та же фраза на латыни: quod erat demostrandum — «что и требовалось доказать». Я не упускаю просто так подобных случайностей, хочу, чтобы они имели смысл.

Только вот что требовалось доказать? Что все — число? Что все — вода?»

* * *

Алиса гоняла на шаффле* одну песню за другой в ожидании поезда. Уши были заткнуты, чтобы не слышать воплей каких-то тинейджеров, пляшущих прямо на станции метро. Похоже, они ехали на дискотеку и уже набрались...

Шаффл казался ей забавной штукой. Он давал ответы, когда того не ждешь. С этим было связано давнее воспоминание.

...Лет в пятнадцать она (уже черт разберет почему) болталась с одной отвязной компанией. Ее случайно прибило к их кругу, хотя в друзья они ей не годились. Однажды их занесло на кладбище под Галле, где была предложена забава века — гадание на шаффле.

— Правила просты, — вещала Марайке, главная заводила, — встаешь у кладбищенской стены, стучишь по ней и говоришь...

— Есть кто дома? — проорал Штеф, и все начали ржать.

— Очень умно, — закатила глаза Марайке. — Стучишь и говоришь: «Кто за стеной, поговори со мной!». Далее берешь айпод, — она демонстративно извлекла серебристый гаджет, — долбишься в стену...

Костяшки пальцев трижды стукнули о каменную ограду, отделяющую от них царство мертвых.

— Кто за стеной, поговори со мной!.. Итак, когда... Штеф лишится девственности?

Мелькнула ехидная улыбка, за которой последовал их дикий хохот до неба. Штеф злился и хмурился. Марайке била по больному.

— Ну... — Она нажала на «шаффл» и начала сама ржать.

---

* От английского *to shuffle* (перемешивать) — функция перемешивания песен в музыкальных плеерах.

Затем подключила портативные мини-колонки, откуда понеслись Yeah Yeah Yeahs:

*«You're a zero-o-o»**.

И все снова принялись угорать, а Штеф показал Марайке средний палец.

— Даже айпод знает, что никогда, — развела руками та.

— Шла бы ты, шлюха! Ответ вообще не о времени вышел, — огрызнулся Штеф.

— Ну, кто еще хочет? — дернула та нарисованными бровями. — Может... ты, Алиса?

Новенькая в компании — к дурацким приколам, есть такая народная примета.

Но Алиса только пожала плечами. Можно и попробовать.

Марайке передала ей плеер и застыла вместе с другими напротив, сложив руки на груди. Алиса зачем-то огляделась. Вокруг, кроме них, не было ни души, а у кладбища темно, хоть глаз выколи. По венам пронеслось секундное возбуждение, и она легонько постучала по камню.

— Кто за стеной, поговори со мной, — отчетливо донесся до нее собственный голос, который одновременно казался приглушенным и чужим.

Словно интонации углубились. Мелькнула нотка необъяснимой властности. Но никто даже не заметил этого. Марайке продолжала гонять во рту жвачку. Остальные скалились, готовые в любой момент взорваться пьяноватым хохотом.

— Спроси что-нибудь, — подбодрила Марайке.

Алиса пребывала в легком трансе. Голос знакомой доносился как сквозь толщу воды. Зато слышалось другое.

---

* Ты — ноль.

Там, за стеной, — иное измерение реальности. Мертвые не глухи. Мертвые внимают, когда живые говорят с ними. И сейчас они все — у стены по ту сторону — толпятся, жмутся и ждут. Ведь их позвали.

Алиса ощущала каждого, кто похоронен на этом кладбище.

— Что ждет Марайке на следующей неделе? — спросила она и перемешала песни.

Заиграл Мэрилин Мэнсон, «No Reason». Все недоуменно слушали текст, пока не дошло до припева: «*Rape, rape, rape Persephone*»*.

—Что за хрень? — не выдержал кто-то из них.

Алиса моргнула, и наваждение прошло. Больше она не чувствовала невидимых холодных ладоней по ту сторону стены. Это был просто поздний октябрьский вечер и шесть слегка пьяных тинейджеров.

— Дуба-а-ак, — поежилась Марайке. — Ладно, в задницу этот прикол. Пошли, что ли, в «Мак»...

А через неделю Марайке попытался изнасиловать Штеф, прямо недалеко от этого кладбища. На ее счастье, их услышали и пришли на помощь. Когда позже Штефа допрашивали о причинах, он плакал и говорил, что она всегда над ним издевалась. Он пытался намекнуть, что ему не нравятся эти шутки, но она продолжала измываться, а за ней начали и другие, ведь Марайке такая заводила...

— Это все ты нагадала, — заявила Алисе душа компании при первой же встрече. — На хрена вообще про меня спросила?

— Забава была твоя, — возразила Алиса. — Я просто на кнопку нажала...

---

* Насилуй, насилуй, насилуй Персефону.

— Шла бы ты, — рявкнула Марайке. — Увижу, что с нами отираешься, волосы выдеру, коза!

...Мысли вернулись в настоящее, а перед ней уже распахнулись двери прибывшего поезда. Она влилась внутрь вместе со всеми, рассеянно слушая музыку в наушниках. Давно она о том случае не вспоминала.

«Попробовать снова?» — вдруг мелькнула в голове абсурдная идея.

Ведь Якоба по-прежнему не было. Он дал слово привести ее к чему-то, но так и не появился. Оставил только шлейф намеков, которые что-то обещали, но не объясняли.

Мысль о могильном шаффле кружилась на задворках сознания, как назойливая черная муха. От нее не получалось отмахнуться. Как раз неподалеку от ближайшей станции метро находилось старинное кладбище Доротеен. Пару минут Алиса колебалась, а затем решилась сойти раньше своей остановки. По небу расползались последние лучи солнца, подсвечивая изнутри темные облака.

Удивительно, что одно из старейших кладбищ Берлина оказалось окружено многочисленными суши-барами и китайскими ресторанами. Сочетаемость была лейтмотивом в архитектуре Берлина.

Так, петляя между извечными для этого города строительными лесами и азиатскими закусочными, Алиса добралась до цели и зачем-то осмотрелась. Мимо прошла пара пьяных студентов, и улица ненадолго опустела.

В крови что-то забурлило, и к ней вернулось то самое мимолетное ощущение своего всемогущества, посетившее ее в тот день, когда она в первый раз коснулась стены кладбища.

За прутьями ворот белели скорбящие статуи и виднелись контуры фамильных мавзолеев. Осторожно ладонь дотронулась до каменной ограды. Пальцы собрались в кулак и трижды постучали.

— Кто за стеной, поговори со мной, — прошептала она и отвела руку.

Плеер был наготове.

В первый миг Алиса ожидала, что ничего не выйдет. Но внезапно она почувствовала, что за оградой начинает формироваться другое измерение, невидное глазу.

Алиса застыла на пороге, и с другой стороны к ней обратились сотни слепых, мертвых очей. Их внимание ощущалось кожей — безмолвное, тленное и пристальное. Но страшно не было. Они смотрят откуда-то издалека, и между ними граница, которую *нельзя* пересечь. Это абсолютный, метафизический закон.

— Скажите, как мне найти Якоба, — решительно произнесла она.

Палец коснулся кнопки «случайная песня», и полились ритмичные звуки гитар. Улицы сошлись в линию и пропали, а руки и ноги налились свинцом.

В какой-то момент строки песни обрели особую отчетливость:

I went down deep in her hive,
One year just turned into five.
Night came and then it was gone.
*How did you get so strong?**

---

* Я спустился глубоко в ее улей,
Один год сошел за пять.
Ночь пришла и ушла.
Как ты умудрилась стать такой сильной?
(Отрывок из песни Pixies «Magdalena».)

Чья-то бледная рука с лиловыми венами вцепилась в ее запястье, и Алису повели. Мертвые держались за руки, следуя друг за другом дрожащей вереницей, а меж ними была она, парализованная необъяснимой покорностью.

Шаги раздавались громким эхом в абсолютной тьме, где пролегал путь без тропы и направления. Саваны белых поводырей плавно струились во все стороны, толкая ее к цели.

Она в мире людей или... уже нет? Кладбище Доротеен — старинный туристический аттракцион с налетом готики — оказалось провалом в тленное ничто.

Вдруг рядом разнесся рев мотоцикла, и слуха коснулся чужой веселый смех. Алиса неожиданно снова ощутила себя в привычном мире, но другая реальность все еще сумрачно брезжила где-то рядом.

Местность была знакомая и незнакомая одновременно. Кажется, это Гезундбруннен и через дорогу маячило уродливое здание центра по обслуживанию населения.

Сколько же она прошла? Даже небо окончательно потемнело.

— Куда дальше? — глухо спросила она, едва слыша свой собственный голос.

И мертвые, все еще стоящие по обе стороны от нее, снова дали ответ. Все разом указали пальцем на то, что маячило прямо перед ее глазами.

Метро «Ослоер-штрассе».

* * *

До станции Алиса добрела на ватных ногах, с трудом понимая, что произошло. Звуки вокруг доносились сквозь пелену, а в голове наконец формулировались понятия, которым раньше не находилось слов. За чертой жизни существует мир — черная дыра. Стоит заглянуть в этот мрак, как оттуда на тебя уставятся глаза. Ницше знал о чем говорил, когда утверждал, что бездна смотрит в ответ.

Ступени мелькали под ее ногами, и вот она снова под землей, стоит среди бегущих в разные стороны людей и растерянно оглядывается.

Что дальше?

Где Белый Кролик? Почему она его ищет, а не он ее? Кто кому вообще обещал?

Подъехал очередной поезд, и из него повалили люди, оттесняя ее в сторону. Она же смотрела сквозь них, все еще выискивая что-то в толпе.

«Может, они не на метро указывали? А на то, что лежит дальше в том направлении?»

Вариантов на самом деле могла быть масса.

Алиса снова извлекла плеер и поставила Pixies на повтор. Андеграундная атмосфера песни как нельзя кстати подходила, чтобы подпирать стенки в ожидании чуда.

Есть некая Магдалина. Она увела за собой на дно, в преисподнюю, свела с ума. С каждым новым шагом вниз Магдалина становилась все сильнее и страшнее. Так пелось в песне Pixies.

Кто эта Магдалина?

В какой-то момент взгляд сам поднялся к лестнице, и она обмерла. Якоб стоял на самом верху и смотрел вниз, на нее. Он выглядел живым и неживым одновременно. Опять эта видавшая виды кожанка, спутанные вьющиеся волосы, глаза в обрамлении фиолетовых соцветий синяков...

Конечно, это могло быть только метро «Ослоерштрассе». Там, где она его и нашла три года назад. Все истории замыкаются.

Медленно Якоб начал свой спуск, будто не видя дороги перед собой, а ей оставалось только в молчаливом ужасе наблюдать его возвращение.

Неужели его видит только она? Алиса пыталась поймать его взгляд, но он смотрел сквозь нее.

Якоба следовало позвать. Тогда, на концерте, это сделала песня Люка Янсена, напитанная такой горечью, что превратилась в заклинание по возвращению мертвых. Сейчас, много позже, это ее собственный зов через кладбище. Она постучалась в дверь между мирами, и та приоткрылась.

Внезапно Якоб нырнул в вагон прибывшего поезда.

Алиса отскочила от стены как пробка, влетая следом. Двери задвинулись за ней в последний момент. Кому-то наступили на ногу... Взгляд шарил поверх людских голов, но не мог его найти. Хотя он должен был быть в этом же вагоне.

Ее взяла досада, а безумно колотящееся сердце начало успокаиваться. Люди входили и выходили, вагоны пустели и наполнялись вновь...

Чертов Якоб. Чертово все!

Игра началась вновь на Берлинер-штрассе, за пару станций до ее остановки. Двери раздвинулись, и Алиса увидела знакомую светлую голову уже снаружи.

Как если бы он перемещался по станциям без поезда.

Якоб застыл между двумя линиями и смотрел на нее в упор. Поспешно она выскочила из вагона, а Белый Кролик быстро поскакал вверх по лестнице. Алиса едва за ним поспевала.

Силуэт Якоба мелькнул снаружи, на другой стороне перекрестка. Он свернул в сторону жилых домов, и Алиса не упускала его из виду. Путь слабо освещали фонари и свет из некоторых окон.

Она знала его нервную, прыгающую походку наизусть. Руки в карманах, плечи подняты... Словно он убегал от кого-то, пугливо втянув голову в ворот куртки.

— Якоб! — крикнула Алиса.

Он даже не обернулся, резко свернул в подъезд ближайшего дома и пропал.

Алиса дошла до крыльца и попыталась отдышаться. Сумка с тяжелыми учебниками уже отбила весь бок. Она пробежала глазами по списку фамилий у звонков, но ни одной знакомой не было.

Неожиданно над ней вспыхнул автоматический свет и через мгновение навстречу вышел мужчина с двумя псами на поводке. Судя по его удивленному взгляду, он тоже не ожидал увидеть кого-то на крыльце.

— Спасибо, забыла ключи! — бросила Алиса через плечо и влетела внутрь, прежде чем он успел убрать руку от двери.

Она поднялась на первый этаж, затем на второй, но Якоба и след простыл. На третьем она увидела приоткрытую дверь одной из квартир.

«Галонске» — стояла фамилия на табличке под звонком.

— Извините... — растерянно крикнула она, — ваша дверь...

Но в квартире молчали.

Алиса вглядывалась в полумрак прихожей сквозь зыбкий свет настенных светильников. В подушечках пальцев что-то отозвалось еле ощутимым уколом. Какое-то электричество... В воздухе... вокруг нее...

Шаг за шагом. Глубже. *Ближе.*

Телевизор мигал. Кто-то плясал там в перьях и блестках, но звук был выключен. Кресло перед ним пустовало, но казалось, что в нем только что кто-то сидел. Кто-то живой.

Ведомая неизвестной силой, Алиса направилась во вторую комнату. Пальцы закололо невыносимо, и она почувствовала тяжелую поступь чего-то невидимого...

Это пришествие древней и великой силы. У нее нет имени...

Алиса застыла посреди чужой спальни. В воздухе висел запах приторного парфюма, а по углам виднелись пожухлые розы в вазах. На кровати, слегка выкатив глаза, металась маленькая сморщенная женщина, изливая себе на грудь белую пену.

Время этой женщины уходило прямо сейчас, сквозь пальцы Алисы. Вдруг воздух наполнился новыми звуками, походящими на сухой шелест чьего-то голоса... Алиса перевела взгляд на источник звука — некий предмет на комоде, накрытый цветастым платком. Пальцы потянулись к нему, и «мокрый» шелк сполз вниз, оголяя зеркало на ножке.

В его клубящейся тьме вдруг ясно проступили очертания той, что умирала на ее глазах. Женщина пытливо глядела на нее из отражения, а за ней дрожал живой мрак.

Внезапно по спальне разнесся жуткий вопль, и Алиса резко отшатнулась. Женщина кричала и растворялась, и оставалось только с ужасом вбирать в себя это посмертное видение.

Кто сказал, что в мир иной отлетают с умиротворением и покоем? Кто был тот идиот? То, что перед ней предстало, больше походило на правду.

«Ты приходишь в этот мир с криком и уходишь так же: в звуках своего страха. Таков путь души».

...В отражении снова проступали она сама и смутные очертания комнаты. Сила, забравшая эту женщину, уходила, как откат прибоя, обратно, в ту зрячую бездну, ждущую живых за стеной любого кладбища...

В квартире воцарилась тишина, в которую приглушенно пробивались звуки веселого мюзикла из телевизора в другой комнате. Потребовалось некоторое время, чтобы вернуть себе ощущение собственного тела.

Алиса нашарила выключатель ночника, и комната окрасилась болезненной желтизной. Мертвая женщина, застывшая на кровати, выглядела при свете пугающе и уродливо.

На прикроватном столике лежала гора таблеток, и Алиса быстро перебрала их, пробегаясь глазами по названиям: противосудорожное, седативное, вальпроат. Женщина страдала эпилепсией. Случился очередной приступ, и Алиса пришла, когда ей уже нельзя было помочь.

Она перевела взгляд обратно на зеркало, которое показало странные вещи, но в нем точно заключалась причина происходящего. Недолго думая, Алиса схватила его за винтовые поручни и поспешила прочь из квартиры. Здесь ей точно оставаться не имело смысла. Дверь она намеренно оставила открытой в надежде, что Галонске найдут и проводят в последний путь.

В метро уже идти не хотелось, и через сорок минут Алиса добрела до спящего Фриденау. За закрытой дверью своей комнаты она смогла изучить странную находку более внимательно.

Зеркало явно пришло из другой эпохи. Бронзовое литье, благородная тусклость винтов, выдающая старину... Но никаких меток или клейма. Что еще бывает на таких антикварных предметах?

Вверху рамы имелось украшение в виде впадающих друг в друга солнца и луны, а под ними пряталась деревянная плашка с какими-то странными знаками.

— Ну, покажи мне что-нибудь. Кто красивей всех на свете?

Однако в этот раз ответов в отражении не привиделось, как и мертвых душ.

Час Алиса провела, уставившись в этот кусок стекла, но видела только себя, взбудораженную, нервную, со жгучим, одержимым взглядом. Она смотрелась в зеркало так долго, что в какой-то момент перестала узнавать свое лицо, черты которого стали чужими. На нее глядело чудовище с воспаленным взором, явный знак, что кому-то надо уже лечь спать. Повернув зеркало лицом к стене, она потушила свет.

Но лазейка была найдена.

Где-то там, в лабиринте отражений, она разыщет Якоба, или то, что от него осталось и что плачет днями и ночами, моля ее о помощи. Пока Алиса не понимала, зачем, но ей казалось важным довести это до конца. Иначе почему Якоб привел ее к этому загадочному зеркалу?

«Уж не умирать ли ты с ним собралась?» — здраво спросила она саму себя.

На это ответа еще не имелось. Но между ними завис невыполненный обет, который одной не давал жить, а другому — умереть. Имелось еще какое-то решение, и его надо было нащупать сквозь отражения.

Вспомнился и давний разговор на кладбище с Люком Янсеном, как он вдруг сказал с пугающей уверенностью, что мертвые не слышат живых, но можно их увидеть, как звезды в телескоп...

«Есть один способ...» — заявил Люк, а потом внезапно перевел тему.

И Якоб сказал, что есть один способ.

Говорили ли они об одном и том же?

* * *

На следующий день Алиса вскочила чуть свет и провела еще пару часов с таинственной находкой. Однако время суток ничего не изменило. В отражении по-прежнему была только она.

«Телескоп, Алиса», — эхом звучал в голове голос Янсена.

Смотри на мертвых издалека, но не приближайся.

Надо было поговорить с ним об этом. Да только как к нему подберешься?..

Невольно изнутри поднялось какое-то тепло с долей невесомой тоски. Они виделись всего два раза в жизни, но Алиса вдруг отчетливо почувствовала что-то вроде того, как если бы его неумные шутки заполнили пустующую нишу в ее мире и без них стало скучно.

А без разговоров с Люком — немного одиноко.

Эти мысли не очень-то радовали, и она предпочла переключиться на что-то другое, например на сборы к Якобу. Сегодня был его день, хотя после вчерашнего ей казалось нелогичным приезжать к его останкам. Он ведь на ее глазах спокойно бегает где-то по городу, да еще и во сне намекнул, что настоящий он — уже не в гробу.

Но визит к нему в конце недели стал частью ее системы привычек и отклонение от нее ощущалось бы как ломка. Правда, в этот раз без письма. Стоило ему вернуться, как слова тоже закончились.

На кладбище Алиса приехала к обеду. Тенистая аллея, как всегда, затягивала в свою глубину, и на могиле, на первый взгляд, все было без перемен. Старое письмо по-прежнему лежало у подножия надгробия.

Внезапно небо расчистилось. Выглянуло солнце, и это вдруг напомнило о том, что уже несколько дней стояла ветреная дождливая погода. Не спеша она снова перевела взгляд на письмо. Если за это время оно не сдвинулось с места, то что-то тут не так. Опустившись на колени, Алиса медленно протянула руку к конверту. Ее глаза наполнились опасливым непониманием.

Там было написано «Алисе».

Дрожащими пальцами она разорвала конверт и с замиранием уставилась на неразборчивые строки.

* * *

«Нет ничего хуже неисполненных обещаний и несказанных слов. Мы с тобой в полной мере это понимаем. Пустые обеты испортили жизнь нам обоим. Все, что я сейчас пишу, лучше говорить, глядя в глаза, но сложно свести наши полярные координаты иначе.

Ты писала мне про время. Вот мой ответ, Алиса: время не имеет значения. Мир может свихнуться со своими датами, но есть вещи сильнее времени и даже смерти.

И это ты.

Мне сложно подбирать слова, потому что я будто отмеряю правду по крупицам. В какой-то момент понимаешь, что абсолютная истина неделима, а значит, в буквах моих — только жалкое подобие чего-то большего.

Хотел бы я дать тебе больше, но у меня, оказывается, ничего нет. Однако влюбиться в тебя было очень легко. Даже с мозгами набекрень.

Поэтому я просто размышляю о случайностях. Забавно, как жизнь сталкивает людей. Как некто входит в твой мир, сам того не зная, и как все действительно меняется. Жалко, что только в твоей голове.

Ты задавала себе столько вопросов, и ни на один из них я не ответил. Как у меня дела? Да все в порядке.

Я в порядке. А потому не ломай голову, лучше думай о себе. Где я? Там, где и все другие мертвые. Там, где будешь и ты, но позже. Много позже. А до этого ты проживешь жизнь, в которой будешь счастлива.

Так вот, время. Оно не имеет никакого значения. Поэтому все мы живем так, как будто живем вечно. На самом деле человек не знает ни смерти, ни потерь. Тебе пора идти дальше.

Не превращай свою жизнь в склеп, не гаси свою свечу преждевременно. Я — просто воспоминание, истощившее тебя до дна, а значит, хватит уже меня искать.

Но мы обязательно увидимся вновь.

Когда-нибудь. Где-нибудь.

Мир ведь полон пересекающихся дорог.

Якоб»

* * *

Над ней зависло полуденное солнце, казалось, затопившее собой небосвод. Некоторое время Алиса в молчании разглядывала строки, которые нежданно-негаданно выпросила у человека, чье молчание слушала уже три года. Она не была настолько наивна, чтобы поверить в послание с того света с подписью Якоба.

Это не он.

Это не его почерк. Не его слог. Не его свет бьет сквозь строки. Якоб мог только источать болезненный сумрак.

А значит, Люк Янсен не нашел ничего умнее как сочинить это письмо за него.

Каждое слово было в его духе. Да и кто, кроме него, знал ее тайну? На что он рассчитывал? Что Алиса поверит?

«Эй, Янсен, дурацкие у тебя шуточки...»

«А кто шутит, девушка из морга?»

Перед ней возникло насмешливое лицо Люка в пелене неизменного сигаретного дыма... Хотел ли он, чтобы она думала, что это Якоб?

Зеленые глаза мигнули.

Нет.

Поднявшись с земли, Алиса положила конверт в карман. Могила Якоба словно обрела невидимые глаза и наблюдала за ней. Чувствуя, что совершила странное предательство, Алиса медленно двинулась прочь.

Но почему-то это ощущалось верно.

Люк сказал, что не знает, как облечь правду в слова, но он сделал это. Среди всей ереси истина сошлась между ними сама, как будто они были ее частями. Им нужно было только говорить друг с другом. Не останавливаться.

* * *

Так началась их переписка.

Алиса, как и раньше, приносила конверты и сидела перед могилой, машинально листая учебник. Но все стало по-другому. Она не просто писала письмо, у нее имелся конкретный адресат, который к тому же ей отвечал. У нее появилась тайна, но ее вес не ощущался. Наоборот, казалось, что невидимые клещи поперек горла вдруг слабеют.

Люк упорно подписывался как Якоб, и это напоминало тот первый вечер в его доме, когда была Оля, которой они оба прикрывались, чтобы скрыть взаимный интерес.

Для верующей в небесную почту Алиса излишне практично стала придавливать письмо камнем, чтобы оно не улетело. То же делал и Люк. Иногда она испытывала большое искушение проследить за могилой Якоба, но что-то ее останавливало. Что будет, когда они посмотрят друг другу в глаза? Казалось, как только они начнут называть вещи своими именами, все закончится.

«Зачем тебе это надо, Люк Янсен? Зачем ты лезешь в мою жизнь?» — мысленно задавала она один и тот же вопрос.

«*Но раз ты вошел в нее таким странным образом, то не уходи, пожалуйста*», — эти слова замирали на кончике ручки, но никогда не срывались на бумагу.

Некий ритм уже был задан, и оба двигались в нем навстречу друг другу. Стрелки разных часов сошлись на могиле Якоба, а под ложными именами затаилась безмолвная правда.

Алиса стала приезжать на кладбище по три раза в неделю и всегда получала от него ответ. В эту исповедь вплетались темные и светлые мысли, ведь все это время Люк с Алисой безуспешно искали слушателей в случайных людях, друзьях и знакомых, но ни с одним из них не могли говорить так, как друг с другом.

«В какой-то момент наша встреча предстала в моем воображении в виде странной метафоры: вместо нас, взрослых, я увидел двух потерянных детей, бредущих среди абсолютной тьмы. Они шли, не зная направления и цели, но держали над головой сияющий фонарь. Так во тьме мы увидели друг друга. Мы с тобой живем в мрачном мире. Возможно, мы не знаем, зачем мы здесь и почему должны проходить через это. Но разве не поиском было это блуждание?..»

«Искали ли мы друг друга или просто зажгли наши фонари, чтобы не оставаться в кромешной темноте? Ведь если ты одинок, то одинок и ночью, и при свете дня. Однако я рада. Я хотела бы слушать тебя всегда. Это лучше моих собственных мыслей...»

«И что мы сейчас делаем с тобой, Алиса? Почему все еще собираем по костям тех, кого любили?»

«Но разве не для скелетов наши шкафы?»

Три недели длились как один бесконечный диалог. Слова не кончались, они только множили друг друга. Обоим так хотелось быть услышанными, и в собственных отраженных образах им виделся смысл, который, как им казалось, они утратили.

«Мы обращаемся к усопшим, потому что хотим верить.

Что мы прощены.

Что по-прежнему любимы и они еще рядом с нами.

Вдруг все, что мы любили, любили мы не напрасно. И сами не обратимся в пыль, когда все закончится...»

«Нет, не думай о конце. Его нет. Однажды я перестану тебе писать, но ты будешь идти дальше. Только не давай новых обетов поверх старых. Это все станет ложью, потому что невыполнимо. Пообещай только, что когда от меня не будет писем, ты больше сюда никогда не придешь...»

И с трудом, почти против своей воли, Алиса вывела:

«Обещаю. Когда от тебя больше не будет писем, я забуду про эту могилу. В ней больше не будет смысла».

Убийц узнать легко. Но как увидеть:
смерть, всю сразу смерть, еще до жизни,
так в нас нежно спящую,
и зла не затаить, не представимо.

Райнер Мария Рильке. Элегия четвертая
(пер. В. Куприянова)

Глава восьмая
ВСЕ ЕГО ЕМУ ДА ВЕРНЕТСЯ

Люк послал к черту все фуршеты, вечеринки, приглашения на различные телешоу и заперся в своем особняке. Впервые за долгое время он был здесь при свете. Он даже не помнил, чтобы когда-либо видел свое жилище днем. Все, что хранилось в его памяти о собственном доме, — это полуночные коридоры, освещаемые маленькими ночниками, его гротескная спальня и вечная темень за окном.

Теперь становилось понятно, что это за место. С удивлением он разгуливал по пустым комнатам с высокими потолками, на которых даже имелась какая-то забавная лепнина под барокко. Помнится, он въехал сюда четыре года назад со своими жалкими пожитками, и с тех пор ничем, кроме холодильника, не обзавелся. Какие-то вещи то ли из заботы, то ли из какого-то хозяйского чувства докупил Анри. Единственное, что переехало вместе с Люком, — его гитара и синтезатор.

Странно, что спустя столько лет время обследовать свое жилище пришло только сейчас. Он видел, как встает солнце перед его балконом, золотя крыши и верхушки деревьев в округе. Его лучи забирались в черную спальню и украдкой ползли по пыльному полу, наполняя Люка странным осознанием, что это его дом. Говорят, что жилье всегда отражает характер хозяина...

Окна до пола, колышущиеся шторы, сквозняки и практически полное отсутствие мебели. Нежилая атмосфера. Сам он пользовался всего тремя комнатами — спальней, залом с «ямахой» и мансардой, где хранил зеркала. Остальные помещения пустовали, и было совершенно непонятно, для чего они предназначались.

Но не было ничего чужероднее в этих стенах, чем он сам.

Помимо бессмысленного блуждания по своему жилищу он писал песни. Пожалуй, это и было главным. Звуки выстраивались в безымянный храм, в котором он обретал себя снова.

Но конечно, были эти извечные червивые *мысли*. Они неустанно ели его мозг, и не получалось от них избавиться.

«Что это? Мой короткий ухабистый путь, усыпанный медиаторами, экстази и пустыми бутылками?».

Выходило, что это была жизнь — плохая ли, хорошая, но его. Какие-то годы оказались потрачены впустую, иначе не скажешь. В какие-то он жил и даже был недолго счастлив. Сейчас его высказывание о смерти, недавно брошенное в микрофоны журналистов, вдруг само себя подтвердило. Все итоги подводились, неизвестные раскрывались, а значит, уравнение почти решено. Ответ ему — конец. Люк был на пороге великого завершения.

«У меня хорошо получаются только две вещи, – размышлял Люк, – начинать и заканчивать. А то, что между, я испоганю целиком и полностью...».

Он так много пел о смерти, столько о ней размышлял и исследовал мир зеркал, в котором мелькали покойники... Но стоило к ней приблизиться, как Люк вдруг понял, что ничего об этом не знает. Как и все люди, он лишь стоял перед пугающей неизвестностью.

Только на языке вертелись слова, адресованные тому, кто был так далеко, но при этом близко:

«Алиса, ты некстати. Спектакль уже почти закончился, и никому он не понравился. Но ты пришла под конец и почему-то захлопала.

Теперь я не знаю, быть ли мне благодарным или плакать, что ты не пришла раньше?»

* * *

Но оставались зеркала.

Последняя неразгаданная загадка в его жизни.

Подарок (или привет?) с того света.

Люк набрел на первое зеркало случайно. Он не искал сознательно двери в мир мертвых, но лазейка появилась как приглашение в один из моментов глубокого отчаяния – в больнице, где умирал его отец.

...Это был закат Inferno № 6. Первая волна истерии по грустному мальчику в татуировках схлынула, и наступила фаза протирания штанов. Они потихоньку спивались, погрязали в долгах и не знали, что делать с их разлаженным оркестром.

Главной загвоздкой был сам Люк. Это группа держалась на нем и его личности, на его музыке и трагедии, ставшей имиджем. И когда он понял, что ему больше нечего сказать, раздался визг тормозов.

«Люк, да напиши ты хоть одну песню», — давили на него ребята.

Сами они могли помочь с аранжировкой, но сочинять особо не умели. У них не было видения целого. А Люк свое потерял напрочь, вернее, утопил в бутылке.

В те дни не только музыка и слава пошли под откос. Семья Люка трещала по швам, хотя относительно нее было справедливо сказать, что в этот раз треск слышался громче обычного.

По ушам целыми днями ездила Ив. Она была энергетическим вампиром от бога. Всех людей вокруг, включая собственного сына, она использовала как мусорное ведро для своих умонастроений.

— Я нашла название этим двадцати с лишним годам, спущенным в швейцарский унитаз, — гремела она по телефону. — Европейская депрессия. У меня нет других слов. Твой отец меня душит.

— Вы оба душители, — бурчал Люк ей в ответ, пытаясь понять, где потолок, а где пол в его комнате и откуда доносится такой омерзительно громкий голос Ив.

— Люк, твой отец — это скалистый рельеф, и о него только голову разбить можно. Не знаю, откуда в нем столько гранита, но у меня нет сил жить с ним. У меня больше нет сил, слышишь меня?!

Во время этого разговора Люк хотел только одного — закурить и отвалиться к стенке. Но незажженная сигарета так и торчала во рту, а зажигалка сдохла.

...Ив и Олаф. Газонокосилка против горы. Не отношения, а прорвавшийся мешок с крупой. Вместо взаимной любви — только взаимное горе.

Сколько Люк себя помнил, отец всегда вращался в своей зоне комфорта, сильно напоминающей отшельничество. Первая жена в его жизни существовала как миловидное дополнение к интерьеру. Горничная по секрету проболталась Ив, что супруги жили в полном молчании. Олаф предпочитал обитать в кабинете, где занимался налогами своих клиентов, и уходил туда даже в выходные, чтобы сидеть в кресле и безмолвствовать. Милена (так звали первую) не выдержала и получила нервный срыв от тишины. У Люка на этом месте начинался истерический ржач, который каждый раз захлебывался, когда он напоминал себе, что это произошло на самом деле.

Ив сказала, что с ней этот номер не пройдет. Она, как всегда, ошиблась.

Сам факт их знакомства казался Люку диким. Энергичная карьеристка, просто стереотипное воплощение американской мечты, Ив приехала по делам компании в Швейцарию. Обратилась к налоговому консультанту по разбору непонятных обложений... И в итоге вышла за него замуж.

Люк полжизни отдал бы, чтобы одним глазом взглянуть на сцену их знакомства. Чем его мрачный, молчаливый папочка смог ее привлечь? А она его? Ив не была ни женственной, ни даже миленькой. К тому же Олаф был старше ее на пятнадцать лет. Кажется, тогда случилось обоюдное помутнение мозгов и Ив загремела в Цюрих как в тюрьму.

До замужества, помимо работы, она занималась феминистическими тренингами и писала какие-то книги о женской идентичности, которые никто не публиковал.

Лишенная своего круга общения — таких же включенных в тему гендерного равноправия женщин, — она заметно скисла. У матери просто случился токсикоз от собственной энергичности. Ингрид называла Ив чересчур «социальной», но только Люк понимал, что это был ее эвфемизм «невыносимой»...

— Алло, алло! Люк! Ты слышишь меня? Только не будь стеной. Иначе это точно наследственное...

— Я хочу опохмелиться и отлить. Отпусти меня, Ив... пожалуйста...

— Ты как он, просто еще и тряпка, — пробрюзжала Ив. — Как же я от вас обоих устала. Ни амбиций, ни мечты. Твой отец живет в скорлупе. А ты просто волочишься по жизни, едва ногами перебирая. Мне кажется, я достойна большего...

— Не переоценивай себя, мы все друг друга чем-то заслужили. Наша семья — это выплата каких-то жутких кармических долгов, — рявкнул Люк, прежде чем голос Ив наконец потонул в гудках.

И так проходил каждый их разговор. А встречи напоминали идиотский тимбилдинг, который мать устраивала, чтобы они наконец-то обеспечили ей внимание и общение.

«Так не может быть на самом деле, — думал Люк про свою семью, — как скандальное ток-шоу, где все герои — карикатуры».

Но никто не смеялся и не хлопал. А значит, все это происходило в реальности.

Это продолжалось бы до бесконечности. Пустые угрозы Ив уйти навсегда, прервать европейскую депрессию и снова влиться в прежнюю жизнь. Молчание Олафа, означающее и «да», и «нет», — о чем его ни спросишь. Череда звонков, обрушиваемых на голову Люка, которому наплевать на то, какой очередной сдвиг Ив выявила у его отца.

Это продолжалось бы, если бы у Олафа не случился сердечный приступ и его не госпитализировали.

— Если он умрет, я не почувствую разницы, — ворчала Ив.

— Если он умрет, молчать будет некому. Наступит просто тишина, — отозвался Люк, но мать, как всегда, пропустила его реплику мимо ушей.

Олаф лежал опутанный трубоками и, казалось, чего-то ждал. Ив и Люк — плохая жена и плохой сын — сидели подле него и растерянно глядели на то, что осталось от человека, которого они никогда не знали.

Люк не понимал, как ему следует себя чувствовать. Олаф разговаривал с ним еще меньше, чем с Ив. В голове слышались его шаркающие шаги, наполняющие дом звуками вместо него самого; теперь они почему-то зазвучали внутри Люка.

В детстве Олаф любил посадить Люка подле себя и мастерить с ним какие-то штуки вроде кораблей и подводных лодок. Люк был плохим подмастерьем — ляпал краску куда попало, безжалостно давил макеты локтями и ненавидел детали. Он был из тех людей, которым проще понять, как устроена вселенная, чем вкрутить лампочку. Но Олаф с неумолимым терпением продолжал собирать вместе с ним игрушки. Ив всегда пошучивала, что отцу просто хочется клеить кораблики до конца жизни, но такому несерьезному делу нужно оправдание в виде малолетнего сына.

Следующее яркое воспоминание было связано с первой песней Люка, которую он написал в двенадцать лет. На весь дом раздавалось его душераздирающее пение ломающимся баском и бренчание гитары. Ив встретила песню дружелюбно, а Олаф сказал, что ему никогда не было так стыдно. И чем глубже Люк погружался в творчество, тем мрачнее становилось молчание отца. Тишина и музыка объявили друг другу войну на года, и перемирие так и не было заключено.

Даже когда Люк получил признание всего мира, Олаф смотрел на сына мрачным разочарованным взглядом и воздерживался от комментариев. Только однажды обронил, что хотел бы, чтобы Люк стал налоговым консультантом и перенял семейный бизнес.

— У твоего отца нет ни воображения, ни чувства такта! — не упустила случай воткнуть очередную шпильку Ив.

И вот они оба в больнице в его последний час, и неловкость заливала эту палату, как вода из прорвавшейся трубы. Обоим было жаль и не жаль Олафа.

О чем тогда думала Ив? Наверное, о каких-то хороших моментах. А Люк видел перед собой недоклеенные кораблики, заполнившие три шкафа в их доме.

«Пап, мы построили столько судов, которые никогда не вышли в море... Может, это просто ты. Парусник, который мечтает о воде и горизонте, но не покидает своей гавани. Я тебя не знаю. Ты меня — тоже. Но куда бы ты ни отправился... в добрый путь. Пусть это будет хорошее плавание».

Но Олаф не умирал. Он застыл где-то между, и прощание затягивалось.

— Может, еще оживет? — с какой-то опаской спросила Ив.

Врач сказал, что у него проблема с закупоркой двух артерий и если одна не перестроится, чтобы выполнять работу за две, то он долго не продержится. В его возрасте перестройка была маловероятна.

Люк не выдержал и отправился в коридор. Надо было пройтись и освободить голову. Нельзя сидеть и ждать смерти. Пусть она придет незаметно...

Так, не разбирая пути, он добрел до конца коридора и увидел сидящую у окна пожилую женщину в белой больничной ночнушке.

— Далеко собрался? — спросила старушка, заметив, что Люк торчит у стены и пытается сообразить, куда идти дальше — напролом или развернуться.

Вместо ответа он ей лишь кривовато улыбнулся.

— Присядь. Присядь, мой мальчик. — Морщинистая ладонь, увитая темными венами, приглашающе похлопала по сиденью.

Он машинально опустился рядом с ней. В голове царила пустота.

— Дай мне руку.

Его пятерня оказалась перед ней, и подслеповатые голубые глаза сощурились на свет меж его пальцев...

— Я вижу на тебе бремя. Оно же — твой венец. Ты взойдешь очень высоко, до самого неба, и из человека превратишься в звезду... Этот путь наверх отберет у тебя все что ты любишь, но это твоя судьба — указывать дорогу другим. За твоим светом пойдут многие. *Твой свет переживет тебя...*

— Что?

Люк наконец-то вынырнул из транса и недоуменно уставился на старушку. Отлично. Вокруг него всегда отиралось много сумасшедших, но ясновидящая встретилась впервые.

Бабуля улыбалась ему с прежней долей приветливости и будничности. Для нее явно было в порядке вещей ловить случайных людей и зачитывать им их судьбу.

— Что еще скажете?

— У тебя появится ангел-хранитель. Он придет позднее из мира мертвых и поможет преодолеть тебе последние ступени этой лестницы в небо. У него будут разноцветные глаза.

Звучало чуть оптимистичнее ее первого пророчества. Но ему сейчас было не до того. В голове стоял лишь образ Олафа.

Люк потер опухшие от бессонницы веки. Коридор больницы двоился.

— Отец умирает, — ни с того ни с сего сказал он о том, что было на сердце. — Вернее, он застрял...

— Хочешь, узнаем? — последовал лукавый вопрос.

Он перевел на нее воспаленный взгляд, не будучи уверенным, что ему это не послышалось.

— А можно?

— Есть один способ, — подмигнула ему бабуся.

Она пригласила его в ближайшую палату и подвела к стоящему напротив ее кровати зеркалу на ножке, накрытому цветастой шалью. Платок соскользнул, и Люк увидел отражение их обоих.

— Подойди ближе и всмотрись. Те, кому суждено уйти из твоей жизни, появятся в зеркале вместо тебя.

Он недоверчиво приблизился, заодно отметив старинную раму со странными узорами.

Внезапно перед ним проступил отец в больничной пижаме, с осевшим вглубь темным взглядом. Он стоял в отражении, и Люк даже не понял, когда картинка сменилась.

— Пап, — глупо позвал он.

Тот махнул ему с еле заметной усмешкой, и внутри Люка вдруг раздался его голос, который он так редко слышал:

— *Мне сказали, что там будет очень тихо. Мне сказали, что мне там понравится.*

— Кто тебе сказал? — онемевшие губы беззвучно выдавили слова.

— *Скажи Ив, чтобы вернулась в Америку. Я ее не держу. Прощай.*

Люк отшатнулся и уставился в свои собственные непонимающие зеленые глаза.

— Вы видели?! Вы *это* видели? — спросил Люк, повернувшись к странной старушке.

— У каждого свои мертвецы, мальчик мой, — буднично пожала она сгорбленными плечами.

Люк обескураженно торчал посреди чужой палаты, не зная, как это все понимать. Но верил. Он уверовал во все и сразу.

Однако надо было возвращаться.

— А вы? — вдруг спросил он, замерев ненадолго в дверях. — Чье отражение видите вы?

— Теперь уже только свое, — мягко улыбнулась ему старушка и махнула рукой.

Олаф умер спустя пару часов. Ив разрыдалась, а потом вышла во двор покурить. Люк смотрел, как тело отца накрывают простыней и увозят. Слез не было, как и горя. Олаф ушел туда, где ему обещали тишину. Сейчас он счастливее их всех.

В голове безостановочно крутились его слова, сказанные ему из отражения. Это было так дико. И мертвым, оказывается, есть что поведать.

На следующий день он пришел в больницу за оставшимися вещами отца и зачем-то направился по коридору до самого конца, чтобы снова увидеть ту женщину. Но палата пустовала, а кровать была заправлена.

— Здесь была одна пациентка... — поймал он медсестру.

— Зигмар Швайцер умерла рано утром, — кинула та на ходу.

А зеркало осталось. Оно стояло, накрытое тем самым платком, и словно ждало его.

«Теперь я твое», — словно говорило оно.

Тогда он забрал его. Вернее, украл, но объясняться ни перед кем не собирался. Более того, ему даже казалось, что та ясновидящая, Зигмар, была бы не против.

Люк смотрелся в зеркало каждый день, но по-прежнему видел себя. Только однажды там появилась одна знакомая, которая махнула ему без лишних слов и пропала. А на следующий день басист сказал, что одна девочка-джанки, тусившая с ними круглые сутки, недавно получила передоз.

Люк изучил это зеркало вдоль и поперек, потер и покрутил каждый выступ, постучал по раме, стеклу и задней панели — никаких секретных отделений. Поверх рамы крепилась странная бляшка — солнце и луна, вложенные друг в друга. Под ними вырезаны три геометрические фигуры — ромб, прямоугольник и овал. Люк мог бесконечно гадать о значении каждого символа, пока не обратился к элитному антиквару.

Для него провели экспертизу и дали заключение: дата изготовления — примерно семнадцатый век, материал — дерево махагони, толщина стекла — семь миллиметров. Никаких других опознавательных признаков не обнаружено. В коллекциях других людей похожие зеркала не значились.

Однако хороший антиквар — как детектив, и Йорг Бахман был именно таким. Крупица за крупицей в течение этих лет он нацеживал Люку информацию. В старых архивах других лавок нашлись документы о продаже схожего зеркала в Париже в тысяча семьсот семидесятом году. Некий богатый грек Ставрос Онассис перепродал три зеркала крупному мебельному салону. Описание одного из них подходило, более того, Йорг сделал вывод, что узор поверху рамы отображает форму других зеркал из коллекции. В договоре значилось, что Онассис перепродал овал, прямоугольник и ромб. Именно эти знаки были выгравированы поверху рамы.

Но в дальнейшем следы зеркал терялись. В чьи руки они переходили? Чьи отражения в себе ловили?

Этого даже Йорг не мог сказать. Прямоугольное зеркало в итоге попало к Люку. Где были еще два, оставалось только гадать.

Наступила пауза в несколько лет, пока недавно антиквар не позвонил Люку сам. Некая Генриетта Лаубе решила продать ему свое зеркало, и он с удивлением обнаружил на раме уже знакомый узор: солнце, луна, три геометрические фигуры. Память у Йорга была отменная, и он тут же свел клиентов за неплохой процент.

Теперь у Люка дома стояли два зеркала — две тайны, два окна на ту сторону.

Но дальше события стали развиваться еще удивительнее. Спустя несколько недель раздался очередной звонок от Бахмана. Ромбовидное зеркало со схожим узором было предложено его салону некой Фрауке Галонске, и уж очень она хотела от него избавиться.

Кусочки мозаики словно сами поползли друг к другу!

Однако эта сделка не состоялась — дама пропала.

По ее номеру телефона никто не отвечал, и Люк лично отправился куда-то в Вильмерсдорф, чтобы обнаружить, что Галонске умерла от приступа эпилепсии. Возможно, стоило взломать дверь ее квартиры и ограбить по доброй традиции, но обстоятельства складывались не в его пользу.

Так Люк встрял.

Он выглядывал в свои окна на тот свет, но приветов оттуда не было. Будущие покойники ему не показывались. Уже ушедшие — тоже.

Все эти годы первое зеркало было с ним как маленькая надежда на то, что однажды в лабиринте своих и чужих отражений Люк найдет дорогу к Сабрине и смерть — это не конец.

Но сейчас в голову закрался неожиданный вопрос.

Что, если третье зеркало Фрауке Галонске покажет ему лазейку?

Вдруг так случится, что Люк Янсен обманет смерть, подарив ей свое отражение, а сам выберется из зазеркалья назад, в жизнь?

* * *

В один из дней, когда за окном лил дождь, Люку позвонили. Окна были широко распахнуты, и комната полнилась грохочущей прохладой, которая нисколько не мешала писать музыку. Вообще ему звонили все время, но он брал трубку избирательно. Отобразившийся сейчас номер был знаком и уже стал сигналом важных новостей.

Йорг Бахман, антиквар.

— Алло, алло! — чуть ли не проорал Люк в трубку.

— Герр Янсен, это Йорг. Доброго дня. Не отвлекаю? — продребезжал голос где-то в лавине телефонных помех.

— Нисколько.

— Да, я опять звоню вам насчет ваших любопытных зеркал... Почему-то в последнее время то и дело попадаются зацепки о них. Мне кажется, я нашел четвертое зеркало.

— Стоп, — притормозил его Люк, — их же всего три.

— Это мы с вами так думали, — сипло усмехнулся Йорг. — Вчера я навещал одного коллекционера под Потсдамом, чтобы оценить несколько ваз эпохи Мин, и случайно заметил на его складе укрытое зеркало. Но верхняя часть рамы оставалась на виду, и она идентична вашей.

— То есть...

— То есть солнце и луна вложены друг в друга, только ободок металлический и узор выполнен литьем. Насколько я помню, рамы ваших зеркал деревянные и на них резьба.

— Вы не ошиблись? — взволнованно спросил Люк.

— Герр Янсен, я почти оскорблен. Вы знаете мою память. По форме, угадывающейся под покрывалом, я бы сказал, что зеркало круглой формы, диаметр — чуть больше полутора метров.

— Как его зовут? — без переходов осведомился Люк.

— Этьен Сен-Симон, известный французский коллекционер, сейчас проживает в Германии. Продает что-то редко, чаще покупает. Его агенты не раз наводили у меня справки о различных картинах... Например, недавно его интересовало, какие работы английских прерафаэлитов в оригинале имеются в наших каталогах. Сам он считается специалистом по фрескам и альсекко Альбертуса Пиктора*. Я спросил его, продает ли он это зеркало, так как у меня есть потенциальный клиент. Сен-Симон сказал, что нет.

У Люка отпала челюсть. А он-то думал, что один занимается их поиском. Кажется, судьба свела его с другим охотником за одними и теми же раритетами.

— Я поторгуюсь с ним, — решительно заявил он. — Можете дать мне его номер?

Йорг помялся, проворчал что-то про конфиденциальность, но все-таки сдался. В конце концов, за предыдущую сделку Люк отсыпал ему нехилую денежную сумму.

* * *

Имя казалось смутно знакомым. Он где-то его уже видел. Этьен Сен-Симон. Сен-Симон. Как если бы тот уже наследил где-то рядом с его жизнью. Люк не мог понять, почему его преследует такое страшное дежавю каждый раз, когда он пробует на вкус его имя.

Но была не была, надо позвонить. Йорг упомянул, что этот французский коллекционер говорит по-немецки. Даже если он не согласится продать зеркало Люку, то, возможно, просто кое-что знает о его... свойствах.

За окном продолжал лить дождь, и его дробь вплеталась в равномерный каскад гудков.

— Слушаю, — вдруг раздалось на том конце.

---

* Альсекко — тип настенной живописи, выполняемой, в отличие от фрески, по сухой штукатурке.

Альбертус Пиктор — шведский художник времен позднего Средневековья, известный настенной росписью в шведских церквях, чьи фрески сохранились по сей день.

В голосе мерещились отголоски каких-то глубоких подземелий. Странный акустический эффект. Что это – телефонная трубка или его тембр? Люк откашлялся и начал:

– Добрый день. Меня зовут Люк Янсен. Ваши контакты я получил от Йорга Бахмана относительно...

– Зеркала, – вдруг закончил за Люка Сен-Симон.

Переход оказался слишком быстрым, и он в первую секунду растерялся. Но быстро взял себя в руки.

– Верно. Я их коллекционирую, – произнес он, помедлив. – И с удовольствием выкупил бы и ваше. Цена не имеет значения.

– Какая самоуверенность. А откуда вы знаете, какую цену я попрошу? – тихо усмехнулся его собеседник.

– Ну, я обеспеченный человек, – заявил Люк, но почему-то почувствовал себя идиотом после такого вопроса.

– А если я потребую выплатить не в деньгах, а в людских жертвах? – уже откровенно подтрунивал над ним Сен-Симон.

Он что, серьезно?

– Вы не признаете денежного эквивалента?

– Я сам могу купить что угодно, молодой человек, – рассмеялся тот. – А вам рекомендую быть осторожнее со словами.

– Короче, – Люк начал терять терпение, – мне нужно ваше зеркало. Я собираю их много лет, и у меня уже имеются два из них.

– Боюсь, так мы с вами не договоримся.

Повисла неприятная пауза.

Люк подкручивал колки на гитаре, прижимая плечом телефон к уху. Торговаться он вообще не умел. Может, следовало подключить Анри... Внутреннее напряжение было таким сильным, что он понял, что просто сломает любимый инструмент. Тогда Люк отложил гитару и подошел к окну, глядя, как дождь барабанит по листьям сирени.

– Вы... знаете об особенности зеркала? – начал он снова.

– Конечно, – эхом ответил Сен-Симон. – Это зеркала в мир мертвых.

Сюрприз за сюрпризом. Люк почувствовал, что летит вниз по спирали.

– И я даже знаю, почему вы так за них держитесь, юноша, – продолжил его собеседник. – Вы думаете, что в них ваше спасение. Всегда так думали, по крайней мере.

Все, чем обычно защищался Люк, вдруг пропало. Где его сарказм, интеллект и равнодушие? Сен-Симон словно перетягивал на себя канат – не только вместе с зеркалами, но и с Люком, болтающимся где-то на его конце.

– Не вполне понима...

– Вы умираете, Люк.

Молчание.

– И хотите украсть время у смерти. Но она – хороший счетовод. Боюсь, что зеркала вам никак не помогут.

– Вы неплохо осведомлены о моих делах. Может, еще и дату смерти назовете? – холодно спросил он.

– Я могу это сделать, – совершенно серьезно сказал Сен-Симон. – Но это вам ничем не поможет. Послушайте, Люк, если уж на то пошло... Зеркала – *моя* собственность. И я бы с удовольствием вернул себе все, но понимаю, что вы свои так просто не отдадите. Поэтому я буду ждать, – прозвучало терпеливо и даже мудро. — Ибо все мое всегда возвращается ко мне.

— А чем докажете, что они ваши? — почти не веря своим ушам, спросил Люк.

— О, очень просто. На ножке выжжено мое имя. Правда, на греческом. При встрече я даже могу показать вам мои документы, чтобы вы не сомневались, что я — это я. Скажем так: зеркала — что-то вроде фамильной собственности.

— Что значит «при встрече»? — от нервов по лицу Люка поползла кривоватая усмешка.

— Это значит, что наше с вами свидание неизбежно. Просто вы, позвонив мне, как обычно, заскочили вперед.

Люк почувствовал, что руки и ноги онемели и стали чужими. Широко распахнутыми глазами он таращился в проем открытого окна, но не видел ровного ряда крыш своего квартала.

Положи уже трубку.

Люк отключился, не попрощавшись. Он не был уверен, что поступил правильно, но желания продолжать разговор не было. Ему стало жутко.

* * *

Однако на этом череда сумасшедших звонков не закончилась. Вечером ему позвонил Анри.

— Достали меня твои секреты, Янсен. А ну, признавайся, чем ты там занимаешься целыми днями.

— Как обычно, катаюсь на пони и жонглирую яблоками.

— Идеально. Но я все-таки заслуживаю хотя бы капли откровенности. Я же твой менеджер!

— Именно поэтому ты идешь на хрен.

— Лю-у-ук, я не могу жить в мире без ответов!

— Я пишу песни.

Повисла пауза.

— О, — вымолвил Анри через пару минут, — похвально, даже неожиданно. Когда закончишь?

— Скоро. Еще неделька — и приступим к репетициям и звукозаписи.

Анри, который что-то ел, явно подавился.

— Ни фига себе! — присвистнул он. — А раньше так не было. Я же знаю, ты лентяй. Пока тебя не пнешь, ты не сядешь за альбом.

Люк лишь фыркнул. Отвечать было лень. Да и мысли крутились только вокруг странного разговора с Сен-Симоном. Голос Анри звучал как сквозь толщу воды:

— Ну, слушай... Тогда надо уже начинать рекламную кампанию. Мне нужно составить новый график.

— Отвянь, это не главное сейчас... Скажи-ка лучше, знаешь ли ты такого типа, как Этьен Сен-Симон? Богатые мужики с кучей связей — это твой профиль.

Вопрос на самом деле был наугад, как выстрел в воздух, но доля рациональности здесь присутствовала. Анри действительно откуда-то так или иначе знал всех, у кого водились большие деньги.

— Ой, Люк, — вдруг тяжело вздохнул тот. — Иногда меня страшно напрягает, что я целиком и полностью занимаюсь финансовыми вопросами. Ты даже таких элементарных вещей не помнишь.

— Каких? — поинтересовался он, настораживаясь от внезапного попадания в цель.

Ответ Анри оказался обескураживающим.

— Естественно, я знаю Этьена Сен-Симона... — Последовало многозначительное молчание. Наверное, он ждал, что Люк что-нибудь скажет, но тот лишь напряженно выжидал. Тогда Анри добавил с легким сочувствием: — Он — один из наших спонсоров.

— Ты шутишь? — задал Люк риторический вопрос, роняя изо рта сигарету. — У нас есть спонсоры?

— Я никогда не шучу на тему денег, — отрезал Анри. — Этьен Сен-Симон — меценат и экстравагантный тип... Сейчас он регулярно спонсирует фестивали, на которых ты выступаешь. Раньше переводил средства на счет нашего лейбла. Щедрый дар, а он, видать, твой фанат. Особенно неоценимой была его поддержка пять лет назад, когда я пришел, а вы, ребята, все по уши сидели в долгах и дерьме. Твое возвращение в шоу-бизнес — это его инициатива. Он дал деньги на запись твоего второго альбома, а также организовал концерты и рекламную кампанию. Я один, даже при всех моих предпринимательских талантах, не мог бы проделать такую адскую работу... Раскрутка звезд в реанимации — вообще, знаешь ли...

— Пять лет? — ошарашенно переспросил Люк, перебив его. — И ты скрывал?

— Я от тебя ничего не скрываю, — надменно заявил Анри. — Это ты не спрашиваешь. Пять лет назад я говорил, что тебе повезло, потому что у тебя есть я и Сен-Симон. Он позвонил мне сразу, как только я решил, что надо бы попробовать снова склеить ваш цирк-шапито, как если бы читал мои мысли. Ты даже подписывал бумаги, где стояло его имя, дубина! Ты вообще замечаешь, что происходит вокруг?

— Нет, — честно ответил Люк.

— Ну-ну. Пока, чудик, у меня звонок на другой линии, а ты можешь и дальше разъезжать на своем воображаемом пони...

Люк, обескураженный, остался стоять с трубкой у уха, продолжая слышать гудки.

* * *

Дэвид озадаченно смотрел на Танатоса. Они забыли про доску и свою игру. Теперь это были просто нелепые резные фигуры, которые ничего не значили.

— Это нечестно, — наконец сказал Дэвид, и в его голосе мелькнула укоризна.

Танатос только развел руками. Сейчас он даже оживился, и в землистом лице проявилось что-то озорное.

— Ты начал игру намного раньше этой партии.

— Но разве это противоречит правилам?

— ...которых нет.

— Тогда о чем спор?

— О них. Так нельзя.

Танатос покачал головой, а Дэвид заметно помрачнел. Его разноцветные глаза сверкнули и погасли.

— Мой друг, но ты ведь знал, что партия — это просто... маскарад. — И широкая ладонь Танатоса небрежно смахнула все фигуры на пол. — Жизнь и смерть не определяются расстановкой на шахматной доске, даже если игроки — мы. За этим стоят более сложные схемы, и имя им — судьба. Я просто... хотел развлечь моего лучшего гостя.

Дэвид задумчиво поглаживал подбородок, не отвечая Танатосу. Его мысли ушли куда-то далеко, и он словно видел нечто большее, чем внезапно опустевшая доска.

— Тогда я тоже вмешаюсь. — Он поднял на него решительный взгляд. — Я дам ему время, которое ты у него отбираешь.

— Ты не изменишь исхода.

— Да, но я помогу ему завершить начатое. В этом смысл его жизни, а не в том, что определил для него ты.

Танатос осклабился и дружелюбно сообщил:

– Что ж... пока жив, он твой.

– Они оба мои, пока живы, – подмигнул Дэвид темным глазом.

And death keeps knocking at our door.
So we open a door
And we die a bit more.

И смерть продолжает стучать в нашу дверь.
Мы открываем дверь
И понемногу умираем.

HIM «Our Diabolikal Rapture»

Глава девятая

НЕЗНАКОМЫЕ ОТРАЖЕНИЯ

Говорят, во тьме зародилась жизнь, в ней же она и умрет.

Говорят, во тьме все едино.

Во тьме снов Алисы царил Якоб. Он обжил это безымянное пространство, сделал его своим домом.

У Якоба не было начала, не предвиделось и конца. Как фрагмент вырезанной кинопленки, он продолжал длиться, пойманный в ловушку времени. Но теперь он нашел себе место, потому что Алиса вывела его наружу.

Он пробрался из мира мертвых в ее голову.

С той встречи на станции «Ослоер-штрассе» Якоб до отказа заполнил ее сны своими болезненными, крошащимися словами:

«Алиса, входы и выходы везде: за каждым зеркалом, за каждой станцией метро, между окнами и дверями, между секундами и минутами. Просто найди уже нужную лазейку. Это несложно. Ты должна различить линию, где черное переходит в белое, а день — в ночь. Возьми эту границу, да, вот так, пальцами, ощути ее текстуру, реальность и раздвинь. И ты будешь свободна, а с тобой наконец-то и я. Нет другого способа избавиться друг от друга. Или вдвоем, или никак. Мы оба ни живем, ни умираем. Качни уже чашу этих весов в нужную сторону. Алиса, входы и выходы везде...»

Она просыпалась с гудящей головой и онемевшими ладонями и ступнями, словно в дреме понемногу отдавала себя тяге с той стороны. Ей казалось, что сна и не было, настолько уставшей и опустошенной она становилась изо дня в день.

Пока Алиса принимала происходящее интуитивно. Как паук тонкими лапками перебирает по поверхности стены, так и она постигала эти странные безымянные процессы между жизнью и смертью, в которые ее вовлек Якоб.

Вторая реальность брезжила в воздухе, она уже не могла избавиться от ощущения этой тонкой разделительной линии. Почему другие не понимают этого? Взять хотя бы их главного патологоанатома Хеннинга. Более тридцати лет работая с трупами, он знал о них больше, чем о живых.

«Смерть – это врожденная функция организма, – обронил он в их недавнем разговоре. – Мы рождаемся уже запрограммированными на умирание. Пусть оно придет годами позже, но оно в нас. Однако глазами его не увидеть. Это и остается для меня самым страшным в человеческой жизни. Ты можешь умереть сегодня от удара по голове кирпичом или через шестьдесят лет, когда откажет сердце. Тем не менее эта стадия неизбежна, но неизвестно, когда к ней придешь».

Ей так хотелось, чтобы Хеннинг был прав. В биении пульса людей Алиса чувствовала другое, скрытое трепыхание. Это было ее тайным трюком еще со времен практики в клинике. Измеряя чужой пульс, она слышала несколько ритмов: один – это колебания стенок артерий, другой — ход чужого времени.

Вот почему она знала, кто выйдет здоровым, а кого увезут в холодильную камеру. Каждый придет к смерти, но в свой срок. Это не лотерея из случайных кирпичей. Всему уже заданы координаты.

Так почему же Хеннинг, такой умный и опытный врач, не слышит хода чужого времени?

Но отклонение от ритма оказалось возможным: это пограничное состояние, ни там, ни здесь. Самоубийцы, разбившие часы своей жизни вдребезги, потому что они показывают неверное время. Она никогда не слышала в биении пульса Якоба, что он скоро умрет. Может, поэтому и не верила в его бредни о самоубийстве...

«Слишком долго, слишком долго ждать! — заклиная, шепчет Якоб в ее голове. — Я сам, сам все сделаю! И никого не спрошу!».

В тот злосчастный день, сидя на бордюре и не желая возвращаться в ненавистную квартиру, в которой гремел его похоронный марш, она ощутила момент его ухода, когда он отдался чувству необратимости и страха. Но она не слушала себя годами, отмахивалась от каждого предчувствия. Теперь это мракобесие наконец ее догнало и начало самовольно вести вместо разума. Якоб всегда говорил ей, что она только прикидывается уравновешенной умницей.

«А внутри у тебя такая же пропасть, как и во мне. Ты просто не подходишь к ней близко».

Эти мысли оставляли в душе тяжелую смуту. Алиса все чаще всматривалась в свое отражение и безмолвно говорила с собой:

«Я знаю больше других, но это не делает меня счастливее. Я вообще не понимаю, что делать с этим... Но раз оно во мне, то может, я совладаю?

Что, если предчувствие смерти равносильно ее предупреждению? Или я — просто самоуверенная дура...».

Якоб маячил за спиной и прижимал палец к губам. Якоб знал, но не мог сказать. А ответ был где-то рядом, за толщей стекла.

* * *

У этих дней, походящих на затянувшийся плохой сон, была и светлая сторона — письма Люка.

Их накопилось больше двадцати. Алиса уже знала каждое наизусть, но ей все чаще казалось, что он куда-то от нее ускользает. Буквы истончаются, и за их узором вдруг вырисовывается странная пустота.

Она не задавала лишних вопросов, не называла вещи своими именами и не просила больше, чем получала. Но все равно ждала, что случится какое-то чудо — появится Оля и втащит ее за руку в мир-маскарад, где за черной помадой и подведенными глазами прячут истинные лица, или Люк сам выпрыгнет перед ней, как кролик из шляпы, — фокус-покус, Алиса...

Для него хотелось сделать больше. Не дать ему раствориться в этом котле славы, денег и наигранных страданий.

«Если бы я могла, то заперла бы тебя в твоем чертовом особняке, пока мир не забудет твое имя», — размышляла она, перебирая письма, в которых спасалась от оживающих ночных кошмаров.

Но май прошел и первая неделя июня внезапно обернулась безмолвием. Конвертов с посланиями больше не было. Могила Якоба потеряла свой смысл вдвойне. Там не было ни его, ни Люка.

Алиса застыла на пугающей развилке между тем, что уже отжило свой век, и тем, что так и не началось.

«Да где же ты, Янсен? Пиши мне, говори со мной, веди меня, раз взялся», — в панике думала она, а потом ловила себя на мысли, что становится похожей на Якоба, который когда-то так же вцепился в нее.

Как и прежде, она сидела перед надгробием, скрывая лицо за упавшими волосами, и чувствовала себя по-настоящему покинутой. Без слов Янсена казалось, что ее оставили и живые, и мертвые.

До него же было не добраться. Она даже не знала, в Германии он или нет.

Осталось только короткое напутствие на загадочное «после»: не приходить к этой могиле, когда он почему-то перестанет ей писать. Алиса смотрела, как небо хмурится над кладбищем, и ей хотелось по-детски разреветься раньше него. Потому что она внезапно поняла, что закончила тем же, с чего начала, — белым крестом и письмом, оставшимся без ответа.

Сидеть тут больше было незачем. Алиса медленно направилась к остановке. За спиной сползались тучи, и в вышине прогремел гром. Невесомый айпод сам прыгнул в руку, хотя на самом деле ничего не хотелось слушать. Но пальцы по инерции нажали на «шаффл», и в уши полилась музыка, в которую вдруг вплелось и ее настроение.

Старина Дэвид Боуи.

Алиса слушая его, и ей, довольно немузыкальному и неартистичному человеку, казалось, что она говорит со старым другом, который ее понимает.

В этот раз его слова звучали особенно проникновенно, он почти обращался... к ней:

Seeing more and feeling less,
Saying "no", but meaning "yes".
This is all I ever meant.

That's the message that I sent.
*I can't give everything away**.

...Алиса поняла, что водитель автобуса уже давно машет ей, а она нерешительно замерла на подножке.

— Тут либо вперед, либо назад! — На нее уставились раздраженным взглядом, и она спешно запрыгнула, на ходу показывая свой билет.

«Это послание, которое он отправлял... — эхом отозвалось в ее мыслях. — Он никогда не имел в виду "нет". Нам надо увидеться снова. К черту письма. Сколько нам лет вообще?».

«*Ты не можешь растратить все впустую*», — укоризненно повторял в ушах Боуи.

«Ну, тогда я поеду в Грюневальд, — решила Алиса, — чтобы спросить его... об особом способе».

* * *

Когда Алиса действительно осознала, что делает, рука уже уверенно давила на кнопку звонка. К ее удивлению, охраны вокруг дома не было, как и патруля фанаток. Металлические ворота казались закрытыми, но только на первый взгляд.

Можно было спихнуть происходящее на Дэвида Боуи или на собственное безумие, но результата изменить уже нельзя. Она стояла перед его дверью.

Его жилище выделялось среди соседних домов вычурностью и мрачным дизайном. Как и в прошлый раз, особняк подавлял своей массивностью.

---

* Вижу больше и чувствую меньше,
Говорю «нет», но имею в виду «да».
Это единственное, что я всегда подразумевал.
Это послание я и отправлял.
Я не могу растратить все впустую.
(Отрывок песни Дэвида Боуи «I Can't Give Everything Away» из его предсмертного альбома «Black Star».)

Алиса глядела на него снизу, чувствуя себя крошечной и незначительной, а облака внушали необъяснимую тревогу. Кажется, скоро снова будет дождь. Обещание этого застыло в воздухе.

«Как можно одному жить в таком огромном доме?»

Звонок надрывался, а поток здравых мыслей походил на разморозку. Запоздало она подумала, что Люк мог быть вовсе не здесь, а на каких-нибудь гастролях, вечеринке, в студии...

Был миг этого ожидания на пороге, когда она еще могла уйти. Алиса уже хотела развернуться и убежать, как хулиганистый подросток, ради веселья позвонивший во все соседские двери, но тут лязгнул замок.

«И что он обо мне подумает?»

Сжатый кулак сам коснулся поверхности двери и постучал три раза, хотя в этом не было необходимости. Кто-то по ту сторону просто мешкал.

Наконец дверь отворилась. Она ожидала увидеть Люка в его особом вечернем состоянии – слегка пьяного, может, даже под кайфом. Еще в прошлый визит стало очевидно, что он заливает за воротник по-царски уверенно и безо всякой меры.

Но он был трезв как стеклышко. В первый момент Алиса едва его узнала. Без темной подводки демонический облик терялся, остались только слегка бесполые, стянутые черты. В провалах скул обозначилась нездоровая изможденность, да и в целом он выглядел так, будто его не вовремя разбудили.

Перед Люком тоже открылась неожиданная картина: на его пороге стояла Алиса с несвойственной ей неловкой ухмылкой и каким-то предметом в руках, закутанным в одеяло в снежинках. Дивное зрелище.

— Привет! — слабо улыбнулась она и глупо помахала свободной рукой. — Это я.

«Потрясающее заявление, а главное — все объясняет!» — не упустил возможности проехаться ее внутренний голос.

— Привет, я понял, что это ты, девушка из морга, — с недоумением ответил он, отступая. — Проходи.

Приглашение сорвалось с губ само.

«Кто стучит, тому надо открыть», — непонятно к чему подумал Люк.

Алиса переступила порог, и в его доме снова появился другой человек.

Попасть сюда во второй раз оказалось проще простого (а она-то ожидала тернового кустарника вокруг его жилища!). Когда они зашли сюда с Олей, все казалось другим... каким-то зловеще-загадочным. Сейчас она стояла просто в большом грязноватом холле.

Алиса была благодарна Люку за такой легкий прием, но чувствовала себя по-прежнему глупо. Она поняла, что стоит и оглядывается уже пару минут, а он выжидающе смотрит на нее, засунув руки в карманы. Выражение глаз в полумраке прочитать не удавалось.

— Какими судьбами? — наконец последовал логичный вопрос.

— У меня для тебя подарок.

— Но у меня даже не день рождения.

— Дарю без повода. — Алиса присела на одно колено и начала разворачивать предмет в одеяле. — Есть один способ... увидеть мертвых. Сейчас объясню.

«И ты туда же», — была первая мысль Люка, который глядел на то, как его гостья устанавливает на полу зеркало с тем самым узором.

Очередной кусок потустороннего стекла сам пришел к нему в дом. Его растерянный взгляд выдавал обескураженность. Что же ему со всем этим делать? И с Алисой...

Она сосредоточенно отряхивала какие-то несуществующие пылинки. Люк вздохнул и присел рядом с ней:

— Я знаю. Я тоже видел, как они уходят.

Даже в полутьме он заметил, что ее взгляд вспыхнул интересом.

— О них ты говорил на кладбище? Что это просто телескоп... Я в тот раз не очень поняла, что ты имеешь в виду.

— А почему ты пришла с этим именно ко мне? — пропустил ее вопрос Люк. — Почему решила, что я верный человек для таких... специфических подарков?

Они всматривались друг в друга, как люди, случайно заглянувшие в темную воду и внезапно узревшие в ней дно. Непроизвольно она испытала желание провести ладонью по его болезненно-острым скулам. Люк Янсен вызвал у нее приступ нежности, и ей хотелось обращаться с ним, как с хрупким цветком или редким драгоценным камнем.

Он и был ломким соцветием удивительных смыслов. Внутри него скрывались миры, которые другие не видели. После череды лет одиночества и отчуждения странным казалось снова испытывать такие чувства по отношению к другому человеку.

— Потому что... ты сам намекал на это. Мне показалось... что ты меня поймешь.

Люк улыбнулся ей как ребенок, с какой-то необъяснимой кротостью и радостью.

— Поздравляю, девушка из морга. Твой приз за интуицию — правда. Да, я собираю их, — честно ответил он. — Нашел первое зеркало в госпитале, где умирал отец, и узнал через антиквара, что, возможно, их три, по узору наверху. Затем отыскал и выкупил второе. Но последнее, — его рука несмело коснулась холодной рамы и невесомо прошлась по деревянной плашке со знаками, — от меня ушло, потому что хозяйка внезапно...

— ...умерла, — эхом закончила за него Алиса. — Я его забрала у Фрауке Галонске.

Как он когда-то забрал первое у Зигмар Швайцер. Они с Алисой постоянно были рядом, шли по одним и тем же тропам, совершали схожие поступки. Два вора, две заблудшие души. Два — плохое число. Два — это к трагедии...

Алиса тем временем коротко рассказала, что увидела в ту ночь, опустив тот факт, что примчалась она в эту квартиру по наводке Якоба, которого каким-то образом ненадолго выдернула с того света. Но Люк и не спрашивал. Как сетовал недавно Анри, его редко интересовали причины. Да и у него тоже в запасе имелись таинственный Сен-Симон и существование четвертого зеркала. Но пока следовало держать язык за зубами. Сначала ему надо было понять что-то для себя.

— Я пытался через них понять, куда они все уходят, — рассеянно пояснил он. — Но без толку.

— Тогда забирай и это, — кивнула она в сторону украденного зеркала. — Я и без них мертвецов вижу.

— Ну еще бы, ты же в морге работаешь, — не удержался Люк от плоской шуточки.

— Очень тонко подмечено.

— И что ты видела в нем?

Пока зеркало не показывало ничего сверхъестественного.

— Как умерла Галонске, — напряженно ответила Алиса. — Это произошло на моих глазах, и она почти сразу уставилась на меня из зеркала. Потом исчезла с жутким криком, и это был конец. Нет покорности своей участи и умиротворения, люди врут. Только жуткий, экзистенциальный страх перед тем... что придет после.

— Интересно, — пробормотал Люк. — Мои зеркала показывают будущих и бывших покойников. А твое, выходит, то, как уходят здесь и сейчас.

Там что-то отразилось, но в полумраке было непонятно, то ли это они, то ли кто-то еще... Они уже не смотрели, ища ответы в лицах друг друга.

Сейчас Люк с Алисой напоминали друг другу старых друзей. Вдруг возникло ощущение, что они уже не раз сидели так в полутьме, невероятной близко, а может, и всегда...

После короткой паузы он неловко поинтересовался:

— Значит, ты все так же... интересуешься?

Это прозвучало так, словно они были парочкой извращенных коллекционеров, которые встретились спустя много лет и теперь осторожно выясняли, сохранили ли они свои пристрастия.

— Мне кажется, мы должны узнать, что там. Но я не очень понимаю, если честно, что мне со всем этим делать... одной, — ее брови напряженно сошлись в тонкую линию. — Я просто вижу смерть. Везде. Она идет за мной по пятам, как навязчивая подружка. Будто меня куда-то упорно тыкают носом всю жизнь, а я все не понимаю.

И Алиса раскололась, как и в прошлый раз. В глубине души она только и ждала нового случая, когда сможет говорить с Люком и поверять ему тайну за тайной. Поэтому она здесь. Что зеркала? Очередная маска, как и письма.

...О которых, кстати, они ни словом не обмолвились.

Люк слушал ее, все так же глядя на их отражение. Предчувствие чужих смертей, кладбищенский шаффл, приветы и ответы из мира мертвых. Постоянное ощущение присутствия некой другой реальности, которое с каждым годом становится сложнее игнорировать. И, наконец, собственный страх и отчаяние, оттого что она не знает, как найти этому иррациональному потоку место в ее жизни. Его не получалось вписать в структуру строгой логики, по которой она творила свои границы познания.

Все схемы рушились. Тьма выползла из области вне поля зрения.

Алиса не выдержала и сжала изо всех сил переносицу. Ей хотелось слегка ее надломить, чтобы не распсиховаться окончательно. Это нарастает – капля за каплей, – и однажды наступает замыкание и чернота. Никто не сделан из камня, даже девушки из морга.

Тогда Люк приобнял ее невесомыми руками и уронил их меж прядями ее спутанных волос:

– Тихо, тихо, ш-ш-ш. Я понимаю тебя. Знаю, что они все рядом. Только ты видишь больше, чем мы все. Это не сумасшествие. Назовем это особой точкой зрения.

В этот момент ей очень хотелось врасти в его кожу. Потому что это было ее место – где-то под его сердцем, рядом с пошловатой татуировкой *All I loved, I loved alone*. Но вместо этого пришло только смущение от своей слабости.

– Покажешь мне другие зеркала? – спросила она, отстраняясь.

— Запросто.

Он встал, подхватил ее зеркало и повел Алису на третий этаж.

— Я не помешала?

— Да кто же мне может помешать... Я как Рапунцель. Сижу в башне и плету косички, — привычно отшутился он.

Миновав пролет второго этажа, они остановились у двери в мансарду. Люк отпер ее и посторонился. Это было огромное помещение с низким скошенным потолком и двумя круглыми окнами. Свет плохо проникал сквозь грязные стекла, но того, что попадало, было вполне достаточно.

Посередине стояли два зеркала. По сравнению с трофеем от Галонске они были довольно большие и массивные. Под мышкой их точно не утащишь. От них веяло другой эпохой: об этом говорили особая потертость и слегка вогнутая форма, отливающая синевой. Все три зеркала объединяли деревянные плашки вверху рамы с тем самым геометрическим узором и загадочными небесными светилами над ними.

Люк прислонил ее зеркало к стене и оглядел его уже при тусклом свете. С виду оно походило на остальные, только рама из чугуна или схожего металла. Запоздало Люк вспомнил намек Сен-Симона на его абсолютное право владения:

«На ножке выжжено мое имя. Правда, на греческом...».

Надо признаться, именно эту часть зеркал он никогда особо не рассматривал. Пока Алиса знакомилась с его главными сувенирами, он воспользовался паузой, чтобы проверить слова Сен-Симона.

Зеркало Галонске было самым маленьким, перевернуть его не составило труда. На левой ножке действительно виднелись нечеткие царапины: Θάνατος.

Может, это и был греческий, однако это могло означать что угодно.

Люк поковырял находку пальцем и вернул зеркало в первоначальное положение.

«...греческий купец Ставрос Онассис перепродал эти зеркала парижскому мебельному салону...» — гулким эхом прозвучал в его голове голос Йорга.

Что там написано? Онассис? Но при чем тут Сен-Симон? Родственник? Потомок?

— Нужно проверить эти буквы, — вслух сказал он.

Алиса обернулась, вопросительно уставившись на него.

— Помоги-ка мне положить другие на пол...

Они опустили зеркало Зигмар, а за ним и Генриетты. Люк склонился над ножкой каждого и увидел то же самое.

— Читаешь по-гречески? — спросил он у Алисы.

— Нет. Но поняла, что ты имеешь в виду. Это похоже на клеймо. Только из-за царапин не разберешь толком...

Она сдула с лица прядь и выпрямилась. Люк остался на полу, все еще пытая символы взглядом.

— Я хочу понять, по каким законам все это взаимодействует и куда они уходят в отражениях.

— Куда-то далеко, — рассеянно ответил Люк, продолжая тщательно осматривать зеркала. — Все это вообще очень и очень далеко. Хотя иногда ближе, чем кажется...

Он нес какую-то бессмыслицу.

И в этот момент созрело решение: нужно наведаться к Сен-Симону, раз тот не может нормально объяснить все по телефону.

Если Алису интересовали чуть ли не философские вопросы творения, то ему нужно было знать только где входы и выходы. В зеркалах все наоборот:

жизнь — это смерть. Отразишь смыслы — обратишь вспять умирание.

«Не сейчас, не сейчас. Еще есть Алиса и музыка. Значит, еще рано», — с птицей взвившейся паникой в груди думал он.

Все сбилось из-за ее прихода. Смиренное ожидание смерти вдруг сменилось суетой и страхом оказаться там так рано...

— Я могу немного поизучать их? — спросила она, вглядываясь в каждое зеркало по очереди.

— Да ради бога... Вот тебе мои наблюдения за эти годы: они отображают мертвых и нас. Иногда там кто-то ходит. Я видел, как прогибаются половицы, — с этими словами Люк постучал по полу ногой. — Я смотрел в них, сидя вон у той стены. Пару раз в том мире кто-то... был.

Ее брови поползли вверх. Живущая в мракобесии Алиса одновременно страдала токсичным скепсисом, и это забавляло.

— А по ночам из них вылезает волосатая лапа и требует денег! — страшным голосом рявкнул Люк ей в ухо.

От неожиданности она подпрыгнула.

— Да ну?

— Ну, про волосатую лапу я наврал. Хотя это вполне мог бы быть Анри...

Шуточки Люка имели особенность веселить и раздражать одновременно.

— Да не знаю я, что тут творится в темноте, — пожал он плечами. — Не думаю, что что-то особенное. Это для нас день и ночь имеют смысл. Периодически одно из зеркал перестает меня отражать. Но это, пожалуй, и все.

Внезапно в зеркале Генриетты Лаубе что-то изменилось. Сначала они сами не поняли, что увидели — изменение было практически неуловимым.

Затем до них дошло, на что они смотрят. В отражении между ними упала чья-то большая тень. Кто-то высокий и крупный встал рядом с ними по ту сторону стекла. Они находились в комнате не одни.

«Нас трое».

Алиса перевела взор на то место, где предположительно должен был находиться этот третий. Люк настороженно повернул голову вслед за ней. Но никого не было.

Это все там.

— Кто это? — одними губами вопросила она.

— Не знаю...

Некто подобрался к ним очень близко и слушал все их разговоры...

Не сговариваясь, оба двинулись к двери. Алиса вышла первой, и колышущийся ужас жил своей жизнью где-то в солнечном сплетении. Краем глаза она следила за Люком: тот спешно запирал дверь, выглядя не менее напуганным. Они чувствовали себя как дети, обнаружившие под кроватью монстра, в которого не верили.

— И... ты не боишься жить один в этом чертовом доме, с этими жуткими зеркалами?

Люк перевел дух и буркнул:

— Это просто маленькие окна в другой мир, живущий по искаженным законам.

— Откуда ты знаешь? Где окна, там и двери, — сформулировала она странную мысль.

— Послушай, мертвым уже ничего не нужно. Это только мы тут дурью маемся, — сказал он с еле заметным разочарованием.

Алиса глядела в лестничный пролет, по-прежнему не в силах двинуться с места. Минуту назад она стояла у телескопа, направленного на пугающую загадку.

Но страх – это всего лишь недостаток информации.

Люк бездумно перебирал связку ключей. Если и ехать к этому Сен-Симону, то сейчас... Откладывать в его случае ничего нельзя.

– Так, слушай...

– Я пойду тогда.

– Я не об этом. Можешь остаться у меня, – предложил Люк, глядя на нее исподлобья. – Заодно поизучаешь свои зеркала, если не боишься. Пардон, мои зеркала.

Если по-хорошему, то надо бы вытурить ее, чтобы ничего не произошло...

«Ив права, тряпка. Но что-то уже началось...».

– Ну так как?

Его вопрос прозвучал совершенно естественно.

– Спасибо за приглашение.

– А мне нужно в студию. Вернусь завтра после обеда. Наверное... Пользуйся моей спальней и ванной, больше в этом доме нигде мебели нет. Извини.

С этими словами он махнул ей и вихрем слетел по лестнице. Раздались несколько громких хлопков дверей и звук выезжающей со двора машины. Алиса осталась стоять на лестничной площадке со связкой ключей, которую он сунул ей мимоходом. Вот так запросто ее занесло к Люку Янсену во второй раз.

* * *

Пока Люк не чувствовал себя смертельно больным, несмотря на кашель и боль в ребрах. Временами он вообще забывал о том, что у него последняя стадия рака.

«Когда выходит время? Как его почувствовать? Что это, в принципе, такое и почему люди так за него цепляются?» — отстраненно размышлял он с тех пор, как уехал от Ингрид.

Он только понимал, что у него времени нет. Это как внезапное банкротство. У тебя был миллион, но в какой-то момент списали всю сумму. Ты все еще живешь, дышишь, но за тобой ноль. Тогда вдруг понимаешь, что, оказывается, кто-то вел за тебя непонятный счет. Этот же некто сделал тебя в один момент нищим.

«А что такое рак? — продолжал он болтать с самим с собой. — Почему какая-то дрянь жрет тебя понемногу всю жизнь, но потом внезапно решает сгрызть в один миг? Лучше бы меня и дальше обгладывали. Я, может, и не заметил бы разницы...».

И Люк делал самую бесполезную вещь в этой ситуации — напрягал свою память. Как получилось, что он был болен уже долгое время, но заметил это только сейчас? Проблемы с дыханием у него имелись всегда, в детстве он переболел практически всеми легочными заболеваниями. В последние годы это сказывалось и на пении. Вживую, без автотюна и акустических примочек, его голос рано или поздно начинал скатываться в немузыкальный сип, который он компенсировал криком. Можно сказать, что большинство песен он орал, потому что выводить соловьиные рулады в туре уже не получалось. В груди давно что-то неприятно сжимало и давило, но пока руки-ноги гнутся, то к черту врачей. Кашель он списывал на вечный бронхит.

«Рак — это вор. Он украл мое время и подсунул вместо него метастазы».

Ингрид выписала ему кучу убойных обезболивающих, но иногда и они не помогали. Все чаще Люк вскакивал посреди ночи и несся в туалет, чтобы сплюнуть в раковину пенящуюся кровь. Было странно наблюдать, как она стекает к сливу, оставляя на белой поверхности умывальника яркий след. В такие моменты ему казалось, что он не до конца проснулся.

Еще Ингрид предлагала ему лечь в больницу и провести курс химио- и лучевой терапии, которые могли помочь облегчить симптоматику, но он сознательно отказался. Судя по анализам, рак уже задел поджелудочную железу и желудок, да и шансов на выздоровление на четвертой стадии практически нет. Это будет трата времени, которое и без того стремилось к той самой пугающей отметке.

Ноль.

Это даже не цифра.

Это философский символ пустоты.

Это ничто, которое попытались увидеть, заключив его в кольцо.

В больнице он не смог бы дописать альбом, а это сейчас было важнее всего на свете. Поэтому Люк выбрал другой рецепт оздоровления — мало сна и много кофе. Так удавалось хотя бы чуть-чуть обогнать утекающее время. Он станет нулем через месяц-другой, а может, ему повезет и выйдет даже полгода, но этот альбом должен быть закончен раньше.

Большинство песен написано за две с половиной недели как под диктовку. Недавно он снова начал репетировать вместе с группой, сживаясь с новыми мелодиями. Ребята замечали, что Люк выглядит как засохшее дерево, но воспринимали это иронично.

«Может, тяпнешь витаминку? И покачался бы в зале...».

Но новый материал всем понравился. Они будто снова стали Inferno № 6 начала двухтысячных — просто парнями, желающими делать классную музыку, и та вдруг стала выходить лучше, чем когда-либо. Задумка Люка начинала обретать душу, которую ткали они все по струнам, граням разномастных медиаторов и черно-белым клавишам. А когда подключались ударные, песни начинали жить своей жизнью. Все в мире имеет свой темп — от стука сердца до капель падающего на землю дождя.

В эти моменты Люк забывал, что болен, музыка заменяла ему легкие.

Работа напоминала пьяный экстаз.

Парни улыбались друг другу, чувствуя, что Inferno словно перерождается.

— Это похоже на те давние времена, когда наша студия звукозаписи была в помещении бывшего склада, обклеенном для звукоизоляции картонными упаковками от яиц, — хохотнул басист. — Ни хрена у нас не было, но все шло само...

Только один раз в жизни Люк написал костяк альбома за две с лишним недели — после смерти Сабрины. Тогда это нужно было отдать с болью и больше к этому не возвращаться.

Эта музыка получалась другой.

«Я как будто сам себя перерос...»

* * *

После того, что было сказано Анри, Люк побежал в их офис на Потсдамер-платц и перевернул весь шкаф с контрактами. Узнав о финансовой поддержке Сен-Симона во времена, когда группа была фактически при смерти, Люк почувствовал, что где-то крупно облажался. Его извинением могло быть, что он в принципе никогда не заботился о предпринимательской стороне их деятельности. Да и никто из них. Без Анри Inferno № 6 обращались с деньгами как попало — наспех делили гонорары и тут же пропивали их в каком-нибудь адском притоне...

Анри сделал больше чем раскрутку: он превратил их музыкальные скитания в отлаженный бизнес и взял под контроль все расходы и доходы. Но что самое интересное — никто так и не поинтересовался, откуда взялись деньги пять лет назад и что вообще происходит. Люк всегда доверял Анри. Все-таки это была дружба или ему хотелось думать, что в их отношениях кроме зубоскальства осталось какое-то ее подобие.

Ну, в этом имелся и здравый смысл.

«Потому что вы — творческие и невменяемые придурки. А кому нужно ваше искусство, если вы не умеете его продавать?» — отчитывал их Анри, а они в ответ мычали и шмыгали носами.

Все слушались страшного менеджера. Без него ничего не было бы, а остальным в глубине души всегда хотелось успеха, признания и денег.

Анри слегка удивился, обнаружив, что Люк устроил бардак в документах, но помог ему найти то, что он просил, — несколько потрепанных контрактов от фонда Этьена Сен-Симона, где обговаривались условия спонсирования.

Никаких зацепок в тексте не обнаружилось, все выглядело как благотворительность, поддержка талантливых алкоголиков. Сен-Симон даже оплатил лечение ударника и несколько курсов реабилитации для Люка в самом начале.

— Он помог и с контактами. Чувак знает почти всех в сфере искусства и бомонде. Именно так мне удалось реанимировать тебя через заказные интервью и рекламные кампании, а дальше само пошло. Видишь ли, дружок, у меня чуйка на то, что люди схавают. Лично мне показалось странным в благотворительности твоего фаната то, что он не потребовал никаких процентов с продаж альбома, который проспонсировал. Он вообще ничего не попросил. Я не верю в бескорыстие, но списываю его на экстравагантность Сен-Симона.

Однако поход в офис все-таки кое-что дал. Люк заполучил контакты странного коллекционера и повод для визита.

«Сен-Симон был рядом столько лет. Он знал меня, да и нас всех. И если концы двух разных историй вдруг так хорошо сошлись, это не может быть совпадением. Он связан и с зеркалами, и со мной. Вопрос: зачем ему это надо?..».

Алиса, вероятно, впуталась во все это случайно. Если у нее тоже какой-то интерес, получится очень смешно. Но выкинуть ее вместе с зеркалом из своего дома он не смог. Так что... если она еще там, то пусть немного поживет в черноте его стен...

Люк записывал в студии вокальные партии, между делом размышляя, как преподнести свой визит. Согласно контактным данным, Сен-Симон жил в Париже, но в их базе данных также был зарегистрирован отдельный адрес под Потсдамом. И Йорг об этом упоминал.

Последнее, что сделал Люк перед поездкой, — проверил его в Сети. Как приговаривал Анри? «Ничто не характеризует человека в наши дни лучше, чем интернет».

Этьен Сен-Симон был достаточно загадочной личностью. Почти нигде не светился, но периодически давал о себе знать, спонсируя различные выставки, а также финансируя молодых писателей. С его именем была связана широкая сеть европейских фондов, которые раздавали гранты и проводили различные творческие мероприятия. Он был «отцом» современного искусства. В этом контексте его денежная подпитка Inferno № 6 выглядела чуть более понятной.

Вокруг его персоны ходило множество слухов и домыслов. Одни утверждали, будто он купил всю планету; другие говорили, что он выходит по ночам пить кровь пьяных шлюх. Наиболее конкретная фраза о нем звучала так: «Он до неприличия богат».

Очередная ночь в студии пролетела незаметно. Люк выпил бочку кофе, сел в машину и выехал чуть свет на шоссе, ведущее в пригород. Перед рассветом опять прошел дождь. В воздухе витал легкий запах озона, и в шелестящих на ветру листьях звучало лето. Перед ним расстилался путь, обещающий раскрыть секреты жизни и смерти.

If you are the dealer, I'm out of the game.
If you are the healer, it means I'm broken and lame.
If thine is the glory then mine must be the shame.
You want it darker — we kill the flame.

Если ты сдаешь карты, то я — вне игры.
Если ты лекарь, то я увечен и покалечен.
Если твоя участь — слава, тогда моя — позор.
Ты хочешь больше тьмы — мы затушим пламя.

Leonard Cohen «You Want It Darker»

Глава десятая

ТАНАТОС

«Если это всего лишь загородный дом, то каких же размеров его поместье под Парижем?» — подумал Люк, проезжая мимо парка за оградой, который, как оказалось, тоже был собственностью Сен-Симона. Он был здесь впервые, поскольку редко выезжал из Берлина на машине, и уж тем более в сторону Потсдама. Зелень «садов» коллекционера резала глаза и сочилась какой-то первозданной свежестью. Сквозь деревья угадывались замысловатые фонтанчики и статуи. Где-то вдали проглядывало массивное кремовое сооружение, в котором и обитал загадочный коллекционер.

На часах уже мигало девять утра.

Люк не думал о том, что его могут не пустить. Это была типичная черта его характера — игнорировать истинное положение дел. Внутри него всегда существовала собственная нелепая схема реализации планов, и он безапелляционно накладывал ее на все без разбору.

Как только он подъехал к воротам, те сами перед ним распахнулись. Колеса зашуршали по белому гравию, и из охранной будки вышел тип в солидном костюме. Поравнявшись с ним, Люк неожиданно услышал:

– Добро пожаловать, герр Янсен. Позвольте припарковать вашу машину.

Это было неожиданно.

Он выбрался, а ворота уже закрылись. Над ним сгущалось пасмурное небо, полное особенного серебряного света, который бывает только после летнего дождя.

Тип в костюме выжидающе смотрел на него безо всякого выражения, и Люк просто передал ему машину, а сам пошел по главной дороге к кремовому дому с широченной лестницей. Тропу разделял фонтан, выстреливающий прозрачной водой из узких каменных отверстий на разной высоте. Лужайки были выровнены и засеяны маленькими черными цветами. Похоже, этот Сен-Симон любит, чтобы все было красиво.

Последняя часть пути пролегала через монументальную аллею. По обеим сторонам на пьедесталах застыли мрачные ангелы. Возникало странное ощущение, что они его видят даже без четко вырезанных глаз.

Сен-Симон не заставил себя долго ждать. Как только прислуга проводила Люка в холл, хозяин дома проступил в проходе, как дурное воспоминание. Они виделись впервые, но в нем мерещилось что-то необъяснимо знакомое.

Этьен был крупным человеком с абсолютно лысым коричневым черепом и выступающим вперед носом с крутой горбинкой. Люк не мог определить его этническую принадлежность. Кожа отливала смуглостью, глубоко посаженные настороженные глаза напоминали две маслины. Его лицо оказалось весьма притягательным — в нем жил темный гипнотизм. Ни на француза, ни на грека он похож не был. Держался довольно просто, но на интуитивном уровне Люку передалось ощущение некой подавляющей силы.

— А, Люк Янсен, — почти что любовно произнес Сен-Симон. — Наш пострел везде поспел, как говорится.

— Доброе утро, — ледяной вежливостью ответил тот на его фамильярность.

Они стояли посреди просторного зала с зеркальным потолком. Обстановка, как и все в этом месте, отдавала изящной мрачностью. Каждый предмет дышал другой эпохой, при этом напрочь отсутствовало чувство времени. Они словно застыли на перепутье всех столетий, уже минувших и еще не наступивших.

— Я ждал этого визита. Вы были бы не вы, если бы не нанесли его.

Возникла пауза. Люк в замешательстве на мгновение задумался о том, как вести беседу дальше. Сен-Симон буравил его своими жгучими глазами и, похоже, видел насквозь. Но прежде, чем Люк вымолвил хоть слово, он предложил:

— Может, для начала позавтракаем? Как вы на это смотрите? Стол уже накрыт.

Люк пожал плечами. Хозяин дома слегка улыбнулся и жестом пригласил следовать за ним. Они прошли по коридорам, увешанным старинными картинами и заставленным необычными вазами и статуями. Это было шествие по аллее былой славы. Вокруг не было и намека на упадок, но что-то в наследии прошлых лет Люка подавляло.

— Я пытаюсь сохранить прошлое через искусство, — бросил хозяин через плечо, словно видя затылком, как тот вертит головой туда-сюда. — Музеи я ненавижу. Выставляя сокровенные обломки минувших лет, они лишают их святости. Хотя, возможно, во мне бунтует эгоист в такие минуты... Мне нравится думать, что мои дома — это Ноев ковчег для всевозможных алмазов культуры.

— Или кладбище, — хмыкнул Люк.

Он не стал добавлять, что ему это по душе. Почему-то Люку упорно хотелось противостоять Сен-Симону, хотя он и не вполне понимал суть своего сопротивления.

— Вы любите утрировать.

— Если это ковчег, то для чего вы его построили?

— Я сохраню время. Не убью, а спасу его. Ничто в этом доме не мертво. Оно лишь застыло навек.

В длинном настенном зеркале мелькнули их отражения. Они странно смотрелись рядом: огромный смуглый хозяин дома — человек-зверь с плотоядной улыбкой — и Люк, худой, черно-белый и отрешенный.

Стол на огромном балконе уже ожидал их. За перилами простирался потрясающий вид на аллею с ангелами. Сен-Симон отдавал еще какие-то распоряжения прислуге. Когда он вернулся, Люк с комфортом вытянулся и уже успел заполнить пепельницу.

Хозяин присел напротив него и любезно осклабился.

— Слушаю вас, мой друг. Чем удивите?

— Я наконец-то протер глаза и обнаружил множество интересных подробностей. Например, о вашей финансовой поддержке группы.

Тот умоляюще взглянул на Люка и произнес:

— Забудьте. Всего лишь мой дар.

— И отчего такая щедрость?

— Скажем так: вы мне глубоко симпатичны.

Не отрывая от Люка въедливых глаз, Сен-Симон сделал глоток из чашки.

Люк тоже нехотя отпил.

— Давайте проясним некоторые моменты. Первое: откуда вы знаете про мою скорую смерть?

— Вы задаете не те вопросы. — Сен-Симон улыбнулся.

Его глаза наполнились серым светом.

— И начали не с того конца. Вы не доберетесь до желтка, не разбив скорлупы.

Люк моргнул, осмысливая глубокий философский смысл метафоры.

— Хорошо, — вымолвил он, — скажите мне, с чего начать.

Сен-Симон продолжал взирать на него жутковатым взглядом. Внезапно стало ясно, отчего его лицо казалось таким странным и пугающим. Одна его половина была парализована.

— Давайте начнем со смерти. Точнее говоря, с одной смерти. Вам пришлось пройти через очень тяжелое испытание. Знаю, нет ничего хуже, чем потерять любимого человека таким образом. Хотя... вам повезло.

— В чем же? — холодно осведомился Люк.

— Один из влюбленных должен умереть. Иначе умрет их любовь.

Люк усмехнулся. Пафосно, но, к сожалению, не лишено смысла. Впрочем, эта мысль была ему уже знакома.

— Так что смерть дала вам шанс сохранить чувства навеки. Вы и сами это знаете.

— Что, простите?

— Вы воспеваете смерть.

— Я воспеваю любовь, которая сильнее смерти. Она не умирает.

— Но разве не ее смерть дала вам это чувство откровения, таинства?.. Разве не смерть... стала вашим истинным вдохновением?

Люк медленно наклонился вперед, исподлобья рассматривая собеседника. Тот как ни в чем не бывало подлил себе еще кофе. Небо уже совсем посветлело, но облака не разошлись, словно отражая хмурое настроение, витающее над столом.

— Итак, Сабрина умерла, — буднично продолжил Сен-Симон. — Именно смерть стала вашей музой, Люк. Любовь у вас была и раньше, но вам не хотелось творить с таким упоением и отчаянием. Я знаю, какими были эти десять лет, как это было невыносимо поначалу. Знаю, какие перемены произошли в вас, как многое умерло, как многое сгорело. Знаю, что было после, когда вы ступали по пепелищу со спокойным, окаменевшим сердцем, любили многих женщин, но не принадлежали ни одной. Вы допускали их к своему телу, но никогда не отдавали свою душу. Нашли сотню масок, притворяясь и играя ожидаемые от вас роли, но внутри продолжали совершать долгое паломничество, чтобы прийти к той святыне, к которой вас влекло все это время.

Глаза Сен-Симона сверкнули состраданием и безумием.

— К смерти.

Некоторое время Люк с подозрением таращился на него, не понимая, то ли хозяин сумасшедший, то ли очень просветленный. Несмотря на его странную манеру вести беседу, в ней было что-то жалящее в сердце. Будто бы тот и впрямь что-то знал об этих годах.

— Ну, к смерти приходят все, — отпарировал Люк.

— Вы встретили ее в ином виде. Вы нашли ее в конце концов во плоти и полюбили.

Образность языка Сен-Симона вконец его запутала. О чем он? О Сабрине?

— Я об Алисе, — в тон его мыслям подытожил Сен-Симон, отчего Люк поперхнулся.

Следующие минуты две прошли комично: он утирался салфеткой, а Сен-Симон скучающе смотрел, как по его газону бегает уточка с выводком. Его внимание вернулось к Люку, когда тот откинул грязную салфетку и в очередной раз затянулся сигаретой.

— И вы продолжаете курить с таким диагнозом? — укоризненно спросил хозяин.

Его гость только пожал плечами.

— Я не шел к раку сознательно. Это получилось случайно. Как сюрприз на Новый год. Если сейчас брошу, то все равно ничего не изменю. При чем тут вообще Алиса? И откуда вы все про меня знаете?

— Алиса — пока обыкновенная девушка. Но у нее будет совершенно особенный жизненный путь. И начнется он после вашей смерти.

Люк расхохотался, запрокинув голову. Это было в некотором роде от отчаяния.

— Отлично. Мы все друг для друга являемся не более чем причиной и следствием.

— Так протекает жизнь.

Они замолчали. Сен-Симон кинул себе два куска сахара и принялся размешивать. Кофе вертелся все быстрее и быстрее...

— Кто вы? — тихо поинтересовался Люк. — Бессмертный греческий купец Ставрос Онассис, впервые продавший зеркала? Тайный поклонник группы Inferno № 6?

Сен-Симон наконец-то прекратил свои демонические коловращения с чашкой и отложил ложку. Кофе продолжал вертеться уже сам по себе, постепенно замедляя свой круговорот.

— Вам придется ответить. Какую роль во всем этом играете вы? Быть может, вы — проводник на тот свет? Страж? Или даже Бог?

В голосе Люка сквозила едкая ирония.

Ответ последовал в прежней невозмутимой манере:

— Я был когда-то Ставросом и многими другими. Брожу среди всех неузнанным и безликим, неся людям тишину.

— Вы больны.

— Люк, вы пришли ко мне домой и нагло требуете ответов, на которые у вас нет права. Выставить бы вас вон, но я не могу. Мне импонирует ваша наивность. Поэтому отчасти я отвечу вам. Все это вообще не из-за вас. Вижу, вижу, что вы уже вообразили себе, будто я следил за вашей жизнью. Это правда, но не вы мне интересны. Все ради Алисы, которая сейчас бродит по вашему черному дому и в глубине души ждет вас.

Их глаза встретились, и Люк словно провалился в иное измерение. Сквозь Сен-Симона виделось что-то не от мира сего. Это крохотная искра сверкнула в глубине его глаз и погасла, и Люк словно узрел через него, как кончается жизнь. Он помолчал, пытаясь унять странное чувство расщепления, возникшее после этого короткого контакта.

— Тогда в чем мой смысл? И зеркал?

— Вы сами ответили на свой вопрос. Причина и следствие. Вы — часть ее пути, — спокойно пояснил Сен-Симон. — А зеркала теперь не ваша забота.

— Зеркала ваши, но нужна вам почему-то Алиса, — начал Люк. — В чем же смысл этого извращенного плана? И я видел греческие буквы, выжженные на ножке, якобы ваше имя. Но может, это ругательство на греческом, а вы выдаете это за свою фамилию. Мне кажется, я начинаю понимать... — В его глазах зажглось тусклое озарение. — Вы большой охотник за старинными раритетами. Все, что вы говорите, не более чем блеф. Разузнали все обо мне, наняли детективов, это легко. А хотите просто выманить зеркала. Про Алису добавили, чтобы окончательно сбить меня с толку и заставить поверить в мистическое дерьмо.

Сен-Симон просто покачал головой и медленно снял с себя массивный золотой перстень. Люк мельком взглянул на протянутое ему кольцо и заметил на внутренней стороне гравировку. Буквы были знакомы: Θάνατος.

— Знаете, что это значит? — тихо спросил Сен-Симон.

— Нет.

— Что, даже не гуглили? Это мое второе имя. Я вообще-то имею греческие корни. Это означает Танатос, — тихо озвучил он то, что Люк увидел.

И пока тот пребывал в ступоре, он, как фокусник выудил откуда-то французский паспорт и подсунул ему под нос. Выглядело это куда прозаичнее, но суть оставалась прежней:

«Этьен Танатос Сен-Симон».

— Танатос, — заторможенно повторил Люк, а затем живо поднял глаза на хозяина дома. — Греческий бог смерти. Это идея ваших родителей?

— У вас есть песня, — вместо ответа сказал тот, — «Влюбленный Танатос». Мне она понравилась. Это была одна из причин, по которой я вас поддержал в трудные времена, Люк. Я был тронут вашей болью. Я ведь тоже когда-то любил.

— Песня не о вас, — раздраженно рявкнул тот, швырнув Сен-Симону обратно его паспорт.

— Один мой знакомый художник, Альбертус Пиктор, тоже мне так сказал, изобразив меня задолго до моего появления, — пожал плечами этот ненормальный.

— Я просто хочу правды.

— Правда не здесь.

— А где?

— На стенах маленькой церкви в Тебю, под Стокгольмом. Захотите — проверите.

— А вторая фамилия у вас почему французская?!

Лицо Сен-Симона слегка смягчилось, то ли из-за тонкого луча, проглянувшего из-за облаков, то ли по какой-то другой причине.

— У меня много имен, Люк. Одни мне даровали люди, другие я выбирал себе сам. Сейчас вы говорите с Этьеном Сен-Симоном, в чей дом ворвались без приглашения в надежде узнать, как обмануть смерть. Вам нужно четвертое зеркало, но вы его не получите. Все что могли, вы сделали, и эта история будет длиться без вас. Таков порядок вещей.

— В общем, нормально отвечать на вопросы вы не умеете, — подытожил Люк, а затем предпринял очередную безумную попытку выманить зеркало. — Тогда... отдайте мне его. Подарите. А я напишу еще одну песню в честь вас. Я умею быть благодарным.

— Вот это нахальство! — с восхищением воскликнул Сен-Симон. — Мне же ставить такие условия... Хватит уже гоняться за призраками в отражениях, Люк. Вы ничего этим не добьетесь. Однажды надо остановиться.

— Я их искал восемь лет, — чуть ли не дрожащим от ярости и отчаяния голосом сказал он.

— И что с того?

— Я могу далеко зайти, мне ведь абсолютно нечего терять.

Сен-Симон хихикнул, глядя на него как на упрямого ребенка.

— Идите-ка домой, мой мальчик. Хотите, я дам вам с собой круассанов? У меня, между прочим, отличный парижский кондитер.

— Я не за едой сюда пришел. Назовите вашу цену. У всего есть цена. Могу заплатить даже кровью, — и Люк выставил перед ним бледное запястье с линиями хрупких темных вен.

— Что вам этот кусок стекла, юноша? — только флегматично поднял брови хозяин. — Много ли вы знаете о мертвых? Почему так долго идете по их следам?

— Задам вам такой же вопрос: что вам я? Человек без ничего. *Помогите мне*, черт возьми. Покажите, где лазейка, — отчеканил Люк.

В воцарившемся внезапно молчании стало слышно чириканье птиц. Вокруг трепетали на ветру листья, а облака тяжело проплывали над их головами. Оба внезапно прекратили перепалку и ощутили мир вокруг.

Сен-Симон смотрел на Люка непонятным взглядом и вдруг положил свою крупную ладонь на его руку, по-прежнему протянутую вперед.

– А давайте-ка я покажу зеркало. Идите за мной. Только ничего вы этим не измените.

Он встал, небрежно махнув рукой. Люк все еще чувствовал прикосновение его сухой ладони на своей коже, словно горячий песок.

Нехотя он поплелся за хозяином, будучи окончательно сбитым с толку.

Прислуга, которая стояла у дверей, мигом просочилась на балкон. Люк пару раз обернулся, почему-то наблюдая за ней, а затем его взгляд снова уперся в смуглый затылок Сен-Симона.

– Что вы имели в виду, сказав, что я – часть ее пути? Получается... вы у нас – сваха?

– Не скатывайтесь к вульгарности. Эта история не о любви, хотя и может так показаться.

Повороты и двери пролетали мимо, и Люк невольно задумался о том, каково жить в таком огромном доме. Это все равно что обитать в музее. Он и в своем-то особняке чувствовал себя неуместно маленьким, а здесь давление чудовищной диспропорции между человеком и его жильем только усиливалось.

Они вошли в темный зал, заставленный статуями и древними вазами. Многие скульптуры были скрыты чехлами, еще какие-то слабо белели в полутемной комнате своими нагими очертаниями...

Походка Сен-Симона была уверенной, собранной, он прекрасно ориентировался в этом лабиринте. Люк то и дело натыкался на какие-то горшки, но вскоре они благополучно добрались до конца зала, где под тонкой тканью расшитого полотна скрывалось последнее зеркало.

Оно было огромное. Круглая поверхность словно нетерпеливо подрагивала в ожидании, когда с нее сдернут покрывало.

– Вот и оно. – Сен-Симон ласково провел пальцами по раме, как если бы зеркало было живое. – Скажите мне... что вы сами поняли за эти восемь лет поисков?

– Это... окна без дверей, – озвучил уже давно сформулированную мысль Люк. – Но за ними что-то большое.

Сен-Симон едва заметно улыбнулся. Свет из маленького круглого окна позади него придавал его облику мистический ореол.

– Вы всегда ищете нечто за пределами этой реальности. Ваш взгляд смотрит либо в небо, либо в будущее, но никогда – на землю и реальный мир... Вы мне напоминаете кое-кого.

– Кого же?

– Хорошего друга, а также компаньона по шахматам. Он тоже музыкант, который искал что-то большее. Это было его понимание жизни. Иронично, что у вас это понимание смерти.

Без дальнейших разговоров Сен-Симон резко сдернул покрывало. Люк замер.

Последнее зеркало оказалось пустым. В нем царила абсолютная чернота. Ошарашенным взглядом Люк таращился в темноту, и в первое мгновение ему показалось, что это просто закопченное стекло. Затем глаза уловили какое-то едва заметное движение. Как если бы эта темнота могла... углубляться.

– Что это?

— Это действительность, — без тени юмора произнес Сен-Симон, — ваша, моя... любая. То, что лежит за нашими представлениями о смерти. Видите? Ни рая, ни ада, ни Млечного Пути. Это... тьма.

Люку внезапно стало душно. Хозяин дома продолжал стоять в ореоле света с непроницаемым лицом.

— Священная тьма, которая как утроба. В ней когда-то зародилась жизнь, в ней же она и закончится, — шептал он точно заклинание. — Однажды мир свернется клубком и закатится сюда, в свою первую колыбель.

— Это... нас ждет после смерти?

Люк испытал смесь разочарования с ужасной, преждевременной тоской по миру, который он знает.

Это и есть смерть?

Тогда, конечно, лучше жить. Пусть даже вечно, но Люк ни за что не хотел оказаться в этой жуткой живой тьме, где все, что он знал и любил, превращалось в ничто.

Сен-Симон мягко провел по зеркалу рукой. Темнота под его пальцами продолжала углубляться, как дурная оптическая иллюзия. Они смотрели в бездонное чрево.

— Что с вами? — насмешливо спросил он. — Знаете, на кого вы сейчас смотрите? На Сабрину. И на вашего отца. Они тут, дома. Они... вернулись.

— Нет, — промолвил Люк. — Не может быть все так... просто.

— А вы ждали, что я вам мир по Данте распишу?

Сен-Симон откровенно смеялся над ним.

— Первое зеркало, Зигмар Швайцер, — будущие покойники. Второе зеркало, Генриетты Лаубе, показывает тех мертвых, которых вы хотите видеть.

Вы можете их призывать ненадолго. Иногда даже случайной мысли достаточно, чтобы позвать кого-то. Если вы не увидели их сразу, они придут позже. Мертвые, в отличие от живых, умеют отпускать, но могут вам и помахать издалека. Третье зеркало, Фрауке Галонске, — это призма-переходник. Оно отражает транзит души и связывает все зеркала. И последнее, мое, зеркало показывает то, что будет потом, когда вы дойдете до утробы.

— Что они дадут все вместе? — как в дурмане выдавил Люк.

— Портал.

Люк отвел глаза от зеркала и напряженно вгляделся в лицо Сен-Симона.

— То есть...

— Можно двигаться между разными измерениями, — пояснил тот. — У смерти множество граней. Но обратного пути нет — это то, что вы так хотите постичь. Я знаю, как вы себя сейчас чувствуете. Ну, что вы нос повесили?.. Люк, только отсюда вам кажется, что это страшно и тоскливо. Но ночь никогда не бывает черна на самом деле. Когда вы умрете, вы увидите эту темноту по-другому.

Сен-Симон накинул покрывало обратно, словно укутывая засыпающее дитя. Люк почувствовал облегчение. К нему вернулось ощущение, что он все-таки еще жив.

— Это было жестоко по отношению к вам, да и к любому человеку. Вам нельзя видеть то, что после, пока вы живы. До смерти этой тьмы не понять. Ваши глаза несовершенны, а восприятие стеснено рамками физической реальности... Не переживайте. Да, вы потеряете это синее небо и лицо вашей Алисы. Но со смертью вы получите нечто новое.

В этих его словах мелькнула великая тайна, которую он уже познал.

Вместо того чтобы что-то ответить, Люк закашлялся, зарылся носом и ртом в платок. А Сен-Симон свысока смотрел, как он корчится в приступе, и не говорил больше ни слова. Так прошло еще несколько минут, в течение которых кровь впитывалась в белую ткань.

Люк утерся и отрешенно уставился в пол. На короткое мгновение его глаза перестали видеть эту реальность, и все размылось. Сен-Симон некоторое время безмолвно наблюдал за ним, а потом случилось что-то странное.

Он стал всем и сразу. Был за его спиной и перед ним, звучал в его ушах и сердце:

— Теперь вы можете сказать сами про суть зеркал. Что Сабрина являет собою сейчас? Чем станете вы после смерти? Что заставляет живых думать о мертвых? Вы уже почти ответили на свой вопрос, когда сказали, что зеркала лишь окна и мы видим, но не можем ничего с этим поделать.

Черты Люка тяжелели с каждой минутой, и в глазах прорезалось понимание. Это даже не было какой-то сакральной истиной. Просто... свойство человеческой природы, присущее и зеркалам.

Память.

Сен-Симон дружелюбно улыбнулся.

— Я рад, что мы достигли взаимопонимания.

Люк поднял на него воспаленные глаза.

— Ну пожалуйста, дайте мне время. Вы же можете. Хотя бы пару лет. Я не хочу уходить после того, что видел. И не хочу оставлять ее.

На миг в нем встрепыхнулась надежда. Этот Сен-Симон может все. Просто надо его уговорить... Просить жалобнее. Не оставлять его в покое...

Человек с тысячью имен подошел к нему вплотную, и в его лице забрезжило неподдельное сострадание. Он приобнял Люка, слегка сжав его затылок, и тот невольно уткнулся носом в лацкан его пиджака. Но от прикосновений Сен-Симона по телу вдруг разлилось глубокое спокойствие. Он был как одна большая уютная могила.

«Что может быть роднее смерти?» — пронеслась в голове непонятно откуда возникшая мысль.

— Люк, — по-отечески ласково сказал Этьен, — вы должны умереть, я ничего не могу сделать.

— Я... должен?

— Да, считайте, что это ваш священный долг. Одни люди рождаются, чтобы править или дарить жизнь другим. Другие приходят в этот мир, чтобы эти жизни забирать. А вы должны были умереть. Это ваш звездный час, поверьте.

— Идите вы на хрен, — угасающим голосом ответил Люк и отстранился от него.

Тот продолжал смотреть на него с невыразимой печалью. Люку хотелось расплакаться как ребенку и спросить:

«А как же любовь? Как же моя музыка? Я думал, это моя миссия».

А он всего лишь родился, чтобы сдохнуть. Все люди много о себе думают...

Количество необъяснимого бреда перевалило за критическую черту. Ответов не было. Времени не было. Ничего у него не было. Все стремилось к цифре «ноль».

— Дурацкая у вас контора по распределению миссий. Еще один вопрос, пока я тут. Если вы уже все знаете и везде побывали, то что забыли здесь? — спросил он Сен-Симона в лоб.

В ответ последовала очередная усмешка, не открывающая ни слова правды.

Тогда в Люке вдруг взвились недюжинное упрямство и парадоксальная уверенность, что этот странный человек ему показал далеко не все. Он лишь припугнул его чем-то... странным.

Гордо хмыкнув, Люк двинулся к выходу, бросив через плечо:

— Все будет не так. Все будет по-другому.

* * *

Он ехал домой. За время его пребывания у Сен-Симона опять прошел ливень, и дорога назад была усеяна сверкающими брызгами. Сквозь открытое окно проникал свежий ветер, наполненный запахами, от которых замирало сердце, и в голове Люка начинали оживать бесконечные воспоминания о разных временах.

На шоссе никого не было.

«Летний дождь как благословение...»

Дрожала терпкая прохлада, и он чувствовал землю, воду и воздух. Мелькали лица и звучали удивительные обещания. Как много было, оказывается, сказано за эти годы...

Этот визит вселил в него тяжелую грусть. Черная пустота, которая шевелилась в зеркале, осталась позади. Она даже не имела силы в этом мире. Остался позади и мистический Сен-Симон со своими словами о том, что сейчас нельзя понять эту священную тьму...

Глаза не видели расстилающейся перед ним дороги, в мыслях мелькали эти годы.

«Двадцать восемь лет — это, оказывается, уже порядком... И все равно мало».

Он больше никогда сюда не вернется.

Это чувство гнало его прочь по ровному асфальту, навстречу разлетающимся облакам и полыхающему светом небу.

Then the flowers turned red,
And the shadows grew tall.
Did I make you disappear?
Were you ever here at all?
Baby, baby on the floor.
What did you come here for?

Затем цветы стали красными,
А тени разрослись дальше.
Это я заставила тебя исчезнуть?
Был ли ты здесь вообще?
Малыш, малыш на полу.
Зачем ты сюда пришла?

Oren Lavie feat. Vanessa Paradis «Did You Really Say "No"?»

Глава одиннадцатая

КТО ИЗ НАС ПРАВДА?

Войдя в прихожую, Люк почему-то замер.

— Алиса! — позвал он.

Она не откликнулась. С чего он вообще взял, что она тут? Может, она и не оставалась. Кто ее разберет, эту девушку из морга.

Обуреваемый противоречивыми чувствами, он направился на второй этаж через кухню, рядом с которой имелась вторая лестница. Здесь что-то было иначе, и ему требовалось время, чтобы понять.

Стало удивительно светло. Кто-то просто раздвинул шторы, и это все поменяло.

Неспешно он прошелся по дому в поисках своей гостьи. Занавески слабо шевелились на ветру, от этого пустые комнаты наполнялись чем-то прекрасным. Но на первом этаже все молчало, ее здесь не было.

Он нашел Алису у себя в спальне. Она сидела у открытого окна и читала. Черные волосы, как всегда, закрывали часть лица траурной вуалью. Между прядями проглядывали провода белоснежных наушников. Подкравшись сзади, Люк заглянул в книгу.

«В тех случаях, когда трупы подверглись гнилостной трансформации, проводится экспертиза ногтей пальцев...»

— Что ты слушаешь? — спросил он, бесцеремонно переставляя наушник в свое ухо.

*«Cause you're the truth not I...»**

Это были Placebo.

Алиса вздрогнула и обернулась. Люк снова увидел ее лицо невероятно близко.

— Отличный выбор. Не то что я.

Она вынула второй наушник, глядя на него со сдержанной улыбкой.

— Ты всегда работаешь ночью?

— Почти. У музыкантов паршивый режим жизни. Не становись рок-звездой. И детям своим тоже это передай.

Какое-то мгновение они взирали друг на друга в полной тишине. За окном подрагивали зеленые ветки, и момент был прекрасен. Люк действительно вернулся домой.

— Ты все еще у меня.

— Я уходила. Но ты дал мне ключи. Надо было вернуть их тебе.

— Ну, спасибо, — лаконично ответил он, присаживаясь на подоконник рядом с ней. — Что там с зеркалами?

— Пока ничего. Это разочаровывает. Может, они требуют больше времени. Но я же не могу жить у тебя. Просто... мне еще хотелось перед уходом с тобой увидеться. Мы же... э-э-э... друзья?

Более нелепое определение их отношений было сложно найти. Однако ничто другое пока не подходило.

---

* Потому что правда — ты, а не я. (Отрывок из песни Placebo «20 Years».)

— Хочешь — оставайся...

— Ты серьезно?

— Я всегда серьезен, особенно когда люди думают, что я шучу. Мне нравится... что тут кто-то есть.

Она улыбнулась едва заметно, уголками губ, и ему показалось, что Алиса благодарна за то, что он сам начал вынимать кирпичи из невидимой стены между ними.

Следовало сказать ей о зеркалах, думал Люк, хотя он мог не вспоминать о них и, возможно, даже никогда не подниматься больше в комнату в мансарде. Но она хотела правды так же сильно, как и он до визита к Сен-Симону.

Что поведать ей из того, что он услышал? Как сформулировать все эти сумбурные намеки, которыми этот тип козырял направо-налево?

«Слушай, дело в тебе и это его ловля на живца...»

«Алиса, ему вообще по барабану, что я не хочу умирать! Скажи ему, Алиса! Так нельзя!»

«Я ничего не понял, вообще ни хрена. Только то, что он всех нас пасет, особенно тебя.

Тебя.

Тебя.

Тебя.

Ты — правда.

И Брайан Молко в наушниках поет сейчас о тебе...»

Все эти неудачные фразочки так и не слетели с его языка. Но Алиса ждала, и ее молчание подстегивало что-то сказать.

— Я был в гостях у одного человека, — рассеянно начал он наконец. — Это очень сильная, влиятельная персона. Отнюдь не простой смертный. Не уверен даже, что он смертный... Он лысый, как бильярдный шар, и у него жутковатая физиономия. Но зато он вежлив и терпелив, и в иных обстоятельствах я бы отправился к нему в гости еще раз. У него находится последнее зеркало из этой коллекции. Их на самом деле четыре. — Она искоса бросила на него быстрый взгляд. — Все вместе — это портал, как он сказал, куда-то на ту сторону. Я видел его, Алиса. Смотрел в него... И мне не понравилось.

Люк машинально закурил, думая, как же ему рассказать про то, что было дальше. Алиса на какое-то время слилась с тишиной. Чуть позже она напряженно спросила:

— Что же ты увидел там?

— Ничего. Это можно описать только этим словом. Но теперь я уверен, что показывают другие зеркала, мои.

Она положила голову на колени, слушая его с затаенным вниманием. Выглянуло солнце, и его луч коснулся их спин.

— И что же? — эхом последовал вопрос.

— Зеркала... память. — Люк слез с подоконника, смял недокуренную сигарету в пепельнице, затем поразмышлял и добавил: — Они впитывают в себя все образы. Мертвых, которых мы зовем, уже не существует, они — в нашей голове. Но смерть и время не заметить без привязки к воспоминаниям. Мы даже не замечали бы этих двух вещей — ни течения дней, ни их конечности. Ничего. Жили бы, как будто живем вечно...

Его голос звучал сухо и отстраненно. Алиса заметила, что за эти сутки с Люком произошло что-то странное. В нем никогда не ощущалось такой глубокой печали, которую удавалось уловить только слушая, как он дышит.

Информация о зеркалах ничего в ней не вызвала. Взгляд проваливался в облик человека напротив, рассказывающего ей про время.

«Я не вижу сейчас мертвых. Я их даже не слышу».

Так как она ничего не говорила, Люк сменил тему, потому что не хотел возвращаться к своему визиту к Сен-Симону.

— Ну так как? Останешься у меня?

— Буду заглядывать, если ты не против. — Алиса неожиданно не стала мучить его вопросами, за что он был ей безмерно благодарен. — Посмотрю твои зеркала...

— А что, боишься, что родители хватятся?

— Нет. Я не отсюда.

— Я понял. И откуда тогда?

— Из Галле.

— Мы, кстати, никогда не говорили о твоем грязном прошлом.

— Оно скорее стерильное. Не сидела, не дралась, не пью, не курю, не нюхаю кокаин, не снимаюсь в порно, не беру взяток, не крашусь, не веду блог и даже инстаграм.

— Вот же ужас, — насмешливо протянул Люк, слегка развеселившись.

— Я вроде динозавра.

— Да, ты Алиса из Страны ископаемых. И как ты оказалась в немецком Вавилоне?

Она пожала плечами.

— Ушла гулять и не вернулась. А если серьезно, решила учиться. Да и вообще... когда не знаешь что делать — уезжай. Уже в следующем году я буду дипломированным врачом, но останусь, скорее всего, в судебно-медицинской экспертизе. Возвращаться в Галле смысла нет.

— Это симпатичный город.

— На свете много ему подобных. Но не везде ты к месту.

— А тут? Тут ты к месту? — спросил Люк, глядя на какое-то темное пятно на поверхности подоконника.

— Не знаю, — пожала плечами она. — Но в Берлине легче притворяться. В этом городе очень много всего намешано. Смешаюсь со всем и я.

Люк хмыкнул и потер кончик носа. А ведь верно.

— А друзья тут у тебя есть? С этой Хельгой, я понял, у вас были сугубо деловые отношения.

— Это сложно — дружить, когда кругом одни мертвецы.

— Ну... иногда они лучше живых. Не достают, не предают, не клянчат денег.

— Зато воняют.

— Просто держи своих друзей в холодильнике. Это же идеальные отношения, — хохотнул он. — И как тебя вообще занесло в такую специфическую сферу?

— Так сложилось. В Германии, если честно, это не самая востребованная профессия из-за низкого уровня преступности, — уклончиво ответила она, пожав плечами. — Потребность в судмедэкспертах есть только в больших городах. По всей стране их можно пересчитать по пальцам. Мне повезло, что меня вообще взяли в институт в качестве ассистента. Я бы не хотела быть врачом. Вообще не люблю возиться с живыми.

Они одновременно рассмеялись, глядя друг на друга.

— Вот и все, ответив на несколько вопросов, я рассказала тебе о своей жизни.

— Мне понравилось. Это был лучший короткий рассказ на моей памяти.

Никогда бы Алиса не подумала, что будет сидеть со звездой Люком Янсеном на одном подоконнике и говорить о вещах, о которых никто, кроме них, больше не узнает.

Ей нравилось открывать в нем то, чего не видят другие. Это отсутствие макияжа. У него такие тонкие, полупрозрачные веки... Слегка неровные верхние резцы, из-за чего у него немного голодное выражение лица. Пальцы, увитые капиллярами, которые постоянно перебирают струны невидимой гитары...

Люк тоже тихо удивлялся. Под конец его нелепого пути к нему в дом вдруг пришла странная девушка, окруженная мертвецами. И они так запросто говорят и так же легко молчат, но бесконечно понимают друг друга.

Ах, Алиса. Почему ты так ему нужна? Не он, а она.

Не таясь, он рассматривал каждую черточку ее лица и, к собственному ужасу, открывал в них нечто общее с Сен-Симоном. Это сходство не было буквальным, озаряя обоих изнутри. Что-то вневременное, языческое, безымянное, чего нельзя облечь в слова.

И думать об этом было страшно.

«Кто ты на самом деле, Алиса? Сама-то знаешь, что не ты пришла в Страну чудес, а она тебя отправила в этот мир? Ты — ее посланник, и у тебя миссия, отличная от нас всех...».

Но сейчас об этом не хотелось думать. Ведь они странным образом были вместе, сидели рядом и улыбались друг другу без причины. Вокруг них дрожали тени трепещущих листьев. Солнце было в зените.

* * *

— Кажется, какая-то твоя фанатка заметила меня в окне.

— Да они постоянно ошиваются вокруг дома. Но если вломятся внутрь, сработает сигнализация.

Этот разговор произошел вечером того же дня. Люк весь день болтался по дому, периодически что-то рассеянно наигрывая на синтезаторе. Ругался по телефону с каким-то Анри, которого упоминал раньше как своего продюсера. Алиса сидела в комнате с зеркалами, краем уха слушая звуки, сопровождавшие его жизнь.

Мысли крутились вокруг того, что он ей рассказал. Если зеркала воспроизводят лишь то, что в них когда-то отражалось, то у этого должна быть причина. Память не существует сама по себе, она всегда чья-то.

Некий мастер отлил эти странные инструменты для того, чтобы общаться с мертвыми. Следы зеркал терялись и прерывались, и только три последних владелицы были известны — Зигмар Швайцер, Генриетта Лаубе, Фрауке Галонске. Три старухи, три мойры, хранящие заветы мертвых. Две из них умерли. И еще имелся один загадочный тип, обладатель четвертого зеркала, с которым не готов расстаться ни за какие деньги.

Алиса прижала ладонь к стеклу ближайшего зеркала, вглядываясь в свое лицо. Внезапно ей показалось, что за ней стоит некий высокий мужчина с пронзительными темными глазами и острым крючковатым носом. Он склонился к ее уху и что-то беззвучно произнес. Она резко обернулась, но никого не обнаружила.

На кончиках пальцев снова дрожало напряжение, возникающее каждый раз, когда она соприкасалась с чем-то *иным*. Больше в тот день ничего не произошло.

Но ей показалось, что это был первый контакт. И с каждым разом он будет дольше и ей позволят увидеть нечто новое.

С Люком они пересеклись уже на кухне. За окном расстилалась темнота, и в его районе царила необычная тишина. Даже в спокойном Фриденау слышались отголоски типичного вечернего Берлина — чей-то пьяный смех, налагающийся на сирену скорой помощи. Здесь же слышно было только птиц, а к ночи вокруг каждого дома царило молчание.

Люк бесшумно прокрался, пока она мыла посуду, налил себе воды и отстраненно следил за ней из дальнего угла. Алиса выключила воду и заметила, что он притаился в полумраке.

— У меня, между прочим, есть посудомоечная машина.

— Из-за одной чашки и пары тарелок я бы не стала ее заводить.

— Хм... никогда об этом не задумывался.

Они помолчали. В тусклом свете маленьких торшеров он походил на скелет.

— Я пойду.

— Поздно уже. Я серьезно. Останься. Обещаю тебя не насиловать.

— Вот это галантность.

— А ты думала, — ответил Люк, слегка прикрыв один глаз. — Ну, решай сама. Я спать.

Он отставил стакан и медленно убрел наверх. За ним тянулся шлейф какой-то недосказанности.

Алиса осталась в кухне. Ключи все еще были у нее. Дверь холла уставилась на нее, точно живое существо. «Ты сейчас вот так возьмешь и уйдешь? Серьезно?» — как бы вопрошало все вокруг.

Она зашла в ванную на первом этаже и просидела там еще минут десять. Затем, почти не веря, что делает это, поднялась наверх. Лампы-черепа, которые освещали их лица во время первой встречи, все так же мигали по углам. Люк действительно крепко спал. Бесшумно она присела рядом.

Интересно, каково это, когда рядом с тобой лежит звезда готической сцены?

Это было приятно. В эфемерном свете луны он выглядел абсолютно беззащитным, и призрачно-белая грудь тяжело поднималась в такт дыханию.

От Люка исходила зыбкость. Она заметила это, как только пришла к нему, но ей никак не удавалось сконцентрироваться на ускользающих отголосках чего-то... в глубине его самого. Образы вокруг полнились двойственным смыслом, и чудилось, что в нем ползут змеи. В дыхании звучало что-то тревожное.

Пальцы по старой привычке потянулись к его шее, но застыли где-то у мочки.

«Я не хочу слушать его пульс. Не желаю получать никакой лишней информации о нем...»

Это просто глубокая ночь, и они оба устали.

Алиса положила голову на подушку, неотрывно глядя на его застывшее худое лицо. Сейчас Люк был очень далеко — он отрешился от этого мира, ушел в мир своих сновидений. С трудом подавив желание бесконечно смотреть на его профиль, она выключила свет и закрыла глаза.

Ей впервые захотелось по-настоящему обратиться к безвестному богу с просьбой остановить этот миг и оставить все так, пускай без рассвета, в вечной тьме. Пусть их оставят вместе, ведь они уже связаны общими тайнами и тишиной.

* * *

Пробуждение было неожиданным.

Висящий за окном круг луны свидетельствовал о глубокой ночи, но внутри словно щелкнул какой-то выключатель. Алиса села на постели и посмотрела на смятые простыни и откинутое одеяло. На наручных часах фосфором отливали цифры. Три сорок пять.

До нее донеслись какие-то странные звуки. Из-под неплотно прикрытой двери ванной комнаты бил желтый свет.

Ее точно повела чья-то рука, и в глаза ударили оголенные лампы.

Люк судорожно кашлял, периодически что-то сплевывая в раковину. Худые жилистые руки упирались в края умывальника, а спина беспокойно вздымалась. На ней один за другим проступали его острые позвонки.

Это была картина физического уязвления. Он выпрямился и сплюнул что-то. На белый фаянс умывальника прерывисто капала кровь.

Люк перевел дыхание, умылся и, прополоскав рот, напряженно уставился на собственное отражение в зеркале, не замечая застывшей позади Алисы. Взгляд сфокусировался на ней чуть позже.

Меньше всего на свете он хотел такого разоблачения.

Подойдя к нему вплотную, Алиса спросила с потрясающей проницательностью:

— И давно?

Ее голос стал вдруг чужим.

Люк продолжил смотреть на нее, не говоря ни слова. Ослепительный свет и белые стены слишком резко очерчивали реальность происходящего.

— Давно, Люк? Отвечай.

— Оказалось, что давно.

Ситуация балансировала на грани сновидения, и они были одновременно участниками действия и сторонними наблюдателями. Под прямым белым светом оказалось очень сложно собрать себя в одного человека.

— У меня рак, — наконец неловко выдал он.

Подобные признания — не лучшая вещь среди ночи. Возможно, их не надо делать никогда, ведь о смертельной болезни должен знать лишь тот, кому суждено от нее умереть.

Алиса не сразу восприняла смысл слов, но неожиданно по ее щекам потекли слезы, пришедшие раньше осознания.

«Ты же увидела сразу, как пришла, каждую секунду. Да почему же в этот раз ты не прислушалась к себе?»

Она тяжело моргнула, к недоумению Люка, приложив к его шее два пальца, и похолодела. Сквозь его пульс слышался другой звук, походящий на шорох рассыпающегося песка.

У него уже нет времени.

Картина перед глазами сменилась, как будто врезали кадр из другого фильма.

В груди клубились черные змеи. Они сползали ниже, правее...

Не только легкие, поняла она, но и желудок. Рак уже в желудке...

Ей хотелось моргнуть, чтобы перестать это видеть, но лицо онемело.

Они так и стояли друг против друга, как два истукана. Секунды утекали в никуда.

Наконец Алиса отняла руку от его шеи, вышла из ванной, затем и из спальни. Но дойдя до входной двери, так и не смогла ее открыть.

Уйти? А что потом? Они уже пойманы в этом доме, наедине с ворохом тайн о зеркалах, мертвецах, а теперь еще и его диагнозом. Даже переступив порог, она уже не выйдет из этого круговорота. Не отдавая себя отчета, Алиса развернулась и побрела куда-то наугад. Дойдя до пустой комнаты с высокими окнами до пола, она ощутила, как подкашиваются ноги. Алиса уткнулась в колени лицом и впервые за несколько лет расплакалась.

У нее на все имелась дефиниция из учебника. Любые жизненные процессы можно было разложить по медицинским полочкам.

Рак — вид злокачественной опухоли, развивающейся из клеток эпителиальной ткани различных органов. Это смерть, затаившаяся в теле еще живого человека. Вот она ее и нашла.

Она не заметила, как появился Люк. Бесшумно он вошел, словно кот на мягких лапах, и склонился над ней с ласковой улыбкой. Алисе показалось, будто его силуэт возник из пустоты.

— Как-то это нечестно, — вымолвила она, глядя на него сквозь мутную пелену.

Он успокаивающе взял ее за руку.

— Как и все в жизни. Это игра в карты, где каждый из игроков мухлюет. Но проигрывают в итоге все.

— Как меня раздражает твой неуместный юмор.

— Эй... почему из нас двоих умираю я, а плачешь так горько ты? Это я должен реветь, а ты — утешать меня. Не надо, ну пожалуйста. Какого черта вообще ты пошла в ванную?

— Какого черта там оказался ты со своим диагнозом?!

Они рассмеялись — он искренне, а она сквозь слезы. Затем накатил очередной приступ горечи, отчего захотелось сплюнуть.

Алиса только обняла себя крепче и постаралась остановить бессмысленные слезы. Следовало найти виноватого и бить его, бить руками и ногами, пока ей не вернут назад Люка Янсена — безалаберного курильщика со скверным чувством юмора.

На языке застыли немые вопросы:

«А что же я? С кем я буду потом так шутить и разговаривать?».

С кем, в конце концов, она будет так горько плакать?

Люк вздохнул и просто прижал ее к себе, успокаивающе гладя по спине.

— Тихо, тихо... еще тише. Вот так.

Его волосы невесомо касались ее лица, и она врастала куда-то под его кожу, как и хотела. С каждой секундой она въедалась в буквы татуировки на ребрах.

Алиса не помнила, как они встали и он повел ее по темному коридору вдоль мигающих белых лампадок, сквозь этот дом-призрак, сквозь время и весь мир...

— Ш-ш-ш... — вкрадчиво шептал его голос. — Все пройдет. Все всегда проходит... Говори себе это, когда все плохо.

Он уложил ее в кровать и укрыл одеялом. Алиса словно погрузилась в анабиоз. Веки сами тяжело опускаются, и то ли его губы, то ли руки дотрагиваются до ее заплаканного лица, и слезы высыхают. Это превращается в их безмолвное таинство. Алиса засыпает в угрюмой спальне с воцарившимся в душе удивительным спокойствием...

Люк все это время просто сидел рядом с ней и смотрел в окно. Так плохо он себя не чувствовал даже во время самых сильных приступов. И рак тут был ни при чем.

* * *

Дэвид остался в каменном зале в одиночестве. Шахматные фигуры разлетелись в разные стороны. Доска опрокинута.

Доигрались.

Танатоса не было напротив него. Его стул пустовал, а под сводами потолка застыла необычная тишина.

Впрочем, она всегда наполняла этот храм до краев.

Отсутствие звуков — это частоты смерти.

Дэвид раздраженно хлопнул в ладони, пустив всюду волну эха. В безмолвии становилось не по себе даже ему.

— Танатос... это называется подложить свинью, слышишь меня? Ты просчитал все еще до нашей игры!

Ответа не было. Танатос ушел в мир живых, надев одну из своих бесчисленных масок.

— Ты обманывал меня с самого начала, — чуть возмущенно продолжил Дэвид, зная, что тишина запомнит каждое его слово для хозяина этого места. — С тобой невозможно играть на равных. Если это шахматы, то ты просчитаешь мат до начала партии. Если это людские жизни, ты скосишь их еще до рождения. Все — твое. Весь мир — жатва.

Танатос слышал его, но продолжал хранить молчание. Так и закончилась эта бессмысленная партия. Дэвид разгромлен, музыка никого в итоге не спасла.

— Он не умрет, пока не допишет свой альбом, — наконец сказал Дэвид, покачав головой. — Это моя воля. Считай, что ты выиграл у него, но не у меня. Я дам ему лазейку.

The wall that I have built to keep you out is starting to rust,
Because everything around me just reminds me of us.
I am an addict for dramatic, black hair and pale skin.
Yet I'm still collecting bones, but that's why closets are for skeletons?

Стена, которую я воздвиг, чтобы спастись от тебя, начинает ржаветь,
Потому что все вокруг напоминает мне о нас.
Я пристрастился к черно-белому облику и драме.
Я все еще собираю кости, но разве не для скелетов наши шкафы?

Motionless in White «Sinematic»

Глава двенадцатая

ЗАЗЕРКАЛЬЕ

В коротком сне Люка было одно слово:

«*Тебю*».

Его шептал чей-то бесполый голос, и оно вспархивало во тьме дымчатыми буквами:

«*Тебю*».

Ему надо в Тебю.

Где это Тебю?

Там, где небо соприкасается с землей.

«Правда – в церкви Тебю» – завещал ему кто-то, чье имя он никак не мог вспомнить.

Может, имени и не было.

Остался только пункт назначения.

Тебю.

* * *

– А к чему такая спешка? – недоумевал Анри. – Раньше ты месяцами торчал в студии, экспериментируя со звуком и с вокалом. А теперь мало того что у нас почти готов весь альбом, ты уже нацеливаешься на клип! Так нельзя! Это не по графику.

— Анри, весь альбом — у меня в голове. Я знаю, как будет звучать каждый инструмент, как будет дрожать каждый звук. Зачем терять время?

— Это слишком интенсивно. Тебе надо ненадолго затихнуть. Ты только что отыграл такое бешеное турне, что народ просто не готов к новой бомбе... Это динамика рынка.

Тайминг. В этом всегда заключалась рекламная тактика Анри. Дои корову с умом. А если продаешь молоко, то выжимай из вымени золото. Люк снес все эти расчеты к черту.

Они шли по коридору студии. Все стояли на ушах уже три недели. Люк форсировал сроки, и теперь не только он работал день и ночь. За короткое время была проделана работа, на которую раньше уходило не меньше года. Потому что группа его поддерживала. Они все любили новую музыку, как их общее дитя, к которому Анри было запрещено прикасаться.

Великий и страшный продюсер не имел ничего против нового альбома, но его категорически не устраивали планирование и подход к запуску продукта. Кроме того, он стал понемногу опасаться за здоровье Люка, в которого явно вселился бес с этой стихийной записью. Кожа отливала нездоровой желтизной, а вокруг глаз проступили такие круги, что Янсену больше можно было не краситься.

С ним определенно что-то происходило. Как если бы Люка пожирало что-то изнутри. Друг таял буквально на глазах, и за этим скрывалась какая-то тайна. Но пока Анри только волновало, что Люк заварил какую-то кашу, и ему надо было срочно подстраиваться.

— Слушай, давай притормозим! Нам всем надо отдохнуть после турне.

— Обещаю, что уйду на покой, как только издам этот альбом. Ты же договорился с теми художниками, которые оформят буклет?

— Да, но ты не понимаешь, что без расчетов наступит пресыщение, а это ведет к спаду продаж. Прежде чем мы запустим новую кампанию, надо провести анализ рынка. Сверить тренды, адаптировать их в нашу пользу...

— Цыц, — даже не дослушал его Люк. — Позвони еще раз в то модельное агентство. Мы с режиссером приметили трех девушек, но я хочу их видео с кастинга. Послезавтра одна из них должна быть на съемочной площадке. Сценарий клипа я высылал тебе два дня назад. Сам я приеду на пару дней позже, мне нужно съездить в Швецию.

Лицо Анри побурело, и он просто преградил Люку путь, встав посреди коридора с широко расставленными руками.

— Послушай, тебе нельзя забивать на мои рекомендации! Я типа твоего талисмана, забыл? Ты можешь очень много потерять на этой спешке. Тем более что надо уладить пару формальностей. Эй! Ты меня слышишь?

Люк бросил на Анри полыхающий раздражением взгляд и попытался обойти его, но тот начал пятиться назад, не переставая увещевать его на ходу:

— Эй, эй... Слушай меня. Ты сейчас находишься на самой вершине. Это пик. Это точка невозврата. Если ты испортишь себе карьеру, потом будет сложно, понимаешь? Шоу-бизнес беспощаден. Когда ты падаешь, тебя еще сверху топчут. Давай для начала позовем тех клевых экспертов по звукозаписи...

— Никаких экспертов, — прошипел Люк. — Я и сам знаю, как лучше. Я доработаю песни на днях. Почти все вокальные партии записаны. Остальное за парнями.

— А что, если твой альбом провалится?! — рявкнул Анри. — Ты не можешь выпустить его с бухты-барахты! Надо подготовить целевую аудиторию, прессу, мерчандайз...

Тут Люк улыбнулся. В его глазах блеснула веселая, диковатая искра.

— Поверь, друг, этот альбом не провалится. Его будут слушать все, и вы получите столько денег, сколько даже не ожидаете.

И что-то подсказывало Анри, что Люк говорил не о самой музыке. Этот альбом запомнят по другой причине.

* * *

Сен-Симон не соврал. Община Тебю находилась в часе езды от Стокгольма. Люк купил билет на ближайший рейс в Швецию, но не стал бронировать отель, потому что намеревался вернуться в Берлин обратным вечерним самолетом.

Сам Стокгольм он знал неплохо — сколько концертов тут было отыграно, уже и не вспомнить, — но о Тебю слышал впервые. Судя по описанию, там не было ровным счетом ничего... кроме одной старинной церкви.

Всю дорогу Люк тупо разглядывал ее фото в телефоне. Белесое маленькое здание, построенное во второй половине тринадцатого века и известное фресками шведского художника Альбертуса Пиктора, на которых, по словам антиквара, специализировался этот Сен-Симон. Дальше интернет некстати отключился, и он так и не дочитал, что именно малевал этот хваленый Пиктор.

Люк арендовал машину в Арланде* и отправился к своей цели сразу из аэропорта. Поездка обещала быть короткой.

---

* Арланда — крупнейший международный аэропорт Швеции.

Тебю походил на обычную провинцию. Аккуратные домики, размежеванные изгородями и цветущими садами. Одинокие пустынные остановки. Небо как из серой ваты, а вокруг облаков — золотистая кайма холодного северного солнца. Его луч прошил стекла темных очков Люка, как только он вылез из припаркованной у указателя машины.

Täby kyrka*.

Дорога плавно поднималась вверх, и он побрел по ней, слегка ежась в одной майке. На первый взгляд церковь могла сойти за новое здание. Стены отдавали прохладной белизной, а аскетичная архитектура лишала ее временны́х признаков. Люк приблизился и понял, что за каменной оградой, как это часто бывает, находится кладбище. Надгробные камни выглядели более старыми, чем сама церковь.

Вдали слышался детский смех — кажется, там располагалась игровая площадка.

Некоторое время он стоял у ограды, непонятно почему разглядывая могилы. Мертвые зарастают травой. Без этих плит с датами о них никто и не вспомнил бы. Может, и на этой земле играли бы дети, не думая о том, что под слоями почвы сплелись с корнями и чьи-то кости...

Люк вынырнул из размышлений и дошел до ворот с информационной витриной. Абзац на английском сообщал, что стены церкви расписаны Пиктором и с тринадцатого века фрески ни разу не реставрировались. Текст на шведском посвящался какой-то картине. На ней были причудливо изображены Смерть и человек за шахматной доской.

*Döden spelar schack***.

---

* Церковь Тебю — *здесь и далее шведский.*

** Смерть, играющая в шахматы.

Внутри Люка поднялась легкая дрожь.

Вот оно. Правда, спрятанная в Тебю.

Не теряя времени, он влетел в церковь и оказался посреди просторного светлого зала. Пахло воском.

Свет шел из окон и от свечей в металлической люстре. Здесь стояла особенная тишина. В Божьем доме никого не было, но как будто кто-то все равно за всем присматривал.

Люк прошагал вглубь под натужный скрип половиц. Он рассматривал потолок и стены, испещренные разноцветной росписью по известным библейским мотивам. Люди, святые, животные, ангелы... Они двигались, как живые, в дикой хаотичной пляске. Пиктор смешал всех в едином хороводе и словно создал свою историю творения.

— God dag!*

— Э-э-э, и вам доброго дня, — слегка кивнул Люк, отвечая на английском миловидной старушке в очках, которая застыла напротив него с дружелюбной улыбкой. — Я могу посмотреть... церковь?

— Конечно.

И она удалилась в боковой зал, а он чуть не свернул себе шею, пытаясь уследить за движущимися фресками Пиктора. Но верного образа самому отыскать не удалось. Когда в глазах потемнело, Люк понял, что ему нужна помощь.

— Извините, а где картина про смерть и шахматы? — обратился он к смотрительнице.

Та бросила на него понимающий взгляд, улыбнулась и поманила за собой.

— Идемте.

Они поднялись по лестнице, ведущей к органной нише под потолком. Люк хотел было выйти на саму

---

* Добрый день!

площадку, но старушка притормозила его и указала на темный угол.

— Сюда.

— Что?

— Сюда и смотрите вверх.

Встав на указанное место, он поднял глаза. Над ним на узком участке стены была изображена та самая фреска: коричневая ухмыляющаяся Смерть двигала фигуры по шахматной доске, а человек подле нее взирал на них со странным выражением на лице.

Изображение останавливало время. Все фигуры Пиктора замедляли свой безумный бег и замирали в причудливых позах вокруг нее, а Смерть, наоборот, оживала и начинала переставлять людские жизни.

— Любопытная картина, — произнес он.

Старушка мило улыбнулась и пояснила:

— В самом деле. И в первую очередь по причине того, что это не канонический сюжет.

— Да ну?

Она укоризненно на него уставилась и добавила:

— Ни в одном священном тексте нет упоминания о Смерти, играющей в шахматы с неким человеком. До сих пор неизвестно, что именно нарисовал Пиктор и по какой причине.

«И почему в церкви», — завершил ее мысль Люк.

— Этот человек... — продолжил он, помедлив, — почему он стоит сбоку?

— Еще одна загадка Пиктора, — развела руками старушка. — Об этой фреске не раз задавался вопрос: играет ли Смерть с человеком или же... против того, кто на них смотрит?

Смысл изображения тут же изменился. Люк ошеломленно вглядывался в лица героев, открывая все больше деталей. Этот человек не напротив Смерти.

Он рядом, склонился к ней как советчик. Глаза навыкате, рот приоткрыт. А Смерть глядит жадным взором на доску, готовясь срезать очередную фигуру.

Человек говорит хитро, через ее плечо, на ухо. Они точно оба играют против... него, стоящего под сводами церкви Тебю.

Это выглядело как заговор. Или у него начиналась паранойя.

— И кто этот человек? — только сумрачно спросил Люк.

— Кто знает? Может, сам Пиктор. А вы как думаете?

— Да кто угодно. Хоть Дэвид Боуи.

Люк разглядывал странную фреску еще пару минут, а затем попрощался со смотрительницей, вышел и затворил за собой дверь, отделяя себя тем самым от похороненной в этом месте тайны. На улице он наткнулся на встроенный в стену рунический камень, сохранившийся с незапамятных времен.

Что-то не то с этим местом. Оно наполнено святостью, но при этом не о Боге все эти загадочные росписи на стенах. Да еще и памятник со времен язычества вставили. Либо у шведов интересное мировоззрение, либо эта церковь — не Божий храм. Есть некто древнее и могущественнее, и это *его* святилище...

Оскал скелета с фрески все еще висел перед ним как наяву.

Люк уходил, а церковь продолжила хранить свои тайны дальше. Смерть и человек продолжали играть — то против случайных зрителей, то друг с другом.

* * *

Дом по-прежнему казался пустым. Шаги Люка и Алисы гулким эхом отдавались в неуютных комнатах, которые они по традиции обходили каждый день, чтобы в результате прийти в единственную жилую комнату на втором этаже.

Им нравилось бесконечно находить следы присутствия друг друга. Тлеющие сигареты, вода на полу в ванной, раздвинутые шторы, оставленные в самых неподходящих местах чашки с остывшим чаем.

Они жили как два привидения.

Люк почти все время торчал в студии, возвращаясь домой в лучшем случае пару раз в неделю. Алиса от заката до рассвета курсировала между Грюневальдом и моргом. Визит затягивался, и вместе с этим возникло предчувствие чего-то важного, что пока не свершилось между ними.

В свободное время она изучала зеркала, пытаясь понять, как они работают. Из-за приближающихся экзаменов им уделялось меньше времени, чем планировалось. Но она была права — образы заструились к ней навстречу, только их нужно было научиться ждать. Зеркала могли испытывать ее терпение днями, ничего не отображая. Но когда она уже начинала смотреть сквозь них невидящим взором, в них начинали проноситься разрозненные сцены.

Ей являлись люди, которых больше не было в живых. Они проносились с хохотом или криком, повергая ее каждый раз в мимолетный ужас. К этому следовало привыкнуть. Алиса прозвала эти образы эхом. Зеркала ловили отблески чьих-то душ, которые все еще метались между жизнью и смертью и попадали в отражение, как бабочки в сачок. После приходило одно и то же видение — две высокие фигуры в темных рясах. Нижнюю часть их лиц скрывали многослойные воротники одеяний. Один был кудрявый и темноволосый, другой — лысый и смуглый. Их силуэты дрожали по обе стороны за ее плечами. Иногда она видела их стоящими рядом с огромным колесом. Они начинали крутить его одновременно с двух сторон, и тогда раздавалось гулкое эхо людских голосов. Между спицами колеса дробились кости.

Алиса долго пыталась осмыслить этот образ, пока наконец не подобрала для него верное слово: *жатва*.

Эти фигуры в черном крутили колесо смерти.

Однажды образ сменился. Она увидела, что кудрявый пропал и лысый завертел колесо один. Ему это давалось тяжело, но он неумолимо двигал руками, а на его лбу проступали капли пота.

Эти мистические образы полнились глубоким философским смыслом. Алиса ощущала, что через них ей пытаются поведать какую-то историю.

Изображения исчезали так же внезапно, как и возникали, оставляя ее обескураженной и слегка напуганной. Казалось, что ее затягивает в это жуткое колесо. Чем дольше она смотрела на его круговорот, тем неизбежнее становилось ее приобщение к этому тяжелому непонятному процессу.

В один из дней она зашла в ванную и увидела на краю раковины засохшие пятна крови. Это тоже было частью жизни привидений. Значит, Люк ночевал дома.

С той ночи прошло почти две недели. Рука сама сжалась в кулак и ударила по умывальнику до боли в запястье. Она запретила себе думать о том, что будет после, потому что не знала, что ей делать. Две темно-красные капли стали очередным болезненным напоминанием.

«Скоро и Люк окажется между этими спицами, — подумала она. — Его перемелют, и я увижу это в зеркале».

Алиса вернулась в мансарду и снова заглянула в каждое зеркало. Еще час она бродила кругами по комнате, меряя ее шагами и наполняя собственными мыслями.

«Якоб говорил, что есть лазейка к нему. Но должна быть тогда и обратная тропа для Люка. Нет дорог в один конец».

Это выглядело несколько жалко и комично — тот, с кого начался путь в зазеркалье, оказался вытеснен другим человеком. Но Люк был пока жив, а Якоб уже три года как мертв. Почему-то осознание его смерти пришло только сейчас, в черном доме — хозяин которого постоянно отсутствовал.

Вдруг Алиса вспомнила, что они наткнулись на странное клеймо на греческом на ножке каждого зеркала. Эта загадка каким-то образом потонула в потоке событий. Разобрался ли с ней Люк? В любом случае в разговорах они к ней больше не возвращались.

Она перевернула самое маленькое зеркало, принадлежавшее Галонске, и присмотрелась к мелким буквам. Затем извлекла телефон и нашла онлайн-клавиатуру с греческой раскладкой.

Θάνατος.

В глубине души она надеялась, что словарь выдаст ей, что такого слова не существует. Но на экране тут же высветилась транслитерация на латинице: Thanatos.

А следом и перевод:

Смерть.

Танатос. Слово, давшее название тому, что она изучает, — танатологии. И имя греческого бога смерти.

От волнения палец соскользнул по сенсорному экрану и кликнул куда-то не туда. В поисковике появились предполагаемые результаты по ключевому слову.

«Танатос, греческий бог».

«Танатос, герой компьютерной игры».

«Этьен Танатос Сен-Симон».

Алиса выбрала третий вариант, и появились снимки смуглого лысого мужчины с мистической усмешкой. Известный коллекционер, живущий между Парижем и Берлином. О нем говорил Люк. Владелец четвертого зеркала.

Было известно, что он также занимается благотворительностью и спонсирует современное искусство, особенно потакая малоизвестным художникам во Франции.

Люк ей что-то недоговорил в тот раз.

Алиса почувствовала глухое раздражение из-за собственной невнимательности. Ей следовало вцепиться в информацию о Сен-Симоне, как только Люк о нем заикнулся. Но вместо этого они начали говорить друг о друге...

Она вглядывалась в лицо Сен-Симона и чувствовала что-то странное. Как если бы она давно его знала, но никак не могла вспомнить. От всех фотографий шла тяжелая, давящая, но не злая энергия.

Он улыбался не в камеру, а будто лично ей.

«Моя маленькая Алиса...» — эхом пронеслось в голове.

Экран погас от продолжительного отсутствия действий. Но чувство дежавю не прошло, а только усугубилось.

Все это уже когда-то было.

«Нужно достать четвертое зеркало, и я пойму, что с ним делать. В нем ключ ко всему», — звенело в голове с необычной отчетливостью.

Люк упоминал, что в гараже торчит какая-то вторая машина, и связку ключей он передал ей еще в самом начале. План созрел мгновенно. Водитель из нее, конечно, был паршивый, но иначе это зеркало не увезти. Кажется, именно это она собралась сделать.

Однако здравый смысл подсказывал, что даже Янсен не смог выманить у этого типа его зеркало. Что тогда может предложить она?

Прежде чем отправиться в Потсдам, она заехала на работу и взяла с собой то, что могло бы решить имущественный вопрос в ее пользу, — сильнодействующее снотворное барбитурового ряда. Самое время выпить с этим Сен-Симоном чашку чая, он ведь любит приглашать незнакомцев на завтрак.

* * *

Найти жилище коллекционера оказалось несложно, адрес был в гугле. Всю дорогу до Потсдама Алиса почему-то думала о том, как представиться. Если Люка знали все, то ее не знал никто. В итоге в голову так ничего и не пришло.

Она припарковалась перед воротами и попыталась рассмотреть, что именно маячит сквозь прутья. Виднелись фонтаны и торец здания. Из будки охраны никто не вышел, однако, прежде чем она выбралась из машины, ворота сами бесшумно распахнулись.

Алиса молча взирала на простершуюся впереди дорожку вдоль сосен. Фильмы ужасов примерно так и начинались, но это ее жанр, как ни крути. В будке охраны, как впоследствии выяснилось, никого не было. И других представителей Сен-Симона или прислуги по-прежнему не наблюдалось.

Это казалось незаслуженно легким.

Алиса медленно двинулась вдоль чинных лужаек, полных замысловатых садовых украшений и цветов, высаженных как имитация узора какого-нибудь персидского ковра.

Аллея, ведущая к дому, была просто роскошной. По обе стороны ее застыли высокие статуи ангелов, скорбно опустивших головы, с руками, сложенными в безмолвной молитве.

Во вкусе Сен-Симона наблюдалось большое стремление к мрачной монументальности и... ритуальности. Эти ангелы не выглядели атрибутом какой-либо религии. Они словно стояли на страже или служили некоему культу и провожали Алису живым взглядом из-под каменных век.

Веранда у дома тоже пустовала. На столике лежала забытая газета, ее страницы слабо шевелились в такт ветру. Алиса дважды нажала на звонок и для порядка крикнула: «Есть кто дома?»

Ответом ей было абсолютное молчание.

Но, несмотря на ничем не нарушаемую тишину, ей показалось, будто бы ее... услышали. Кто бы это ни был.

Недолго думая, она толкнула дверь и обнаружила, что та открыта. Такие дома вообще-то всегда находятся под наблюдением охраны. Но кто-то ведь открыл ей ворота и оставил незапертой входную дверь.

Интерьер уже отражал характер владельца. Темное дерево, громоздкая, но не вычурная мебель. Потертое золото и витражи. Шаг за шагом она обходила одну пустую комнату за другой. Гостиные, обеденные залы, маленькие лаунж-зоны, библиотеки, галереи с подборкой картин определенной тематики.

Ангелы, демоны, смерть, смерть, смерть. Культ смерти у разных народов.

На стенах второго этажа висели фотографии разного времени. На ближайшей был сам Этьен Сен-Симон у каких-то античных развалин.

«Акрополис, 1954» — стояла подпись на оборотной стороне. Выглядел хозяин дома так же, как и сейчас. Рядом с ним застыли люди, которых Алиса никогда не видела.

Следующий портрет был еще интереснее. 1940 год. Немецкая оккупация Парижа. Сен-Симона она заметила не сразу. Основной фокус был на ряде немецких солдат с флагами Третьего рейха наперевес. Парижане стояли в стороне, без особого восторга глядя на парад. Сен-Симон замер у самого края портрета вместе с другими. Разглядеть его лучше не удавалось, но показалось, что его лицо было уже тогда таким же, как и сейчас.

Дальше висел еще более старый снимок какого-то поселения в Африке. Солдаты, женщины, дети — все вперемешку. Сен-Симон в шляпе сидит в шезлонге, опять где-то с краю, его почти срезали. Алиса подцепила раму и перевернула портрет. «Трансвааль, 1899».

Получалось, что это снято во времена англо-бурской войны.

В горле застыл противный ком. Алиса плавно опустила раму, и та вернулась на место.

Он был везде, во всех странах.

Менялись костюмы и декорации, а его лицо оставалось все тем же.

Последний снимок в конце зала был из фотостудии. Сен-Симон и неизвестный мужчина в викторианских фраках застыли перед фотографом, положив руки на плечо женщины с глазами, затянутыми бельмами. Фотография post mortem*. Женщина уже мертва. У второго человека были заостренный под-

---

* Фотография post mortem — посмертная фотография; обычай фотографирования недавно умерших людей.

бородок, курчавые волосы и причудливо загнутый нос. Его губы были чуть приоткрыты, точно он что-то говорил. Алису кольнуло странное ощущение узнавания. Уже в который раз оно возникало беспричинно, и от него тревожно сжималось сердце. Во взгляде второго мужчины было что-то неотъемлемое от нее самой.

«Лондон, 1850. *Менахем*».

Этого второго мужчину она уже видела в отражениях. Он склонялся к ней и что-то беззвучно произносил. Она многое отдала бы, чтобы услышать то слово, которое он пытался ей сказать.

Более ранних изображений быть не могло, так как фотографию еще не изобрели. Со смешанным чувством она двинулась дальше.

По этому дому можно было бродить вечно. Комнаты все не кончались. Ни одна не была заперта. Наконец Алиса добралась до какого-то зала, заставленного зачехленными статуями и вазами. Пробираясь вглубь, она ощутила знакомое покалывание в пальцах, и что-то в ней задрожало от нетерпения.

Алиса уже не шла. Ее вело.

В конце комнаты стоял большой круглый предмет на ножках, укрытый красивым расписным покрывалом. Она потянула за его край, предчувствуя, что там будет.

И уставилась в зияющую пустоту. Это был не просто черный кусок стекла — темнота внутри зеркала билась, как живое существо. Мгновенно ее веки отяжелели и глаза стали нестерпимо болеть, словно их вытягивали из глазниц.

Чернота была ей знакома. То же она увидела каким-то внутренним зрением, когда умерла Фрауке Галонске. Это же происходило в ее снах, в которых плескался мрак, походящий на бездонный колодец творения.

По лицу потекли слезы, непонятно отчего. Люк был прав. На это невозможно смотреть. Кажется, что на тебя уставилось абсолютное ничто.

Из дыры доносились голоса, похожие на нестройный хор. Они произносили чье-то имя, плескались вокруг его основы, как пенящиеся волны...

«Менахем...»

Алиса с трудом протерла глаза и отвернулась. Ей показалось, что они произносят ее имя.

Нельзя в него смотреть. Нельзя смотреть... пока ты жив.

Покрывало упало на зеркало, и голоса погасли, как огарок свечи.

Дальше Алиса действовала машинально, неловко утирая мокрые щеки рукавом кофты. Бесхитростный план утащить зеркало под мышкой оказался невыполнимым, но это не могло ее остановить. Кое-как она отодвинула горшки и статуи к стенам. Оставалось только понемногу двигать трофей к выходу.

Ушло добрых полчаса, прежде чем она дотолкала его до лифта, а затем и до веранды, безбожно царапая полированные половицы. За это время так никто и не появился.

Из этого складывалось не везение, а безмолвный ответ Сен-Симона, застывший в каждом предмете. Он дал ей карт-бланш. Хочешь — бери. Не хочешь — посмотри и уходи.

Алиса вернулась к машине и подогнала ее уже к самой веранде. С огромным трудом она погрузила зеркало в багажник, радуясь тому, что он оказался просторным. Больше всего она боялась случайно его разбить, ведь руки предательски дрожали от тяжести.

Но все прошло удачно, и она выехала на шоссе, не чувствуя, что совершила что-то неправильное.

Ангелы словно смотрели ей вслед.

* * *

— Алиса, ты здесь? — позвал Люк, и его голос эхом разнесся по всему холлу и близлежащим комнатам.

Чертов дом — если тут кто и есть, до него не докричишься. Люк заехал за своими шмотками для предстоящей фотосессии для буклета. График, как всегда, был ужасно плотный, но он надеялся увидеть ее хотя бы мельком.

В кухне было пусто и чисто.

Он машинально заглянул в холодильник, но там стояли только пиво и маринованный лучок. Отличный набор. Есть хотелось до чертиков.

— Алиса, ау... Пообедаем в городе? Ты вообще тут?

В спальне, однако, тоже было пусто. Какой бы бесшумной не была его гостья, но если ее нет, Люк это чувствовал. Тем не менее он еще раз прошелся по второму этажу, затем его взгляд скользнул вверх по лестнице. Может быть, она там, ловит свою золотую рыбку в отражениях? В такие моменты до нее вообще не получалось достучаться. С тех пор как она узнала о его диагнозе, стала торчать с зеркалами каждую свободную минуту. Это начинало напоминать какую-то одержимость.

Он поднялся и приоткрыл дверь мансарды. Три зеркала стояли полукругом, и вокруг них серебрились звездочки пыли. То, что было посередине, отразило, как он вошел.

Люк замер, сам не зная почему. Удивительно, но за последнее время зеркала почти не занимали его. Ну, есть и есть. Пусть себе стоят.

Он хотел было повернуться и уйти, но внезапно словно вмерз в пол. Позади него в отражении кто-то замер. Так же, как и в тот день, когда он только пришел к фрау Лаубе. Люк резко обернулся, сам не зная, что увидит, но на лестничной площадке было пусто.

Он стал медленно поворачиваться к зеркалу.

Тот, кто был позади, теперь стоял к нему лицом. Губы Люка дрогнули в слабой улыбке, а тело внезапно расслабилось.

«Ну вот и ты наконец. Спустя много лет ты меня услышала, Сабрина».

Третье зеркало отражает тех, кого ты хочешь видеть.

Она стояла перед ним как живая, с неизменной улыбкой. А глаза — как его собственные.

Люк уже не боялся. Ну разве можно бояться того, кого ты так хорошо знаешь?..

Неуверенно он приблизился к ней. Сабрина стала его отражением. Ни одно зеркало не показывало ничего более прекрасного. Люк мог разглядеть даже еле заметные складки в уголках ее губ.

— Здравствуй, — сказал он, впиваясь в нее горящим взглядом исподлобья.

Она приложила руку к стеклу, и он замедленно повторил ее движение.

— Ты... в норме?

Она молчала, глядя на него со спокойной нежностью и долей легкого снисхождения.

— Там хотя бы кормят? Чем вы вообще занимаетесь?

В ответ — только беззвучный смех. Но его слышали.

— Знаешь, этим зеркалам не помешала бы еще пара волшебных колонок.

Люк прижался лбом к стеклу, и казалось, будто они совсем рядом. Как долго он об этом мечтал...

Странно получать то, что хочешь, когда перестаешь в этом нуждаться. Но чувства возникали приятные, как будто он вспоминал что-то очень хорошее.

— Знаешь, как я жил все это время? Да все ты знаешь. Было хреново временами. Но я всегда тебя помню.

Какой всеобъемлющей может быть тишина, если один из них все время молчит...

— А недавно у меня нашли рак. Я скоро умру.

Улыбка Сабрины чуть погасла, и она кивнула. Похоже, и это она знала.

— Ты меня встретишь? — тихо спросил он, вглядываясь в ее умиротворенное лицо. — Не оставляй меня одного на той стороне.

Уголки ее губ опустились, и она отрицательно покачала головой. Глаза Люка погрустнели. Глядя на нее, такую живую, он вспоминал все снова.

...Они были красивой и гармоничной парой. А еще довольно шумной. Любили спьяну поорать старые рок-хиты, и Сабрина никогда не стеснялась своего громкого смеха. Вообще не любила всех этих женских ужимок — могла закинуть ноги на стол в приличном обществе, хлебнуть пива вместе с какими-нибудь байкерами...

Вдруг она снова начала улыбаться, читая его воспоминания. Но ощущения ее близости не было. Это образ в стекле. Это гроб Белоснежки.

— Я встретил девушку и полюбил ее, как тебя когда-то, — неожиданно сорвалось с языка Люка.

Сабрина только кивнула ему, не выглядя обиженной этими словами. Ее глаза испускали звездный свет. Она была счастлива за него?

— Оказывается, можно любить многих, каждого по-разному. Но я скоро умру и оставлю ее одну. Начинаю невольно думать, у кого купить для себя время. Только никто его не продает. Должно быть, редкий товар.

Она провела по его щеке рукой, вернее, по тому месту в зеркале, где она могла быть. Люку впервые в жизни хотелось расплакаться как ребенку. Он будто говорил сам с собой, даже получая от нее эти краткие ответы без слов.

— Я рад, что ты пришла ко мне. Пусть и спустя восемь лет. Значит... я звал тебя не напрасно.

Рука скользнула вниз, проведя дорожку по тому месту, где она отражалась. Попытка рефлекторно удержать пустое место... Сабрина улыбнулась ему в последний раз и начала удаляться.

Люк невидящим взором смотрел перед собой, не заметив, как она исчезла за дверью, а потом пропала и сама дверь и некоторое время зеркало вообще ничего не отражало. Постепенно в нем проступало отражение самого Люка — сгорбленного, покинутого и опустошенного.

Дверь позади как ни в чем не бывало возникла снова. Да только кому она нужна, если никуда не ведет?

* * *

Алису ждал последний забег. Надо было извлечь зеркало из машины и как-то дотащить его до третьего этажа. Лифта у Янсена не было. Но все решилось раньше, чем появился альтернативный логистический план.

Она увидела самого хозяина дома, тот брел от крыльца к своей машине. Торопливо Алиса выскочила к нему навстречу, но ее радость почти сразу угасла, стоило увидеть выражение его лица. Люка словно выжали и выбросили. Взгляд устремлен в пустоту, голова опущена.

— Слушай, я достала зеркало, — растерянно сказала Алиса, приближаясь к нему. — Оно в машине.

Он растерянно перевел взор за ее спину и заметил знакомую раму и уголок расшитого покрывала, выглядывающие из приоткрытого багажника.

— Ты обалдела? — прямо спросил он, словно очухиваясь от транса. — И каким образом, интересно? Этот засранец стережет его как овчарка.

Алиса быстро закатила глаза и заявила:

— Да его не было. Весь дом пуст, веришь? Я думаю, он ожидал, что кто-то из нас придет снова. Еще я расшифровала надпись на ножке...

— Танатос, — даже не дослушал ее Люк.

— И ты знал?! — не удержалась она от возмущенного замечания.

— Это ничего не меняет, — махнул он рукой. — Мало ли дурацких имен.

— А видел фото на стенах второго этажа? Им два столетия! И на каждом он! Нестареющий. Одинаково лысый и жуткий.

Алиса прикрыла глаза, восстанавливая ощущение давящей тяжелой силы, идущей от снимков Сен-Симона. Что-то неохотно стягивалось в единую картину.

— Мне кажется... он и есть настоящий Танатос. И тогда я ограбила бога смерти.

— Я не знаю, кто он. — Люк почесал затылок. — Но явно... кто-то крутой.

— Разве не должно быть и остальных богов? Всей этой склочной, мстительной тусовки с Олимпа. Если мне не изменяет память, Танатос был сыном Нюкты и Эреба, сыном ночи и вечного мрака.

— Омерзительный у него генофонд.

— И у него был брат Гипнос.

— И сестра Эвтаназия.

— Эй, вот этого уже не было в мифах!

— Зато это греческое слово.

Алиса только фыркнула.

— А что, если... — начал Люк, глядя ей в глаза, — есть только Смерть? Другие боги могли быть выдумкой.

— Если Смерть наш единственный бог, то мы и вправду живем в страшном мире, — заметила она, глядя на торчащее из машины зеркало, как на живое существо.

— Ой, да брось. Мы другого и не заслужили, — проворчал Люк в своей обычной циничной манере.

— Ладно, просветленный. Помоги мне его затащить.

Они двинулись к машине.

— Ты понимаешь, что мой дом — это первое место, где он будет его искать?

— Он не будет его искать. Он передал его мне, — с непонятной убежденностью сказала она.

Люк не стал это комментировать, хотя помнил слова Танатоса о ней, его живейший и ничем, на первый взгляд, не обоснованный интерес к девушке из морга. Ее рассказ о похищении зеркала из пустого дома звучал как небылица, но в этом прослеживалась и определенная логика. Для нее Танатос оставил свои двери открытыми. Приходилось только гадать, что он замыслил, но Люк все меньше доверял зеркалам. В них скрывалось что-то опасное для Алисы.

Они донесли зеркало до дома и втащили в мансарду, поставив рядом с остальными тремя. Алиса перевела дух и тревожно взглянула на Люка. Только сейчас, увидев его спустя долгое время при свете дня, она заметила, как он изменился. От него осталась половина.

Люк мрачно таращился на нежданное приобретение. Отлично, теперь этот жуткий кусок стекла оказался в его доме.

— Ну и что ты будешь с этим делать? — лишь спросил он, поправляя сползающее с рамы покрывало.

— Разберусь. Я танатолог или кто? — она подошла к нему и внезапно крепко обняла, уткнувшись лицом в его плечо.

Все это время, что она была у Люка, они жили фактически параллельно. Приходили, уходили, мелькали в зеркалах, хлопали дверьми... И вот он снова перед ней — изможденный, мрачный, но в его глазах брезжил свет.

В этот момент ей как никогда хотелось быть к нему ближе. Ближе, чем армия орущих фанатов, ближе, чем группа, ближе, чем все.

Люк коснулся губами ее волос, а затем лица. Алиса опустила веки, и он впервые по-настоящему поцеловал ее, чувствуя, что на губах словно тает снег.

Это надо было сделать еще в ту первую ночь, когда она случайно забрела в тени его дома.

Ее окружала аура сумрачной вечности. Что там говорил Сен-Симон?

Девушка и Смерть?

Или девушка-смерть?

Он уже не помнил. Только чувствовал ее близость и то, как пальцы зарываются в ее длинные тяжелые волосы...

— Я не дам тебе уйти, — тихо сказала ему Алиса. — Слышишь? Раз мы нашли друг друга, то не должны терять. Мы больше... не должны терять.

— Нас никто не спрашивает.

Она подняла на него ясные глаза.

— Это несправедливо.

— Хороший конец — всего лишь недостаток информации, — с усмешкой ответил Люк. Затем отстранился и аккуратно поправил ее растрепавшиеся волосы. — В итоге все равно все умрут. Просто никто об этом не пишет в сказках.

— Тогда ваш сказочник — дерьмо.

— Убьем сказочника?

— И останемся только вдвоем.

Их улыбки словно стали единым целым.

Странные шутки и бесшумные объятия были тем немногим, из чего они творили эти моменты редкой близости.

Постепенно уголки губ Алисы плавно опали вниз. Люку хотелось поцеловать ее снова, до легкой боли, и прошептать:

«Не думай о смерти. Ни о чем не думай, пожалуйста».

Но она уже начала это. Как всегда.

— Иначе это было жестоко и бессмысленно. Вообще все.

— Жизнь и есть жестокая и бессмысленная штука, — вздохнул Люк, но неожиданно развеселился: — Подумай, например, про самку богомола, как она сжирает своего партнера... Это же биологический сексизм!

— Я же сказала, что разберусь.

Иногда ее голос звучал очень жестко. Люк нехотя отпустил Алису, и ее руки тоже соскользнули с его плеч, как поникшие крылья.

— Мне пора ехать. Не знаю, когда буду.

— Увидимся когда-нибудь в этом доме.

* * *

Алиса снова осталась наедине с зеркалами.

Четыре — не мистическое число. То ли дело три. Земля — третья планета от Солнца. Отец, Сын и Святой Дух. Три поросенка, в конце концов. Тем не менее, если Сен-Симон не наврал Люку, четыре даст портал в зазеркалье, королевство мертвых душ. Но как открыть эту дверь? Кто стоит за ней? Выйдут ли они все наружу?

Алиса в очередной раз разглядывала резьбу на рамах. Над фигурами висели солнце и луна, слившиеся в один круг. Похоже, этот символ и есть намек на последнее зеркало, которое как раз было круглой формы. Просто они всегда рассматривали рисунок в качестве декорации.

Она попробовала расставить их согласно узору на раме: три зеркала в ряд перед главным. Это ничего не дало, но навело на мысль. Она начала тестировать всевозможные комбинации. Направляла зеркала друг на друга, выстраивала их в разном порядке. После получаса безуспешных передвижений оставалось только вздохнуть и присесть на пол.

От пыли хотелось чихать. Мельком Алиса проверила телефон и увидела, что сегодня пятница.

День визита к Якобу.

«Которую пятницу ты уже пропустила?»

С тех пор как она поселилась у Люка, прошло почти два месяца. Якоб растворился сам. Перестал приходить во снах, звать во тьме пустых улиц, мельтешить на станциях метро... Алиса словно оторвала себя от него, и это ощущалось как выздоровление после затяжной болезни.

Но привычки воскресают в когда-то заданных циклах и тянут к старым координатам. Уже во второй раз за день она вспоминала о нем, и изнутри слабо жег притупившийся стыд.

Внезапно глаз уловил странное движение где-то сбоку. Алиса обернулась, и в следующий миг на нее словно обрушились крыша, небо и все, что было за ними. В зеркале больше не отражалась комната, как и она сама. Разливалась глубокая тьма, в которой постепенно проступал...

Якоб.

Вернувшийся в свой день и час. Незваный гость, стучащий в закрытые двери. Наконец он закончил свой безумный бег.

На нем была та же огромная нелепая кожанка, настолько потертая, что он мог сойти за бездомного. Бледное лицо, слегка подрагивающий подбородок, в отсвечивающих неоном глазах — сосущая пустота. Якоб казался измученным и одиноким еще сильнее, чем при жизни. Он смотрел с отстраненным лицом, словно изучая даже не ее, а толщину стекла.

Она огляделась и поняла, что главное зеркало направлено прямо в то, где он возник, а между ними случайно оказалось маленькое зеркало-переходник Галонске, связывающее все вместе. Появился мост, по которому можно идти и живым, и мертвым. Якоб пришел, стоило ей только подумать о нем. Ключом же, отпирающим все четыре двери, стала она сама, а не верная комбинация.

Алиса подавила первую волну ужаса и несмело прижала пальцы к поверхности зеркала — последней преграде между ними. Якоб равнодушно повторил движение вслед за ней: пальцы к пальцам...

— Прости. Прости меня, — севшим голосом вымолвила она.

Эти слова крутились на кончике языка, в круговороте мыслей, в изнуряющих снах... И вот они сказаны.

А облегчения нет.

Его взгляд не менялся, и в нем читалась уже знакомая фраза:

«Ты меня предала».

— Я знаю, — эхом отозвалась она.

Он отрицательно покачал головой.

«Да что ты можешь об этом знать? Ты оставила меня дважды».

— Нам нужно это закончить, — с трудом заставила она себя сказать эти слова.

Якоб ломко усмехнулся. Его молчание подстегивало говорить за двоих, но каждое слово звучало неуклюже и жалко.

— Я раскаиваюсь, что оставила тебя тогда. Что не углядела. Не заметила. Это ничего не изменит. Но поверь, от моей жизни тоже мало что осталось, если тебя это обрадует.

Он снова отрицательно покачал головой, а тьма за его спиной задрожала сильнее. Глаза Алисы лихорадочно забегали туда-сюда.

— Ты говорил, что есть один способ.

Вдруг он поднял подбородок, словно подбадривая ее.

— Это твоя лазейка?

Тогда Якоб наклонился так близко, что она увидела, как по ту сторону стекла проступают следы от его пальцев. Губы беззвучно шевельнулись.

«Ближе», — поняла Алиса.

Она прижалась всем телом, пытаясь понять, что он хочет сказать. Якоб врастал своими бледными глазами, и Алиса чувствовала, что действительность начинает разъедать чернота...

«Не смотри! — нашептывал внутренний голос. — Отойди от зеркала!».

Вдруг как наяву появилась его рука. Она мягко прошла сквозь стекло и уцепилась за ее запястье. Ею овладела странная медлительность, но хотелось сопротивляться, потому что казалось, что он делает что-то неправильное, опасное.

— Не надо, — как в полусне сказала она.

Якоб склонился к ее уху и наконец обрел голос, походящий на тлеющие угли:

– Знаешь, что здесь ничего нет? Знаешь, что я застрял? Передай всем: самоубийцы не попадают в ад, ада нет. Мы никуда не попадаем. Но я рад, что ты тут. Алиса, моя Алиса...

Алиса, Алиса, Алиса.

Он уткнулся носом в ее волосы и сжал запястья изо всех сил. Она молчала, не в силах пошевелиться. Притупленно пульсировала боль в кистях, расходящаяся от тисков его пальцев.

– Я вел тебя, и ты нашла верный путь. Я знал, что ты сможешь, хотя в какой-то момент ты и пропала. Не было больше тропы в твои мысли, и я опять остался во тьме один. Ты блуждала где-то среди живых. С тобой был кто-то другой, и он все еще близко, я чувствую, как он тлеет на исходе своих сил, но тянет тебя прочь от меня... а ты и рада. Но в начале было обещание. Сейчас ты передо мной, и значит, все получилось. Знаешь... Я прощаю тебя за то, что ты всегда притворялась. Поняв, что не можешь мне помочь, ты решила меня убить. Ты сделала это тихо, аккуратно, просто отпустив меня. Но даже мертвый я только тебя и помню.

Он поцеловал ее с болезненным упоением. Алиса не ответила и безучастно положила голову на его плечо. Ее воля растворялась.

Под ногами больше нет пола... Теперь они оба нигде. В конце всех миров, в конце всех историй. Это обочина жизни.

С трудом обернувшись, она увидела, что комната осталась позади. Вслед ей смотрел черный глаз посреди мансарды – последнее зеркало, открывшее ей вход в мир Якоба.

Но тут так пусто...

И холодно. Очень холодно.

Это неправильная кроличья нора. В нее не надо было лезть.

— Иди ко мне. Ко мне.

Ко мне-е-е.

Алиса резко выдернула руками из его пальцев и чужим голосом выдавила:

— Оставь меня.

Глаза Якоба словно взорвались осколки, и ее вновь кольнула его неутихающая, жалящая боль. Мелькнули слезы.

Господи, он плачет... как человек.

Она разрыдалась вместе с ним, одновременно пытаясь вытереть его слезы, которые были такими теплыми. Неужели это их удел — плакать вдвоем во тьме целую вечность, расплачиваясь за ошибки друг друга?

— Алиса, мне хуже, чем когда-либо, — зашептал он сразу несколькими голосами. — Если ты снова меня оставишь, я останусь таким навечно — ущемленным, неполноценным, брошенным. Не наказывай меня так, не в этот раз, пожалуйста, пожалуйста... Я не могу отсюда выйти, понимаешь? Я не могу сделать это сам.

Это прозвучало как заветная комбинация, освобождающая какую-то ее часть, ждущую этого часа уже много лет.

«*Менахем...*» — раздалось отовсюду как заклинание.

Что-то стянулось в черную точку, и внутри произошел беззвучный взрыв. Она ощутила пространство и его границы, которых раньше не было. Над ними бешено крутилось огромное колесо, дробящее чужие кости, но его уже никто не вертел...

Алиса взяла Якоба за руку и потянула вперед. Здесь не было направления, но она чувствовала, что путь появится вместе с ее шагами.

— Тогда иди за мной, — произнесла Алиса чужим бесполым голосом. — Ты просто заблудился. Я отведу тебя домой. Я знаю, где он.

Якоб уронил голову на грудь, точно из него вынули заводной ключ, и покорно последовал за ней, как в первый день их знакомства. Когда-то она взяла его за руку и сказала те же слова. Они заканчивают там, где начинали.

Наша любовь — это взаимное чувство вины.

Наш союз — это пакт меж убогим и утешителем.

Я принесу тебе мир.

Я принесу тебе тишину.

Ты больше никогда не будешь несчастен.

Они шагнули из одной черноты в другую, в зеркале напротив.

Якоб исторг крик, превратившийся в оглушающее многоголосое эхо. В Алису вдруг ударил нестерпимый свет, разъедающий их обоих.

Мрак оказался иллюзией.

Тело Якоба билось в агонии, но Алиса обняла его, чтобы удержать и не дать упасть в ту пропасть снова. Измерения света и тьмы дрожали, норовя разойтись в разные стороны, но она удерживала их вокруг них двоих. Ткался кокон. Менялось пространство и время.

— Тихо, тихо... Все хорошо, я с тобой, слышишь? — зашептала она уже своим голосом в его кровоточащие уши.

Внезапно руки сами разжались. Держать стало некого.

Она сделала шаг назад и упала. Боль от соприкосновения затылка с полом была чудовищной. Но сердце отмерло и застучало очень громко. Перед глазами все еще дрожал свет, и колесо в его потоке... Неизвестно откуда взялась странная мысль, что сейчас оно вертится *правильно*.

Вскоре проступил скошенный потолок мансарды. Тяжело Алиса перевернулась на бок, и ее стошнило. Голова дико болела то ли от удара, то ли от произошедшего.

Неподалеку лежало опрокинутое зеркало-транзит.

Якоб мерцал в нем, как под толщей позолоченной солнцем воды. В его взгляде все еще виделся легкий укор, но вдруг он улыбнулся и его губы беззвучно что-то сказали.

«Я пришел куда должен. Мне сказали, что я снова стал целым. Пока, Алиса».

Его медленно поглотили переливающиеся разводы.

Алиса изможденно откинулась на пол. В этот момент она поняла, что он свободен. Они оба свободны.

* * *

Люк вернулся вечером и нашел ее уже спящей. Лампы-черепа привычно скалились из своих углов белым светом.

Ему хотелось рассказать ей, как прошел день, обсудить, как здорово продвигается альбом и что в эти моменты он даже не чувствует себя больным. Как будто вместе с музыкой к нему незаметно возвращались и жизненные силы. Как ребята радуются новому материалу и отрываются на полную катушку. Как комично паникует Анри, угрожая всем и вся непонятно чем. Как много лука они положили в картофельный салат. И что кока-кола брызнула ему сегодня в глаз. А переходя дорогу, он увидел на заборе чудовищно жирного кота, который проводил его таким взглядом, будто это был сам Будда.

«Это все жизнь, Алиса. Ее куски-заплаты. Жизнь, оказывается, как безумное одеяло, которое шила слепая бабушка. Но, господи, как я буду по всему этому скучать...».

— Эй... — тихо сказал он ей на ухо, — ну не спи. У меня полуночная болтливость.

Она шевельнулась под тонкой простыней. Люк прижал ее к себе, чувствуя, будто приблизился к безымянной святыне.

— Поговори со мной, Алиса... Давай опять пошутим на какую-нибудь неэтичную тему. Что-нибудь про неравенство полов или естественный отбор.

Ее дыхание было настолько легким, что она казалась мертвой. Люк уткнулся подбородком в выемку между плечом и шеей, ловя тишину. Интуитивно он почувствовал, что Алиса чем-то вымотана. В ее безмолвии таилась нечеловеческая усталость.

— Что ты делаешь целыми днями, девушка из морга? Что вообще творится в твоей душе? — продолжал он говорить сам с собой. — Ты инопланетянка, Алиса. Ты с другой планеты. А Сен-Симон прилетел за тобой на гигантской стрекозе, чтобы забрать с собой. Спорим, у него и антенна на башке спрятана, недаром она лысая.

Люк нес чушь, на его языке постоянно крутился какой-то комичный бред. Он вздохнул, а луна из-за облаков пролила на них свой слабый свет.

— Знаешь... В детстве я постоянно думал: зачем люди ходят в церковь? Зачем молятся кому-то, кто всегда молчит? Как ты сейчас... Но потом я понял, что человеку постоянно надо смотреть вверх — на идолов и королей, на купола соборов, возведенных людской рукой, на небо, в конце концов. Чтобы надеяться. Чтобы не быть одному. Молчащий Бог — тоже Бог, разве нет? Но потом я открыл для себя музыку и понял, что ошибался. Бог — в звуке. Он и есть звук. Это совершенный тон, которого мы пытаемся достичь через семь нот. Значит, ты всегда слышишь своего Господа. Поэтому я творю. Я хочу собрать Бога по частям, и пусть Он не замолкает.

Люк усмехнулся своим мыслям, которые даже ему самому показались причудливыми, как сюрреалистичные картины. Но говорить со спящей Алисой было так же легко, как и с бодрствующей. Останавливаться не хотелось.

— Я допишу этот альбом во что бы то ни стало. Он будет лучшим из всего, что я делал. Молчащие боги оживают через музыку. Они говорят с нами, даже когда мелодия прекращает звучать. И это все... благодаря тебе.

Люк наклонился над ней и вдруг замер. У нее были открыты глаза, и луна раздвоилась в них белыми бликами, залив всю поверхность глаз. Алиса смотрела вперед, но не видела. Это выглядело несколько жутко. Было непонятно, спала она или нет.

— Оставь эту музыку, — вдруг низким, чужим голосом произнесла она.

— Что? — ему показалось, что он ослышался.

— Не дописывай свой чертов альбом. Он никогда не должен закончиться, — отчеканила она.

Один глаз погас, и внезапно в ее мертвом взоре мелькнуло что-то чужое. Будто через нее говорил и смотрел кто-то другой, откуда-то не из этого мира.

— Ты жив, пока ты его пишешь. Как только ты поставишь точку, ты умрешь.

С этими словами ее веки опустились, а тело расслабилось. Люк зачем-то перевел взгляд на луну, потом обратно на нее. Но ее дыхание снова выровнялось и стало глубоким и размеренным.

В груди шевелились смутные догадки обо всем, что происходит, о его музыке, вдохновении и о ней.

«Если я жив, пока пишу его, то мой Бог милосерден, только пока я дарую Ему голос».

And every time your vent your spleen,
I seem to lose the power of speech.
You're slipping slowly from my reach,
You grow me like an evergreen,
You've never seen the lonely me at all.

Каждый раз, когда ты срываешь на мне злобу,
Я словно теряю дар речи.
Ты медленно ускользаешь от меня,
Но ты сделал меня неуязвимым,
И ты никогда не знал одинокого меня.

Placebo feat. David Bowie «Without You I'm Nothing»

Глава четырнадцатая
ЛИЦА В ОСКОЛКАХ

Июнь был прохладный. Город накрывало дождями, после которых проглядывало спокойное солнце, походившее на лик умиротворенного божества. За пределами особняка по-прежнему кипел Берлин — город всех бездомных и сумасшедших, — но Люк с Алисой жили в другом мире. В этом доме глохли все внешние звуки, кроме шелеста ветра, который постоянно гулял по комнатам, обещая скорые перемены.

Алиса сдала экзамены и продолжала работать по ночам в своем исследовательском институте. Никто из ее малочисленных знакомых не подозревал о том, где она теперь живет. А скажи она, все равно ей никто не поверил бы.

Берлин полнился лицами Люка — на постерах, билбордах и безразмерных плазах — но ни одно из них ему не принадлежало. Алиса знала и привыкла к другому Люку — ненакрашенному, заспанному и смешливому, как мальчишка. Он и был вечным мальчишкой. Музыка так и не дала ему повзрослеть, может, и к лучшему.

Все, что происходило в их реальности, существовало внутри них самих. Алиса с удивлением обнаружила, что за эти два месяца прошла очень долгий путь. Она не могла точно сказать, где сейчас находится, но это была дорога длиною в жизнь.

Он появлялся дома к ночи, она — под утро. На рассвете они наконец-то пересекались и тянулись друг к другу, сплетаясь руками и ногами, как корни посаженных рядом деревьев.

«Мы всегда будем друг друга находить, днем или ночью. Мы теперь связаны».

Они просыпались одновременно через пару часов, ощущая тепло собственных намертво сцепленных тел.

«Ну вот и все, — хотелось сказать ей. — Вот мы и стали одним целым, хотя даже не планировали».

В эти спокойные моменты Алиса ловила себя на ощущении, что от него больше не исходит тот болезненный шорох, походящий на развеивающийся пепел. Вместо этого она улавливала странную тишину, исходящую от его *времени*. Как если бы кто-то ухватил стрелку часов и задержал ее, и от этого покорно замерли и сами шестерни.

Эта тишина была неестественной, но и не плохой.

Алиса не понимала, как ее считывать. Люка поставили на паузу, и временами он мог даже сойти за здорового.

Кашель возвращался всегда неожиданно. Люк поспешно уходил в ванную, где подолгу сидел, выплевывая себя по частям в раковину. Дверь всегда была плотно закрыта, и Алиса оставалась по другую ее сторону. Люку его состояние казалось унизительным, хотя он никогда не формулировал своего отношения к болезни в таких словах. Но это сквозило во всем его поведении.

— Я хотел бы быть кремированным, — заметил он как-то раз. — Огонь — это красиво. Люблю все красивое. А лежать в земле жутко, темно и одиноко. Ненавижу замкнутые пространства. Если я умру при тебе, не жди Анри. Спали меня на заднем дворе.

— И буду водить вокруг твоего костра хоровод с фанатами, — не удержалась от ехидной ремарки Алиса.

— Да, и загадай желание. Говорят, когда сжигаешь человека, все сбывается, как при падающей звезде.

— Замолчи. У тебя мерзкие шутки.

— Как и у тебя.

— Замолчи, Янсен!

— Хорошо.

Он всегда себя так вел. Постоянно отпускал дурацкие комментарии по поводу своего состояния, и иногда это выходило настолько забавно, что они не выдерживали и начинали смеяться, как если бы для них не было ничего святого.

— Ну не плакать же, — замечал в такие странные моменты Люк.

Зеркала пылились в мансарде, больше ничего не отображая, как бы она их ни переставляла. Они включались точно по какой-то команде, обманчиво заставляя Алису верить, что у нее есть силы менять реальность, распоряжаться жизнью и смертью. Она даже перестала видеть в них случайные души и проклятое колесо.

Из-за этого Алиса все чаще задумывалась о том, что попала в переплет случайных процессов. Видения в зеркале, освобождение Якоба, смутные предчувствия о мире мертвых — не более чем случайности чудовищной силы.

И нет у нее никакой власти над зеркалами и смертью.

Ей все показалось.

Она все напутала.

Значит, и Люк уйдет, ибо таков порядок вещей...

...И утро было прежним, и день казался таким же, как и вчера.

* * *

В одном из зеркал перестала отражаться дверь. Алиса разглядывала абсолютно гладкую стену, пытаясь выжать из этого видения очередное руководство к пользованию.

— Сколько можно? — раздался за ее спиной знакомый недовольный голос.

Из-за того, что дверь не отражалась, она даже не видела, как он вошел. Это было свидетельством каких-то тонких преобразований в двух реальностях.

— Ну, что там в твоем зомбоящике крутят?

— Дверь не отражается. Значит, и ты, — отстраненно констатировала она этот факт.

— Это просто дискриминация — не отражать людей с раком легких.

Он усмехнулся, но на его лице не было и капли веселья. Наблюдать Алису, приросшую к проклятым потусторонним стеклам, — это его не на шутку раздражало. Что она вообще в них видела? Неужто больше, чем он?

Все это начинало казаться бесполезным. К зеркалам он относился как к продукту неудачной рекламы, когда пообещали с три короба, а в итоге подсунули барахлящую самоделку.

— Ты напоминаешь мне маленькую девочку с разбитой коленкой, — заявил он. — Так вот, когда коленка уже почти зажила, девочка начинает расковыривать рану снова, чтобы узнать, что там, под корочкой... Оставь уже зеркала. В них нет правды. Забудь вообще все, с чего мы начинали.

Алиса раздраженно отвела взгляд от своего отражения, отчасти осознавая его правоту.

— Танатос тебя обманул, — неохотно вымолвила она. — Это не просто память, как он выразился.

Воспоминания изменить нельзя, а события в зеркалах — можно. Я... я вытащила Якоба.

Повисла долгая пауза. Люк наконец-то повернулся к ней, напряженно взирая исподлобья. Алиса чувствовала себя так, будто ступила на какую-то скользкую тропинку.

— Откуда? — последовал закономерный вопрос.

— Из тупика. Самоубийцы бродят во тьме между всем, что есть, — ответила она. — Они существуют ни здесь, ни там. Их можно видеть на перекрестках дорог, между станциями поездов, домами, везде, где есть щели и зазоры. И нужно вытолкнуть их, как застрявший камень. Мне удалось это сделать как-то интуитивно через эти четыре зеркала. Значит, и с тобой можно...

— Ну давай, выталкивай, — ехидно отозвался Люк. — Я уже приготовился.

— Почему ты вечно ерничаешь? — начала злиться Алиса. — Все это смешно только до определенного момента, а потом уже выглядит глупо и жалко. Тебе все равно, что с тобой будет?

— Если честно, то да, — отозвался Люк. — Меня задолбало ждать смерти, бояться ее, бежать, что еще глупее. Я просто хочу дописать свой альбом, а дальше разбирайтесь без меня. По правде говоря, я даже рад, что умру. Надоело все.

Алисе показалось, что он ее ударил. Она уставилась на него горящим взглядом, умом понимая, что так можно говорить только от отчаяния и бессилия. Но эти слова по-своему задевали, даже если его равнодушие было напускным.

— Ну, извини, что утомили.

В зеркале Люка по-прежнему не было. Там стояла только она, ругающаяся с пустотой.

— Это ловушка, Алиса, — чуть мягче сказал он, чувствуя неловкость за свою импульсивность. —

Кто-то управляет зеркалами и манипулирует реальностью. При помощи отражений можно создать массу иллюзий и мнимых истин. Не ведись.

Договорить они не успели — раздался звонок в дверь. Оба замерли, почему-то восприняв это с каким-то испугом. В этот дом никто не приходил, кроме них.

На мгновение Люк замешкался, а затем спустился вниз. Алиса осталась одна. Испытав мимолетное искушение расколотить в порыве злости все зеркала, она двинулась за ним.

На крыльце обнаружился Анри, а по дорожке к дому следовала его жена, крепко держа за руки двух мальчиков лет десяти. При виде их Люка всегда бросало в холодный пот, ибо он не понаслышке знал, что дети Анри — избалованные неуправляемые засранцы.

— Это что за семейный визит? — недовольно поинтересовался он, в то время как Анри уже влетел в прихожую и грохнул фикус в угол.

— Люк, ты моя последняя надежда, — пропыхтел он. — У нас случился пожар, и сейчас я пытаюсь договориться насчет страховки. Мне надо перекантоваться у тебя день-два, не более. Вера и мальчики сегодня вечером летят в Испанию, они ненадолго.

Судя по тому, как он активно стягивал с себя пиджак, вопрос считался фактически решенным. Люк только поскреб затылок. Говорить «нет» у него получалось хреново.

— А из-за чего пожар? — рассеянно спросил он, глядя на то, как дети Анри с первобытными криками врываются в дом.

— Да недомерки эти... играли в горящий самолет и... — начал было Анри, но, увидев перекосившееся лицо Люка, поспешно добавил: — Не очкуй, я за ними слежу. Ты же знаешь, меня они слушаются.

— Он отобрал мою приставку! — гневно воскликнул один из мальчиков, тряся Анри за рукав.

— Это моя приставка! — немедленно последовал упрямый ответ откуда-то из кухни.

Живо обернувшись, глава семейства рявкнул:

— Так, а ну хватит носиться!

Особого эффекта это не произвело. Люк скептически поднял брови и закурил.

— Да вижу я, как они тебя слушаются, — заявил он. — Не удивлюсь, если узнаю, что в горящий самолет ты играл вместе с ними. Слушай, время сейчас не очень подхо...

Договорить он не успел — Анри сорвался в погоню за своими крикливыми сыновьями. Похоже, что предложение Люка пожить в отеле останется неуслышанным.

Алиса застыла на лестнице, недоуменно наблюдая за военными действиями, а затем перевела на Люка вопросительный взгляд. Тот лишь закатил глаза.

Анри вернулся в холл со взмыленной шеей, а дети, судя по всему, от него умчались. Его жена приветственно кивнула Люку и отправилась в ванную.

— Вот же черти, а!

— Я хочу, чтобы ты пожил в отеле, — постарался снова донести до менеджера свое пожелание Люк.

— Я посплю на кушетке в кабинете. У нас выгорели кухня и гостиная, а спальни провоняли дымом так, что жить там невозможно. Кстати, что за телка? — с интересом спросил Анри, заметив застывшую на ступенях Алису.

— Неважно. Забирай свое семейство и фикус, я не настроен принимать гостей.

Крики и топот детей раздались уже где-то наверху. Судя по всему, они гонялись друг за другом по второму этажу.

Внизу в это время царило молчание. Анри переводил взор с Люка на Алису, которые одновременно уставились на лестницу, словно что-то предчувствуя.

— Да пошел ты, кретин!

— Сам кретин!

Раздался тяжелый грохот и стеклянный звон.

Люк и Алиса сорвались с места почти одновременно, взлетая на третий этаж, дверь на который она не заперла. Ступени внезапно кончились, и наступило тягостное молчание. Они стояли на пороге мансарды, а притихшие дети Анри вжались куда-то в стену с круглыми глазами.

Зеркало-транзит было разбито. Оно валялось на полу, а вокруг переливались бликами многочисленные осколки. Осталась всего лишь пустая рама...

— Мы случайно, — просипел из угла детский голос. — Простите...

— Люк, ну дослушай! — бубня, Анри влетел в зал и тоже застыл, глядя на погром. — Ох, ни фига себе! Это мои пацаны, да?

Люк резко развернулся и приблизился к продюсеру с побелевшим лицом.

— Уводи своих выродков прочь! — рявкнул он. — Ты хоть понимаешь, что они натворили?!

— Люк, — Анри успокаивающе поднял руки, одновременно пятясь к выходу, — это же антиквариат, да? Я выплачу тебе стоимость этого зеркальца, пусть даже мы будем голодать или мне придется ограбить банк...

Внезапно он замолчал. Люк даже не улыбнулся. Анри вообще никогда не видел его настолько разозленным. Янсен большей частью был спокоен, даже инертен. По крайней мере, казался таким.

Некоторое время он смотрел на приятеля с невыразимым бешенством, потом без слов вылетел из комнаты. Анри ринулся за ним, но по дороге у него в голове что-то щелкнуло и он шустро подхватил Алису под локоть.

— Вот что, милая, ты переспала с Люком — и хватит с тебя! Иди-ка домой.

— Эй-эй, я не...

— Конечно. А то я вас, фанаток, не знаю.

И, не обращая внимания на ее возмущенные оправдания, он решительными толчками выпроводил ее к выходу.

— Да я живу тут! — возмутилась она.

— Да, вы все думаете, что тут живете.

— Спросите у самого Люка! И руки уберите от меня!

— Спрошу, не волнуйся. Давай, иди, сейчас у нас куча других проблем. — Он даже не слушал ее, активно выталкивая с порога, а она нелепо цеплялась за косяк.

— Люк! — попыталась позвать его Алиса. — Люк!

Но он как сквозь землю провалился.

В какой-то момент Анри вытеснил ее на крыльцо и ловко захлопнул дверь. Она выругалась на чем свет стоит и начала пинать ее ногами.

— Янсен, черт бы тебя побрал! — заорала она. — Отдай мне хотя бы вещи, если твой продюсер решил меня выкинуть!

Ответ пришел не из дома. Из стоящего неподалеку автомобиля вынырнули два амбала, которые обычно всюду сопровождали Анри, и ее в буквальном смысле подняли и вынесли за пределы особняка.

— Мы можем вызвать полицию, — уточнил громила, глядя на нее сквозь прутья забора.

Внезапно накатила чудовищная усталость. Пальцы, вцепившиеся в ограду, сами разжались, только на коже остались глубокие красные следы.

Происходящее напоминало какой-то паршивый фарс, который, как она уже успела понять, сопровождал этого Анри, куда бы тот ни пришел. Но каким-то образом этот мелкий засранец лепил из реальности все что хотел.

Итог был катастрофическим: зеркало вдребезги, Люк пропал, а она стоит у черта на рогах без денег, ключей и документов...

– Анри вашему привет от меня, – сообщила она телохранителю, показав средний палец.

* * *

Она не понимала, куда ей податься. Можно было отправиться домой зайцем на электричках, потому что больше идти было некуда. Но это не могло длиться вечно. Люк сейчас поговорит с ним, и что-то прояснится. Если, конечно, он не согласился с решением Анри, что ее надо выкинуть.

Чтобы не болтаться у его забора, пока охранники не вызовут полицию, Алиса отправилась бродить по Грюневальду в полном одиночестве. Так она постепенно успокаивалась, хотя внутри все еще кипело тихое бешенство. Вот и состоялось знакомство со страшным продюсером, о чьей меркантильности Люк постоянно травил шуточки. Достаточно было одного взгляда на то, как они общались, чтобы понять, что Анри манипулирует им, а тот даже не особо сопротивляется.

Деревья тихо шелестели тяжелыми кронами, и слабый ветер нес с собой запах недавнего дождя. От этого беспричинно сжималось сердце. Ветер сулил всем людям перемены. В нем жило их предчувствие.

Внезапно показалось, что все закончилось прямо сейчас. Удивительное время в странном доме на краю света вышло. Она почувствовала непривычную неуверенность и в сотый раз посмотрела на дисплей мобильного телефона. Было бы странно ждать от Люка звонков, потому что они по-прежнему не имели контактов друг друга. В этом не было необходимости. Каждый знал, что, придя в этот дом, они рано или поздно встретятся.

Но неожиданно вотсап, который она завела для переписки с сокурсниками по некоторым групповым проектам, взорвался новыми сообщениями. Алиса напряженно уставилась на дисплей, однако это было лишь сообщение от Ольги-Хельги, с которой все это вообще и началось.

«Так, все быстро смотрим новый клип Inferno № 6! Люблю вас!»

По какому-то недоразумению она попала в общий разговор, созданный Олей.

«ВКЛЮЧАЮ!»

«Черт, я сейчас в библиотеке!»

«А что, уже?! На той неделе же премьера!»

«Да вы задолбали со своим Янсеном! Я от вас всех отпишусь!»

«А-А-А!»

Отлично. Когда Бог решил наказать людей, он создал коллективный чат.

Но Алиса уже невольно стала частью этого безумия. Она перешла по ссылке в первом сообщении, и открылось видео на официальной странице Inferno № 6.

Темный экран постепенно наполнился светом, и из колонок зазвучали чистые переливы клавишных. За воздушным вступлением последовали тяжелые гитары — и возникла аллея, ведущая к большому угрюмому дому, сквозь окна которого виднелись пустые залы без мебели. Только шторы колыхались на ветру...

Дом был чужой, но картина – знакома до боли.

Там жила девушка с длинными черными волосами – порождение фильмов ужасов. Она бродила по комнатам, смотрела в окно и чего-то ждала, глядя на огромные напольные часы, стрелки которых не двигались. Следом шел Люк, мелькая в зеркальных отражениях и дверных проемах, окружая ее своими руками и бессильными словами.

Он пел о том, что нужно жить, как будто жизнь вечна. Эта история об утраченном времени, ее одиночестве и его непритворной печали. Люк искренне смотрел с экрана и просил не искать правды в зеркалах и чужих отражениях.

Но в конце будет опять этот дом.
Ты постучишь в эту дверь снова,
И я открою.
Но это будет в самом конце.

* * *

Танатос и Дэвид смотрели друг на друга, уже зная все наперед. Дэвид выглядел отрешенным, и его улыбка совсем погасла.

– Он все равно это сделает, – покачал головой Танатос. – Хотя ты старался. В этом вся ирония. Его Бог – в музыке, которую ты, великий музыкант, пытаешься у него отобрать.

* * *

После завершения видео Алиса еще некоторое время сидела молча на скамье, соединив ладони вместе и положив на них голову. В висках начало стучать, с каждой секундой все быстрее.

«Как же я могу дать тебе умереть? Как мир привыкнет, ты ведь — звездочка для них, Янсен. А я как привыкну? Тебе нужно жить, что бы ты ни говорил».

Нужно было вернуться к зеркалам, и как можно скорее. Никакой Анри с телохранителями не должен сейчас вмешиваться. В голове началась отчаянная чехарда мыслей в попытке просчитать верную комбинацию. Зеркало-транзит разбито, но есть еще три. Самое сильное из них по-прежнему цело. Необязательно, чтобы все зеркала участвовали в открытии моста между живыми и мертвыми.

«Что, если дело в этом колесе? Я вижу его уже даже во сне. Оно крутится как проклятое и мелет, мелет эти чертовы кости. В него попадут все, но надо найти способ его остановить...»

Ей нужно только время, еще чуть-чуть...

Она поднялась и побежала по пустынной алле назад, молясь про себя, чтобы это недоразумение к ее приходу разрешилось. Прошло около получаса, но, к ее удивлению, машины продюсера перед крыльцом уже не было, очевидно, ее загнали в гараж. Или — надеялась она — Люк выставил его с семейством к черту. Амбалов тоже не наблюдалось. Ворота снова свободно открывались, как и в ее первый визит, и она со всех ног помчалась к парадной двери.

Та оказалась не заперта, хотя обычно Люк закрывал ее на все обороты, чтобы фанатки вдруг не вломились.

Эта беспечность не в его духе.

Комнаты наполнились звуками хлопающих дверей и эхом ее шагов. За эти минуты могло произойти что угодно. Сердце тяжело стучало, а в животе от страха все стянулось.

— Люк! — крикнула Алиса.

Он не ответил. Фикус Анри уже исчез. Она заглянула в спальню, на кухню... Зал с «ямахой» также пустовал. Нежилая атмосфера стала более отчетливой.

Пальцы свело от напряжения.

Только обойдя все комнаты, Алиса вспомнила про кабинет в самой дальней части дома. Обычно Люк им не пользовался, но упоминал, что иногда там работал Анри, периодически занимавшийся своими делами у него дома.

Сюда она вошла впервые. Это было темное помещение, отделанное деревянными панелями. У окна стоял стол, заваленный бумагами, на котором мигал экраном включенный компьютер. Увиденное обнадеживало.

Неловко повернувшись, она нечаянно смахнула со стола какую-то папку, и на пол полетели ее письма.

Единственная тайна, о которой они так и не говорили...

— Чертов Янсен, куда ты делся? — выдохнула она, подбирая конверты.

— Да тут я.

Алиса вздрогнула и увидела босые ноги. Люк, как обычно, появился будто из ниоткуда. Засунув руки в карманы, он с равнодушием смотрел, как она ползает по полу со своими письмами.

— Материализация?

— Я был в подсобке. — Он неопределенно махнул рукой в сторону неприметной двери в дальнем углу комнаты. — Алиса, без обид, но я решил, что ты должна уйти.

Она поднялась, и их глаза встретились.

— Как тебе мои письма?

— Как ненаписанный роман о девушке и смерти.

Они невесело улыбнулись, понимая, что с этими словами какая-то часть их странных отношений наконец-то признана.

Люк безучастно смотрел на нее незнакомым, потухшим взглядом. Когда он обнаружил, что Анри ее выставил, то прогнал его самого. После накатило абсолютное равнодушие ко всему, что произойдет в следующий момент. Он даже обрадовался, что ее нет. Раньше ему не хотелось, чтобы она знала о его болезни, теперь же еще меньше — чтобы она видела сам момент его смерти.

Но Алиса опять все испортила.

— Я найду выход. Положись на меня, — сказала она, заглядывая ему в глаза. — Я уже близка... к чему-то.

— По правде говоря, мне страшно надоели твои судорожные попытки облапошить смерть. Я очень устал. Пожалуйста, иди домой. Извини за Анри. Возьми, конечно, свои вещи, и закончим.

Повисла тишина. Люк был сосредоточен.

— Ты серьезно? — коротко спросила Алиса.

— Ты... слишком много на себя берешь. Прекрати, просто... прекрати уже это все, — отчеканил он вдруг с непонятной злостью.

Ее молчание вдруг углубилось. А Люк поразмышлял и добавил:

— Зеркало разбито. Ничего не вышло. Мне больше не нужна твоя помощь с ними. Я даже рад, что его грохнули. Все это как-то... затянулось.

— Ты надеялся на них, — тихо возразила Алиса. — Отнекивался, ерничал, делал вид, что тебе все равно, но, когда увидел осколки, я поняла по твоим глазам, что́ это для тебя значило.

— Ну, проанализируй меня еще. И скажи снова, что я жалкий трус.

— Я этого не говорила.

— Значит, я это сказал только что. — Он поморщился, как от головной боли. — Мне все равно, что я умру. Осталось только закончить финальную обработку песен с ребятами, и все. Я собой доволен. Музыка была для меня всем. Больше мне ничего не надо. Я уверен, что ты дальше как-нибудь справишься без меня.

У Люка всегда была только одна истинная любовь — музыка. Именно его ерничанье с потрохами выдавало правду. Она уставилась слегка покрасневшими от напряжения глазами, совершенно не готовая к тому, чтобы выполнить его просьбу и уйти.

На его губах продолжала бродить едкая усмешка.

— Я-то справлюсь. Мне действительно не привыкать, — наконец, взвесив все, ответила она. — Но ты боишься смерти, как и любой человек, настолько, что ведешь себя как придурок.

Внезапно и он стал невероятно спокойным.

— Вот и хорошо, что ты справишься.

Алиса яростно глядела на его застывший на свету профиль и отрешенные глаза. Молчание затягивалось, и она не представляла, что делать дальше. Люк улыбнулся ей чуть иначе, мягко, обезоруживающе. В отчаянии она смотрела, как его прошивают лучи садящегося солнца. Он казался прозрачным.

Дуновение ветра — и его не будет.

Алиса почувствовала легкое покалывание в пальцах. Что-то грядет...

— Не знаю, сколько осталось — день или месяц, — но я хочу умереть один, — жестко сказал он, глядя ей глаза. — Уходи, Алиса.

Она оставалась стоять, словно ноги отнялись.

— Ты же помнишь, где дверь? Все, проваливай, — прошипел в бессилии он.

— Как скажешь.

С этими словами она действительно ушла. За спиной слышался его захлебывающийся кашель.

* * *

Люк присел на пол, закурил, а затем вдавил смолящую сигарету в половицу. Слышалось тиканье часов на стене.

Тик-так, тик-так, тик-так...

Он зарылся пальцами в спутанные грязные волосы. Веки опустились.

«Может, уже сейчас?»

— Нет, Люк.

Чей-то голос, такой знакомый...

Он поднял голову и уставился на того, кто стоял перед ним. Откуда взялся этот высокий статный мужчина с седыми волосами и разноцветными глазами? У него галлюцинации...

Ему видится Дэвид Боуи. Вот это да!

— Люк, слушай меня очень внимательно.

Лицо Дэвида вдруг приблизилось пугающе быстро, и он даже не понял, когда тот успел склониться над ним. Такой внимательный, пронизывающий взгляд, внутри которого горит напряженная светлая точка, как далекая звезда...

— Ты не умрешь. Есть один способ.

Сухие ладони Дэвида коснулись его вялых рук.

— Просто не заканчивай свой альбом. Никогда.

— Что?

Этого не могло быть на самом деле.

— Я дал тебе время и силы, чтобы ты смог сочинять музыку. Почему, как думаешь, ты еще жив? Почему, несмотря на симптомы умирания, еще на ногах? Это музыка. В ней — сила. В ней была и моя сила. Мы договорились со смертью, что я позволю тебе закончить твое лучшее творение. Но в этом и *трюк*.

Что? Договорились с... кем?

Дэвид фактически врос в него, и на миг Люку показалось, что они — один человек.

— Если не завершишь его, то будешь жить... вечно. Музыка ведь не должна заканчиваться.

И ему подмигнули темным глазом. Люк растерянно смотрел на свою самую удивительную галлюцинацию.

— Я говорил с тобой через Алису. Той ночью в ней был я. Она — особенная девушка. У нее хорошие отношения с мертвыми. Я пытался использовать ее как рупор, но не очень удачно. — Дэвид усмехнулся с искрой извинения. — Только напугал тебя. Сейчас ты очень близок к концу, поэтому мы можем видеть друг друга. Сделай, как я говорю. Обмани смерть. Его еще никто не проводил. *Мы будем первыми.*

Люку казалось, что они уже сидят друг против друга целую вечность. Чувство реальности растворилось. Остался только Боуи, умерший, бессмертный и почему-то ему помогающий.

— Если я тебя послушаюсь...

— То украдешь у смерти.

— А если нет...

— То все его вернется к нему.

Тик-так, тик-так, тик-так...

— Мне осталось закончить последнюю песню, — сипло выдавил Люк. — Вокал уже записан, но концовка плохая. Я хотел сделать это сегодня. И остался заключительный мастеринг...

— Это уже не музыка, — нетерпеливо отмахнулся Дэвид. — Это сделают после твоей смерти. В последней песне — остаток твоей жизни. Не правь ни-че-го. Ты слышишь меня?

— Прекрасно, — кивнул он, и в голове вдруг прояснилось. — Но я не люблю незаконченные вещи. Этот альбом должен быть дописан. В этом его смысл.

Глаза Дэвида наполнились разочарованием, и одновременно пониманием.

— Но с ним закончится и все остальное. Люк... Я так в вас обоих верил. Я так хотел вам помочь.

Рука музыканта стала невесомой. Люк уже не чувствовал его прикосновения, и было немного жаль.

— Спасибо, Дэвид. Знаешь... ты был для меня примером. Через тебя говорила музыка будущего.

— Будущим будешь ты.

Дэвид сочувствующе улыбнулся ему уголками губ и пропал. А Люк понял, что сидит на полу в одиночестве и смотрит осоловелым взглядом на тикающие часы.

Это не галлюцинации. Это прозрение.

Он поднялся и вернулся к застывшей в углу гитаре. Солнце уже почти село, и он включил свет. Все его действия были простыми и будничными. Он быстро прослушал демоверсию песни и вернулся к записанным финальным аккордам, которые ему не нравились.

Пальцы перебирали струны, и сыграли что-то снова и снова.

Неожиданно для себя он подобрал верную концовку, и это походило на каплю, упавшую в почти полную чашу.

Готово. Десять минут экспериментов, в которых была его жизнь.

Люк записал новые аккорды в файл и отослал новый вариант на почту студии со своими комментариями. Затем прислушался к миру вокруг.

Музыка закончилась. Пора услышать тишину.

Но тут зазвонил телефон, и номер не определился. Палец привычно скользнул по кнопке «ответить».

— Слушаю.

— Ах, Люк, вы — просто королева драмы!

Чертов Сен-Симон!

— А вы все шпионите, — не преминул съехидничать он. — Неужели по телевизору перестали крутить сериалы?

— Вы мой любимый сериал, — в тон ему ответил Танатос. — Ну, мои поздравления.

Люк вздохнул, внезапно осознав, что больше не видит в Сен-Симоне врага. Его голос в трубке ощущался уже как нечто неотделимое от него самого.

— Спасибо. И привет Дэвиду.

— Непременно. Он тут, неподалеку, сетует на вас. Но с Алисой вышло, конечно, скверно. Галантности вам вообще не занимать.

— Не хочу, чтобы она видела, как я умираю, — пробормотал он, машинально поглаживая теплую крышку закрытого лэптопа.

— Это в вас говорит уязвленное эго. Не хотите быть слабым в ее глазах.

— Зачем вы звоните? — не выдержал он.

— Предупредить. Вы понимаете, о чем? Чтобы потом не было упреков, что я явился без уведомления. Со мной обычно встречаются только раз, но вам удалось это уже трижды. Первый раз — после смерти Сабрины, когда вы написали свои песни-заклинания, смешав музыку с текущей по пальцам кровью... Я стоял за вашей спиной, пока вы превращали свою боль в искусство. Второй раз — когда вы приехали ко мне домой вести глупый торг. Третий... третий раз настанет сегодня.

Люк вдруг почувствовал себя отвратительно, то ли по причине ссоры с Алисой, то ли из-за вездесущего Сен-Симона. Конечно, он просто ждет не дождется, караулит его, как змея под камнем...

Палец нажал «отбой». Бессмысленный разговор.

Смерть и человек с фрески в церкви Тебю – они не играли друг с другом. Смерть играла против того, кто на нее смотрит, а Дэвид отговаривал ее через плечо, просил пощадить. Дэвид, Дэвид, чем же ты помог? Только запутал все еще сильнее.

Внезапно на него словно что-то навалилось. Громко кашляя и сгибаясь от боли в груди, Люк побрел прочь из кабинета. Рот опять наполнился металлическим привкусом, вытекло немного крови. Дышать стало тяжело, в глазах темнело.

Ему стало невероятно страшно от того, что будет.

Как там в песне поется?

Don't fear the reaper! Baby take my hand!

Не бойся Жнеца, не бойся Жнеца, не бойся Жнеца.

Люк панически шарил глазами по стенам. Что будет после смерти? Он же ничего о ней не знает. Да и никто не знает.

«Алиса права. Господи, как же мне страшно. Я хочу плакать как ребенок, но слез нет. Я хочу снова увидеть ее и все остальное. Алиса, да где же ты?.. Алиса, забери у меня эту смерть...»

Пальцы снова ухватились за телефон.

Но у него не было ее номера.

Как же хочется с кем-то поговорить... Пусть кто-то слушает его, пока он умирает.

Кого набрать?

Анри. Ив. Ингрид. Ингрид!

– Да, Люк! Алло! Алло!

Не было даже одного гудка. Он рассмеялся. До чего радостно ее слышать...

– Ингрид, я еще жив!

– Я поняла.

– Отлично, мне нужен рецепт. Вышли скан-копию моему аптекарю.

— Я лучше позвоню коллеге в Берлине, и он привезет тебе обезболивающие прямо сейчас.

— Да не на обезболивающие.

Повисла напряженная пауза.

— А на что тогда?

— На кетамин*. Ты же можешь.

— Я не буду этого делать, — отрезала она.

— Слушай, я сдохну на днях. Пожалуйста, буду делать все что хочу. Надо закинуться в последний разок.

— Ты завязал! — прогремела она.

— Да какая уже разница?! — зачастил Люк, водя вокруг обезумевшими глазами. — Никакой другой врач мне его не выпишет... И времени мало. Привези кетамин. Вы же выписываете больным на последней стадии морфин или оксикодон. Окажи и мне... любезность.

— Я найду врача, который сейчас же к тебе приедет! А с кетамином иди сразу на...

— Да я уже почти там, — отозвался Люк и отключился.

Звонки, звонки... Люди живут в своих телефонных трубках, а рядом никого нет. Сколько раз за сегодня надрывался этот чертов смартфон.

«Да, умник, ты всех повыгонял, и еще чувствуешь себя жертвой!»

— Заткнись, — сказал он кому-то.

Себе? Больше никого тут не было.

Руки дрожали, в глазах плясали пятна света. От боли он перестал различать хоть что-то. Изо рта вытекло что-то желто-красное.

---

* Кетамин — медицинский препарат, применяемый в качестве средства для наркоза, получил также распространение как галлюциногенный наркотик.

Все походило на какую-то идиотскую трагикомедию. Его скверные шуточки. Бог смерти, звонящий ему просто так... Или он, в панике ищущий наркоту, чтобы только не ощущать приближения *чего-то*.

Ах да, он же в подсобке был, пока Алиса не пришла.

Люк медленно вернулся туда и достал здоровую бейсбольную биту. Она была вся в пыли. Трофей Анри из Штатов.

Шатаясь, Люк поднялся по лестнице и оказался в мансарде. Разбитое зеркало было по-прежнему тут, и россыпь осколков ловила тусклый свет уходящего солнца.

– Свет мой, зеркальце, скажи... – пробормотал он, ступая по стеклу голыми ступнями.

Больно не было.

Размахнувшись как следует, Люк стал наносить тяжелые удары по оставшимся зеркалам, еще раз и еще. Да, вот так!

Он колотил с ожесточением и яростью.

Осколки сыпались по его кровоточащим ногам. И с каждым новым ударом кто-то как будто вздыхал. Люк бил до тех пор, пока от зеркал не остались лишь пустые рамы.

Now let us lie.
Sad we lived, sad we die.
Even in your pride
I never blamed you.

Теперь позволь нам солгать.
В печали мы жили, в печали умираем.
Но даже в твоей гордыне
Не могу тебя упрекнуть.

Nightwish «Two For Tragedy»

Глава пятнадцатая

ТИШИНА

Стало ясно, что лето пройдет под дождливыми тучами. Плаксивая погода была неизменна. Утро разливалось среди особняков легким туманом, обещая очередной день, полный серого света и непросыхающих луж. Машина Анри влажно скользила к особняку Люка Янсена, и великий продюсер вез к нему корреспондента известного развлекательного журнала, которому он уже час старательно полоскал мозги разговорами о своем лучшем друге.

Правда, этот друг вчера выкинул его вместе с женой и детьми то ли из-за куска старинного стекла, то ли из-за незнакомой патлатой девки... Но дела должны делаться даже вопреки личным стычкам. Интервью было запланировано еще неделю назад. И через пару часов после их размолвки Люк ответил на его сообщение и сказал, чтобы он приезжал наутро с журналистом, как и договаривались. Анри решил, что тот остыл, и сам слегка расслабился.

Они с журналистом вышли из машины и двинулись по дорожке, вымощенной аккуратной круглой плиткой.

— ...такие вот дела, — завершил очередную тираду Анри и наконец-то повернулся к двери.

Та была открыта.

— О, Люк бывает растяпой, — протянул он, пропуская вперед журналиста.

Они живо поднялись наверх. Анри уверенно шел впереди, но это была напускная уверенность.

«Лишь бы этот засранец сейчас не был бухим...»

— Люк! Ты помнишь, что у тебя интервью сегодня? — прокричал менеджер, стремительно несясь к его спальне.

Дом молчал. Корреспондент вопросительно взглянул на Анри.

— Наверняка еще дрыхнет, — хмыкнул продюсер, широким жестом распахивая дверные створки. — Подождите в коридоре...

«Я же его предупреждал, — вертелось в голове у Анри. — Он должен быть готов. Что за безалаберность!».

Журналист, несмотря на просьбу не входить, появился на пороге, с интересом оглядел угольные стены и мрачную обстановку покоев Люка, а затем присвистнул.

— Он действительно предпочитает жить в такой абсолютной черноте?

— Я же попросил вас подождать пару минут в коридоре. Спасибо.

Люк лежал на кровати одетый и, казалось, спал. Его голова покоилась на подушке, а веки были наполовину прикрыты. Ну точно, надрался.

Иногда Анри думал, что ведет себя как хорошая мать, каковой его настоящая мать никогда не была.

«Неужели мне его еще и собирать перед каждой встречей?..»

Внезапно в глаза бросились его ступни, и он похолодел. Их покрывала засохшая темная кровь, в которой, как драгоценные камни, сверкали осколки.

«Что за чертовщина? Чем он занимался?» — мелькнуло в голове.

— Люк, вставай, — громогласно сказал Анри, пытаясь прикрыть его ноги краем одеяла.

Он потряс его за руку. Она была пугающе холодной.

— Люк...

Продюсер осторожно коснулся его плеч, но тот по-прежнему не реагировал на прикосновения. На него упал луч проглянувшего солнца, и Анри увидел разбегающиеся по лицу и шее широкие темные пятна. Это уже не походило на алкогольное забытье.

— Люк! — истерично взвыл Анри, ощущая невероятный холод его тела и запоздало замечая, что тот не дышит.

Он тряхнул его изо всей силы, и голова Янсена безвольно упала на подушку. В уголках рта тоже скопилась кровь... Что же такое... Анри чувствовал, как в глазах темнеет и появляется то самое предчувствие некой страшной неотвратимости.

Корреспондент подошел ближе, с любопытством глядя, как менеджер суматошно трясет тело вокалиста Inferno № 6, и сам потрогал звезду готик-сцены с легким возбуждением и убедился в своей догадке.

Люк Янсен был мертв.

* * *

Мир непрерывно лил слезы. Тысячи фанаток выходили на улицы, неся над головами плакаты со своим кумиром и размазывая слезы вперемешку с черными тенями.

— *Вернись, Люк!* — кричали они.

В посланиях на разных языках мира звучала непритворная девичья боль и скорбь.

WE DON'T BELIEVE IN HIS DEATH!*

KOMM ZURÜCK! DIE WELT IST LEER OHNE DICH!**

TOUJOURS VIVANT!***

Было похоже на то, как будто большей трагедии планета не знала...

«Люк Янсен покинул нас, так и оставшись обаятельной, навеки неразгаданной тайной» — писали журналисты, блогеры, да и вообще все кому не лень.

К посольствам Швейцарии по всему миру несли венки. Поклонники испещряли стены домов просьбами к Люку ожить и вернуться со своей триумфальной, демонической ухмылкой. Как будто там и без того было мало про него написано...

Каналы наперебой твердили о смерти самой популярной звезды современности, а обложки периодических изданий украшало бледное лицо с пронзительными зелеными глазами, взирающими на всю эту суету с проникновенной усмешкой и скукой.

Он умер накануне выхода своего нового альбома. Люк Янсен не дожил даже до тридцати лет, и его необъяснимая, внезапная кончина казалась нелепой шуткой. Властелин сердец, поющий о смерти, теперь сам был мертв.

Около особняка Люка слонялись толпы рыдающих фанаток, которые бросались на чугунные прутья забора, и их оттаскивали силами секьюрити.

---

* Мы не верим в его смерть! *(англ.)*

** Вернись! Мир пуст без тебя! *(нем.)*

*** Вечно живой! *(франц.)*

Презентация сингла Inferno № 6 прошла весьма успешно. Никогда Янсена не раскупали с таким остервенением. Пресса, памятуя о его наркоманском прошлом, предполагала либо передоз, либо — что вероятнее всего — суицид, и ответ на вопрос, почему он это сделал, крылся в его песнях. Приличные самоубийцы ведь не уходят без объяснительной записки.

«Конечно, это самоубийство! — сообщила звезда датской темной сцены Азазель молодежному журналу "Звезды под прицелом". — Я хорошо знала Люка, мы даже встречались недолгое время. Он не выдержал прессинга своего продюсера, который давил из него баксы до последнего. Анри — гениальный кукловод. Неудивительно, если смерть звезды он преподнесет как свой последний громкий пиар-ход».

Потом случилось еще кое-что.

Некая семнадцатилетняя Ракель из Мексики утонула при неясных обстоятельствах, и по слухам, это было самоубийство под влиянием смерти Янсена. Девушка была его ярой фанаткой, и в интернет даже просочились скриншоты переписки с подругой о ее скорби. Правда, кто-то обмолвился, что она была пьяна, но происходящее начинало напоминать снежный ком, который уже никто не мог остановить. Предсмертное селфи Ракель с татуированной на щеке слезой превратилось в вирусный мем.

Родители и журналисты забили тревогу, а пресса тут же разделилась на два лагеря — одни продолжали скорбеть по нему, другие лили потоки посмертной грязи.

«Была ли его смерть самоубийством или нет, по-прежнему неизвестно. Однако косвенная вина Янсена в смерти Ракель Гонсало неоспорима. Молодежь сидела на его песнях как на игле...»

«Проблема современных субкультур в том, что наряду с эстетическими и творческими интересами они прививают и очень сильные мировоззренческие установки. Я считаю, что группа Inferno № 6 имела крайне губительное влияние на молодежь, и важно оградить современное поколение от деструктивных субкультур...» — поделился своим мнением известный психолог Вольфганг Кнурр.

«Будут ли запрещены все рок-группы, чьи тексты содержат какие-либо намеки на агрессию, насилие и суицид? Самоубийство одной рок-звезды всколыхнуло бурную волну в прессе и даже среди политиков, и похоже, что готика, как и все альтернативные течения, может быть приравнена чуть ли не к правоэкстремистским организациям...» — такие заявления появились под конец этой недели безумия на страницах даже общественно-политических изданий.

«Правовых основ для ввода цензуры пока не так много, — считает юрист Люка Янсена Юрген Гордон. — Если тексты песен современных групп не призывают эксплицитно к насилию, то речь идет о поиске подтекста, а широта интерпретации так велика, что невозможно ее измерить и, соответственно, разработать такой механизм, который выверял бы вредоносность того или иного продукта искусства...»

Лингвистическая экспертиза не нашла в его последнем тексте какой-либо пропаганды суицида или распространения деструктивных идей.

«Эта песня содержит некие отсылки к концу, но в весьма метафоричном смысле. Там даже не фигурирует слово “смерть”...» — разводил руками специалист берлинского центра лингвистической экспертизы, проводивший анализ сингла Inferno № 6.

Тем не менее смерть Ракель оставалась нераскрытой из-за отсутствия конкретного козла отпущения. И им все-таки становился мертвый Люк Янсен, уже не на шутку обрастающий рогами и копытами.

Затем заговорили его коллеги по сцене.

«Янсен был наркоманом, алкоголиком и страшно эгоистичным засранцем, — делился с прессой своими откровениями Пауль Форсберг, вокалист конкурирующей с Inferno № 6 популярной шведской рок-группы Crimson Sun. — Он любил издеваться над своими фанатами. Мы с ним пересеклись как-то после фестиваля "Темная волна", и он сказал о поклонниках так: "Если я спрыгну с крыши, они все тоже полетят вниз". Ужасно, что такие циничные слова стали правдой. Он заставил быть причастной к своей смерти девочку, которая этого не заслуживает! А Реми просто его покрывает, чтобы отлизать свой собственный имидж».

Упомянутый представитель Янсена Анри Реми со сдержанным трагизмом и при грамотном сочетании траурного костюма с серым галстуком также дал комментарий:

«Считаю, это полнейшее свинство — лить столько незаслуженного дерьма именно после смерти Люка. Но, как говорится, haters gonna hate*. Его смерть — не только трагедия для фанатов, но и колоссальная утрата для тех, кто знал его не по публичному имиджу. Он был моим лучшим и единственным другом. Теперь у меня друзей нет».

О похоронах он заметил кратко: это произойдет в воскресенье, закрытые похороны состоятся на одном из кладбищ в Грюневальде.

---

* Ненавистники пускай ненавидят *(англ.)*.

Люк был любимцем миллионов. Ему покровительствовали самые влиятельные люди в сфере искусства и шоу-бизнеса. Он был богат, красив, и все девушки бросались к его ногам. Земной шар, подобно мячику, подпрыгивал в его ладони...

Так почему Люк Янсен выпил яд?

Или порезал вены?

Анри Реми не отрицал факта самоубийства, но пока и не называл причины смерти.

Люк был мертв, он покинул этот мир, оставив его в смятении и святом непонимании...

* * *

Алиса приходила на работу, как обычно, натягивала хирургический костюм, перчатки и катала туда-сюда мертвецов.

Она слышала о смерти Люка.

Она знала, что он умер от рака, но молчала об этом.

Был поздний вечер пятницы. После смерти Люка Янсена прошло десять дней. Его уход оказался для нее тихим, несмотря на царящую вокруг истерию. В тот день, когда ей стал известен его диагноз, она думала, что не переживет, однако все продолжается, просто царит пустота.

Незадолго до полуночи в дверь постучали и раздалось вежливое покашливание, намекающее на то, чтобы на посетителя обратили внимание.

Меньше всего она ожидала увидеть Анри Реми, маленького нахального типа, который недавно выставил ее за дверь дома Люка. Он стоял перед ней в мятом костюме и явно не спал несколько суток, но шустрые глаза живо бегали по кабинету. Создавалось впечатление, что он все и везде примечает.

Кто его вообще сюда пустил?

— Добрый вечер, — дружелюбно сказал он и слегка улыбнулся.

Алиса скользнула по гостю непонимающим взглядом и вернулась к работе, зашивая горло девушке на столе. Она была в эту смену одна в отделении. Хеннинг приболел и оставил ее за старшую.

Анри зачем-то тронул свой галстук и снова звучно откашлялся, вызвав гулкое эхо под потолком.

— Значит, вы Алиса. И вы были у Янсена в тот день, когда он еще...

— ...был жив, — закончила Алиса. — Да, и я помню, как меня выпроводили.

— Я нашел ваши вещи у него... В частности, конспекты и студенческий. Я удивился, узнав, что вы работаете в институте судебной медицины.

— Сюрприз.

Анри продолжал стоять за ее спиной, и его громкое дыхание стало ее раздражать. Сам он, похоже, не собирался начинать разговор или же... ему не хватало смелости.

— В чем причина вашего визита? Хотите вернуть мою зубную щетку?

Стараясь не смотреть на то, что она делает, Анри завел издалека:

— Вещи я привез с собой... Сначала был у вас дома, но ваша соседка сказала, что вы работаете... Я оставил все у нее.

— А сюда тогда зачем приехали?

— Хм... У меня к вам деловое предложение или что-то вроде того. Я нуждаюсь в ваших... услугах.

— Хотите знать, от чего он умер? — ровным голосом поинтересовалась она, делая очередной стежок.

Анри замялся, ему стало неуютно от прямоты Алисы.

— У Люка был рак легких, вы не знали?

Где-то нажали стоп-кадр, и его черты замерли. Переварить услышанное удалось не сразу.

— Он ничего не сообщал, — последовал растерянный ответ. — А... вы-то как об этом узнали?

— Люк сам сказал, — раздраженно бросила Алиса, поворачиваясь к нему лицом. — Теперь понимаете, почему он так торопился с выходом альбома?

— Да... но... — в глубоком ошеломлении забормотал Анри. — Парень, конечно, круглые сутки курил... И кашлял часто... Однако же молчал! Никаких распоряжений, ничего! Я же не врач, черт возьми!

— Тут просто надо было глаза разуть, чтобы понять, что он чем-то болен. А его платки видели? В чем они испачканы?

Анри захлебнулся. Когда она сказала про платки, он вспомнил, что один раз наткнулся в туалете студии на окровавленные салфетки возле урны.

Но как понять, если ничего не знаешь с самого начала?

Алиса отложила иглу и внимательнее пригляделась к менеджеру Люка. Рост — метр с кепкой, что компенсировалось раздутым эго и полнейшим отсутствием внимания к другим. Было даже непонятно, как они с Люком могли быть лучшими друзьями.

— И все же я должен знать наверняка! — выдавил он.

Минута — и Анри окончательно справился.

— Я хочу, чтобы вы сделали вскрытие.

Ей показалось, что он втайне наслаждается своим абсурдным заявлением.

— Мы все еще не знаем официальной причины смерти, в течение этой недели я только и успевал, что отбиваться от прессы. Если выяснится, что это наркотики или какая-нибудь схожая дрянь, то информация должна быть строго конфиденциальной. Я боюсь, что незнакомый врач сольет все этим акулам. Вам я могу доверять. Раз вы говорите, что рак... Я хочу убедиться.

— Это не так просто организовать без бумаг, и мы не больница, — отрезала она, не веря своим ушам.

Похоже, у Анри ехала крыша, раз он просил ее об этом, или он совсем потерял связь с реальностью.

— Я просто хочу видеть его легкие, — отрезал он, даже не слушая ее. — Мне не нужна лишняя бюрократия. Достаточно того, что правду буду знать я. Сколько вам понадобится времени? Или нужны еще какие-нибудь анализы?..

Алиса понимала, что Анри мало соображает в медицинской этике и в том, что просит провести вскрытие студента в последнем семестре. Ни одному врачу в здравом уме не придет в голову продавать причину смерти Люка, потому что это противозаконно. И скорее всего, продюсер это смекнул, просто не хотел ни к кому обращаться по своим меркантильным соображениям.

Мгновение она колебалась, а потом сообщила:

— Мне не нужны никакие анализы. Где тело?

— Внизу, в фургоне. Получится обследовать его тут тайком?

В обычный день при Хеннинге это было бы невозможно.

Но он заболел, и Алиса являлась его единственным ассистентом, а также единственным живым человеком в институте в это время суток, помимо, разумеется, Анри.

Отодвинув полоску грязных жалюзи, она посмотрела на улицу. У обочины действительно припарковался серый фургон, очевидно, со встроенной холодильной камерой. Пару минут она размышляла и все-таки решилась.

— Несите, — был ее ответ. — Я открою вам черный ход.

Похоже, Анри был слегка разочарован такой быстрой реакцией.

Алиса открыла заднюю дверь, то и дело бросая напряженные взгляды назад. Мало ли кому приспичит забежать на работу... Тем временем его люди вытащили из фургона упакованное тело и внесли в кабинет.

То, что она собиралась сделать, являлось серьезным нарушением. Но и ей не хотелось вверять его другому врачу. Поэтому она и вступила с Анри в этот негласный сговор.

Вскоре Люк Янсен уже лежал на ее столе, а продюсер суетился рядом, отдавая какие-то бессмысленные указания.

— Поправьте ему голову... И руку...

Она не слушала его.

Кожа была желтовато-синей, и по всему телу расползлись обширные темные пятна... В волосах поблескивали мелкие кристаллики льда. Люк ли это?

Но ему понравился бы такой поворот.

«А ты мне еще тогда на кладбище сказала, что мы встретимся, к тебе ведь все попадают!» — словно услышала она его насмешливый голос.

Это отдавало полнейшей чернухой, но уж так сложились эти отношения с самого начала. С непонятной еле заметной улыбкой Алиса провела по его лицу рукой, словно убеждаясь в чем-то.

Мертвый.

— Вы же скальпелем будете, да? Надрез будет тонкий? Не хотелось бы, чтобы было сильно заметно... — обеспокоенно спросил Анри.

— Реберным хрящевым ножом, если точнее, — ответила Алиса, доставая нужные инструменты. — Рекомендую вам сесть, потому что это дело не пяти минут. Я закрою разрез в любом случае. Не отдавать же вам его в таком виде.

Девушка с незашитым горлом отправилась обратно в холодильную камеру, и настал черед Люка. На глаза Алисы опустилась специальная маска, и она приступила к делу.

Первый надрез был сделан, и скальпель начал раздвигать в стороны кожу, жировую клетчатку и мышцы. Под татуировкой «All I loved, I loved alone» скрывалась раздутая грудная клетка. Один за другим Алиса рассекла реберные хрящи: сначала справа, потом слева. Анри поначалу пытался смотреть, но в итоге просто отвернулся.

Руки делали привычную работу. Хрящевой нож. Теперь секционный. Алиса отстраненно фиксировала то, что видела.

Цианоз лица и шеи. Эти темные пятна на коже свидетельствовали о недостатке кислорода в крови. По внешним признакам походило на асфиксию.

Один раз Анри все-таки обернулся, но долго смотреть на это не смог. Развороченная грудь в свете безжалостных хирургических ламп выглядела пугающе.

— Ну и силища у вас, — лишь пробормотал он. — То-то я думаю, почему среди хирургов в основном мужчины... Вы же буквально кости пилите...

Алиса ничего не ответила.

Анри чувствовал к ней непонятную враждебность. Откуда вообще взялась эта бледная отмороженная девица с недоброй ухмылкой? Есть ли у нее хоть какие-то человеческие эмоции? Пока он видел, что она действует хладнокровно и как-то слишком уверенно. Ее руки будто жили своей жизнью. Любимых так не кромсают.

Время шло невыносимо медленно. За окном уже стояла глубокая ночь. Наконец Алиса подозвала его к себе и подняла маску, чтобы было лучше слышно.

— Убедились? — наконец спросила она, показывая ему темные комья непонятной формы, которые выглядывали из какого-то кровавого месива. — Это его легкие.

— Я думал, он просто приболел, — растерянно протянул Анри, стараясь держаться на расстоянии. — Да и бронхит у него с детства... Я понимаю, что моя просьба о вскрытии прозвучала дико... но я не верил. Я думал, это передоз. Я всегда боялся, что он втайне от меня продолжает ширяться, а я не могу его контролировать. Но это... в каком-то смысле еще хуже. Как он вообще пел с такой дыхалкой?!

Об этом Алиса тоже себя постоянно спрашивала. В состоянии Люка было что-то парадоксальное. На терминальной стадии не то что не поют, а вообще едва двигаются.

— Полагаю, смерть наступила от удушья. Радикальное излечение заболевания невозможно. Можно было продлить жизнь и улучшить ее качество, если бы Люк согласился на лучевую терапию. Знаете, я тоже себя постоянно спрашивала, откуда у него были силы что-то делать. Даже малейшая нагрузка при таком диагнозе вызывает сильную одышку... Рак четвертой стадии также задевает отдаленные органы и ткани, в его случае — желудок. И он говорил, что результаты обследования показали метастазы в кости правого предплечья. Ну, вскрыть что-нибудь еще?

Было неизвестно, кто кому сделал хуже — Анри ей или наоборот.

— Если бы я знал... — разомкнулись наконец его высохшие губы.

— А что бы изменилось? Вы думаете, он дал бы себя кому-то лечить? — усмехнулась она, чувствуя привкус горечи в своих словах.

— Вы сказали, обследование? — запоздало встрепенулся Анри. — Откуда?

— От его врача. Некой Ингрид.

— Что-о-о?

— Она поставила диагноз.

— Вот же старая карга, — выдохнул тот. — Выходит, она знала и не сказала мне!

— Да почему вас вообще все должны уведомлять?! — не выдержала Алиса.

— Потому что... я его... друг и вообще... Вы с ней, значит, знали, а я нет?!

— Все мы избирательны в том, кому доверять свои тайны, — возразила она.

— Умничать вы умеете. Вот что... — он ладонью машинально утер вспотевший нос, — дадите завтра комментарий по вскрытию и скажете прессе, что...

Тут Алиса вконец обозлилась. Происходящее словно было кукольным театром этого Анри: и Люка ему вскрыть, и перед журналистам отчитаться.

— Слушайте, то, что я сейчас делаю, вообще незаконно, я даже еще не имею диплома, — резко оборвала его она. — Я — студентка в одиннадцатом семестре, и вы, кстати, об этом знали, когда просили! Более того, если мое начальство узнает, что я провожу здесь какое-то частное вскрытие, меня уволят, а, возможно, еще и засудят. Но самое главное — я не могу дать вам никакого письменного медицинского заключения о причине его смерти. Я не имею полномочий. Вам нужно найти эту Ингрид, все анализы у нее...

— Да что ее искать? Она в Цюрихе, — вздохнул Анри.

Широко распахнутыми глазами он неотрывно глядел на легкие Люка, затем слегка булькнул, приложив ко рту белоснежный платок.

— Я тоже взялась за это из собственных соображений, — помедлив, призналась она. — Хотела его увидеть. Мы не очень хорошо расстались. Но проблемы мне не нужны. Понимаете, о чем я?

Они оба были бессовестными в тот момент. Алиса потакала своему горю, Анри — неуемному любопытству, от которого ему отказал здравый смысл.

Справившись с приступом рвоты, он предпринял последнюю попытку узнать правду.

— Что вас связывало?

— Ничего.

— Рассказывайте сказки. Вы жили у Люка некоторое время. Просто трахались? Девочек для секса он выкидывал буквально сразу и редко встречался с ними у себя дома. Более того, он рассказал вам про свою скорую смерть, о чем никому больше не было известно. Знаете, он редко кому доверял. Как пресса не узнала о вашем романе?

— Вас только это волнует? Что вы за друг вообще? Вам же плевать на Люка, — раздраженно ответила Алиса. — Вы бы и его смерть продали СМИ, если бы...

— Не говорите о том, чего не знаете, — отрезал он.

— Будете его хоронить? — резко сменила она тему.

— Да. У него должна быть могила.

— Руку отдам на отсечение, что в первую же ночь после похорон какие-нибудь идиотки отроют его тело. Или будут акты вандализма, что вполне возможно в свете последних событий...

Анри задумался и уставился на стену. Наступила глубокая ночь. Мозги и концентрация были на пределе.

Алиса начала зашивать, одновременно продолжая разговаривать:

— Знаете, он мне как-то сказал... что хотел бы быть кремированным.

— Да он всем это говорил, — буркнул великий продюсер. — С детства слушаю дребедень, что лежать в земле страшно. Но я думаю, это лучше, чем сгореть... И ничего от тебя не останется...

Алиса загадочно хмыкнула.

— От нас все равно ничего не останется. Или вы надеетесь, что на его могиле вырастет поющий куст роз?

— У вас не очень-то получается острить.

— Тем печальнее будет, если я скажу, что вообще не острю. Люк хотел быть сожженным. Это разумно, если учитывать обстоятельства.

— Мы с женой считаем, что его надо предать земле. Это как-то... традиционно. Матери Люка вообще все равно. Ив не приедет на похороны. Заявила, что видеться с мертвецом смысла нет, — с досадой добавил он.

На это Алиса вдруг уважительно кивнула.

— Зато у нее все в порядке с логикой: сентиментальность бесполезна.

— Это символический акт. Мы хотим иметь возможность возвращаться к тем, кого потеряли, хотя бы к камню над их телом.

— Все ритуалы после смерти устраиваются для живых.

От ее цинизма сворачивались кишки. Алиса была невыносима и при этом права, что делало ее невыносимой вдвойне.

— Мне малоинтересна ваша точка зрения, — выдохнул Анри, ослабив узел галстука.

— Послушайте, вы не можете распоряжаться так его телом. У него были предпочтения, черт возьми. Прекратите за него решать хотя бы после смерти.

— Да вот, ох уж мне эти упреки, что я вечно им рулю... — взвился он и снова начал буреть. — А знаете, насколько ему было по фигу все?! Я же никогда ничего не делал против его воли.

— Что вы скажете, если парочка некрофилок в майках Inferno № 6 достанет гроб, а затем и его тело? — вздернула она бровь.

— Не у всех такое больное воображение, как у вас.

— После всех этих слухов с девочкой из Мексики можно ждать чего угодно. Я не хотела бы, чтобы такое произошло, как и вы. Не оставляйте от него ничего. Иначе они и кости растащат, — тихо закончила она.

Анри долго размышлял, понимая, что в ее словах есть рациональное зерно.

На часах мигало три утра. Они торчат уже четыре с лишним часа в окружении трупов. Стены словно сдвигались теснее, и тело от холода ломило до боли...

«Скорее бы утро, просто рассвет», — думал Анри, прикрыв глаза.

Прошло еще какое-то время во враждебной тишине, пока Алиса доделывала работу.

— Мы кремируем Люка, — нехотя согласился он. — Безо всяких гримеров и нарядных костюмов. Вы правы. Кремируем как есть. А похороны состоятся в любом случае. Да, это для живых людей, а не для мертвых. Но и нам это надо. Просто гроб будет закрытым.

— Рада, что мы пришли хоть к какому-то взаимопониманию. Что сделаете с пеплом?

— Отвезу куда-нибудь к морю и высыплю. Люк им не достанется.

— Отлично.

— Замечательно.

— Я закончила.

По груди Люка бежали дорожки аккуратных швов. Один из них шел почти до самого горла. Алиса равнодушно смотрела на результат своего труда, подняв на лоб прозрачную маску в редких каплях крови.

После смерти физическое тело — лишь тень на стене, задержавшаяся чуть дольше, чем сам человек. Она ничего не чувствовала. Это не Люк. Он был здесь — в этих костях, жилах и крови, но теперь перед ней полые останки.

Анри набрал номер на телефоне, и пришлось снова открыть черный ход.

— Частная криогенная фирма, — пояснил он, следя за ее взглядом, провожающим носильщиков. — Берут кошмарные деньги, зато строгая конфиденциальность и криотранспортировка в любое время суток. Ходят слухи, что их услугами пользуются сплошь криминальные личности... Но в наших условиях... Ах да, ваше вознаграждение. — Он протянул ей конверт, в котором виднелась солидная пачка денег.

— Для Люка стопроцентная скидка, — проворчала она.

Конверт исчез, но почему-то Анри не торопился уходить. Просто стоял какое-то время у окна и еще о чем-то думал. Алиса устало присела за стол, наблюдая за ним издали. Так прошло еще десять минут, и оба как будто чего-то ждали.

Но Анри просто обдумывал, что сказать. Он резко обернулся к ней и наконец бросил, как бомбу, новый спич:

— Знаете, что просто обидно? Я ведь все это делал... ради него! Он был моим лучшим другом с детства. Единственный период в нашей жизни, когда мы разошлись, — это моя учеба в Штатах. И хотя мне предлагали поднимать одних перспективных рэперов — и хип-хоп, кстати, был куда больше в цене, чем Люк со своим пожизненным реквиемом, — я все равно за него взялся! Я в него жизнь вложил, а не капитал! И в итоге узнаю, что меня как друга он ни во что не ставил! А какая-то левая врачиха из Цюриха и вы — сбоку припека — знали обо всем... давно! — И Анри яростно пнул ближнюю каталку. — Вы! Вы! Вы появились буквально за пару месяцев до его смерти, а стали ближе, чем я, его друг детства? Я просто не понимаю!

Алиса молчала, широко раскрыв глаза. Она не знала, что сказать. Анри Реми скинул маску и превратился в страшно обиженного ребенка, который готов раскурочить все вокруг, потому что бессилен в своей ярости. Ее злоба по отношению к нему мигом схлынула.

— Люка можно понять, — осторожно сказала она. — Вы очень давили на него со всей этой публичностью.

— Но почему он видел во мне врага?!

— Нет, не видел и считал вас лучшим другом.

— Тогда почему он молчал?! — заорал уже в голос Анри. — Почему думал, что мне нельзя знать? Я что, ему палки в колеса вставлял бы? Или тут же пробил бы некрологи во всех журналах? Устроил бы пиар-кампанию «Люк бронирует себе могилу»?! Я не человек, что ли? Не-е-ет, вместо этого он хранил свой поганый секрет, а в день смерти, когда уже, видно, понимал, что умирает, отправил мне СМС: «Приводи своего журналиста завтра. Информационный повод будет охрененный!»

На такое, конечно, был способен только Янсен.

— Думаю... он вообще никому не хотел говорить, — отстраненно поделилась она своим наблюдением. — Я случайно увидела его в ванной. Так он в жизни не сознался бы.

Анри замолчал, сжимая переносицу. На шее пульсировала вздувшаяся вена. Он быстро тряхнул головой и неожиданно сказал:

— Возьмите-ка... это.

Он извлек из кейса плоскую коробочку и протянул ей.

— Его последний диск. Думаю, он хотел бы, чтобы вы его услышали, — серьезно сказал Анри.

* * *

Анри вылетел из здания больницы, как маленький быстрый смерч. Уже начало светать. Сев в фургон, он дал шоферу знак ехать. Внутри у него все еще бурлила огненная лава, и больше всего ему сейчас хотелось ударить кулаком по черному мешку в холодильной камере и завопить: «Засранец!»

За окном мелькали пустые улицы и кусок неба, медленно заполняющийся розоватым светом. Облака тянулись длинной вереницей, как дорожка неснюханного кокаина.

...Это напомнило Анри о довольно нелицеприятной сцене, когда, вернувшись из Америки, он отправился в гости к Люку. К тому времени тот успел перебраться в Берлин и поселился в какой-то унылой комнате в Целлендорфе.

Анри уже уловил атмосферу, когда стал натыкаться в коридоре на его сторчавшихся соседей. И вот он открывает дверь его комнаты и видит, как Янсен ползает по грязному полу, втягивая в себя белый порошок, затем поднимает голову и слабо машет Анри рукой... Тогда он понял, что Люка надо срочно вытащить из этого притона и отучить нюхать что-либо кроме цветов.

Пальцы сжались в кулак, и костяшки проступили белесыми пятнами.

Что они все знали о Люке, когда винили его?

Кто из них знал, что Янсен — беспомощный младенец, инфантильный, непрактичный и без внутреннего стержня? Он был тверд только в творчестве. А в жизни — рассеяннее всех бабушек. Люк нуждался в нем, и Анри поддерживал его как умел, просто не дал ему скатиться. Пусть делал это жестко, бескомпромиссно, став его тюремщиком, но по-своему он выиграл для него все эти годы. Без него Люк помер бы от передоза еще лет пять назад.

«Янсен, если ты думал, что я не дам тебе писать твой альбом, а попытаюсь залечить, чтобы, не дай боже, не сдохла моя денежная кляча, ты — дебил. Ты просто дебил!».

Горько, что они с Люком в итоге стали такими. Между ними не было ни доверия, ни искренности, ни уважения. Их просто не осталось под конец этого красивого восхождения на вершину мира. А начинали они этот путь полными надежд и веры друг в друга, как бы наивно это ни звучало.

— Анри, мне кажется, я больше никогда ничего не смогу создать... Я просто уже все написал...

— Люк, ты музыкант. Это твое призвание. Ты не сможешь быть кем-то другим. Надо возвращаться в шоу-биз. Просто положись на меня!

— Мне есть на кого еще полагаться? Ив прислала последний чек с запиской: «Найди работу, придурок!»

— Чувство юмора у вас передается по женской линии... Но мы вернем тебя. О тебе все заговорят. Я заставлю всю планету любить музыку Inferno № 6. Твой первый альбом был бомбой. Настоящие звезды не закатываются. Ты уж мне верь...

— Аминь.

И все стало так, как они хотели.

Анри тяжело моргнул, отгоняя нахлынувшее воспоминание. Думая обо всех этих мнимых суицидах, грязи и его новом альбоме, хотелось сказать что-то вроде: «Я не так все задумывал...»

Просто жизнь, как всегда, все опошлила.

Он быстро достал из кармана телефон и открыл контакты на сим-карте Люка, которая после смерти хозяина перекочевала в его смартфон. Номер Ингрид всплыл в последних звонках. Вредная соседка-врач, которая вечно лезла со своими советами. Анри всегда ее терпеть не мог.

— Да, — встревоженно раздалось тут же на другом конце.

Как наяву возник ее образ: высокая прическа, тонкая нить жемчуга на совсем не старчески крепкой шее и пристальные темные глаза. Сейчас она, наверное, нервно прижимает трубку к уху и гадает, Люк это или уже кто-то другой.

Он не стал медлить и тут же все прояснил сам:

— Это Анри. Помнишь меня?

Вежливую форму обращения он сразу же отбросил.

— Конечно, помню, — сухо и деловито отозвался ее слегка дребезжащий голос. — Маленький Анри, который вечно обдирал мою ежевику. Рада слышать тебя.

— И я — тебя, Ингрид. Почему ты молчала про рак легких?

— Узнал-таки наконец.

— Сделали вскрытие.

— Потому что так хотел Люк. Неужели не понятно? — И она надменно фыркнула.

— Ну все, прятки закончились. Ты должна как его врач сделать официальное заявление, — резко заявил Анри, буравя взором носки собственных ботинок, которые были больше, чем он сам.

— Послушай меня, деточка, — снисходительно бросила она. — Я ничего не должна и не буду, потому что Люк просил меня...

— Люк мертв, — жестко произнес Анри, не дослушав ее нотацию. — И если это единственное, что ты почерпнула из прессы, то возьми кипу журналов и почитай. Просто почитай, сколько там льют говна и как все муссируют его псевдосуицид.

— Какая разница, что пишут...

— *Большая!* — рявкнул Анри. — Я не хочу, чтобы о нем думали как о наркоше, суициднике, алкоголике и еще бог знает что приплетали. Я хочу правды. Чтобы ты... раз ты вдруг, оказывается, его лечащий врач, дала официальный комментарий для СМИ. Я устрою пресс-конференцию, на которую ты прибудешь в лучшем виде и принесешь с собой какие-нибудь сраные анализы... — Она попыталась что-то сказать, но Анри неумолимо продолжал: — Это должна быть ты, потому что в твоей клинике тобой был поставлен диагноз! И я расскажу, что будет после этого. Большая часть газет скажет, что это правда, а желтая пресса погонит, что мы все сфабриковали, чтобы отлизать имидж. Но на то она и желтая. Потом будут похороны, которые поднимут последнюю волну в СМИ, а затем...

Она уже не перебивала. На том конце разливалось безмолвие. Анри вздохнул и договорил:

— ...они о нас забудут. И станет очень тихо.

Ингрид долго молчала, а после спросила с легким сомнением:

— Ты уверен, что забудут?

— Уверен. Когда одна звезда падает, восходит другая.

— Почему тот врач, который делал вскрытие, не может дать официальное заключение? — задала она резонный вопрос.

Анри поморщился, как будто она могла его видеть.

— Потому что он... она... — неважно — еще не врач. И не спрашивай, как и почему. Это моя ошибка, что я не обратился к тебе сразу, на меня слишком много всего навалилось с этой шумихой, и я начудил... Просто сделай, как я скажу. Люк ведь не заслуживает обвинений, которые на него сейчас сыплются. И к смерти той фанатки не причастен. Я хочу, чтобы смерть Люка отделили от того, что кто-то спьяну упал с моста. Он умер из-за болезни, а не сам себя отправил на тот свет. Хоть раз в жизни ты можешь встать на одну сторону со мной? Ради него.

— Боюсь, что правда никому не нужна, — устало вздохнула Ингрид. — Но раз так, я сделаю это.

— Правда нужна нам, — отрезал Анри и отключился.

* * *

Дома Алиса вновь уставилась на диск в прозрачной коробке. Пока на нем не было никаких опознавательных знаков, официальная продажа должна была начаться через месяц.

Как только в колонках зазвучал его проникновенный низкий голос, ей показалось, что Люк здесь.

...Алиса не раз просила его прекратить работу над альбомом, потому что это отнимало все его силы, особенно запись вокала. И втайне она ненавидела его творчество, но не могла ничего про него сказать. Потому что знала — это все, чем он живет. Она думала, что он хочет быть занятым и не ждать смерти, а продолжать жить как обычно.

«Будь проклята твоя музыка, ибо она отняла все, что у тебя есть!» — беззвучно кричала Алиса каждый раз, когда он возвращался из студии полумертвым.

Но сейчас ей открывался другой смысл.

Люк хотел, чтобы с ней что-то осталось после его смерти. Душа в голосе, и она живет дальше, бесконечно.

Однажды он спросил ее: Разве можно быть одиноким, если с тобой музыка?»

Алиса могла ответить на его вопрос сейчас: О да. Можно быть одиноким и с музыкой. Но без нее, наверное, было бы совсем худо...»

Даже его пение стало иным. Он больше не использовал свои судорожные вдохи и внезапные срывы. Это заключительный покой. Наконец все маски упали и он превратился в того, кем всегда был, — Люка Янсена.

Это их разговоры сейчас звучат из колонок.

Их письма.

Никогда не называй вещи по именам, ибо все имена ложные и истина — в молчании.

Не гаси свою свечу преждевременно.

И живи вечно, Алиса.

Диск закончился тихими грустными аккордами. И вместе с ними полумрак комнаты постепенно рассеялся, принимая первые лучи солнца.

Глава шестнадцатая

О ДЕВУШКЕ И СМЕРТИ

Я время из вен своих тонких соткал.
Я был как паук. Тебя лишь я ждал.
На каждой тропе оставил я знак.
Фонарь зажигается...
...Тихий твой шаг.
Иди на мой зов, что до начала времен
К тебе, нерожденной, был обращен.
Душа всегда находит Жнеца.
Так будет и с нами, услышь же меня.
И сказ сей печальный не о том, кто любил,
А о том, кто учился, и о том, кто учил.
Так, имя свое начертав на тебе,
Я знал, что сквозь годы вернешься ко мне.

Ты, так же как и я, — осеннее светило.

Шарль Бодлер. Осенний сонет
(пер. А. Эфрон)

Глава семнадцатая
НЕ БОЙСЯ СМЕРТИ

— Алиса, Алиса... ну что ты тут мешаешься?.. Иди, погуляй. Видишь, взрослые заняты.

Маленькая девочка с длинными черными волосами, заплетенными в кривые косы, мрачно глядела на снующих вокруг нее людей. Кто-то кричал, где-то разбилась посуда, и радио почему-то орало на весь дом, хотя его никто не слушал... Какая-то охающая тетушка выпроводила ее на улицу и закрыла дверь. Нечего ребенку смотреть на то, как идут приготовления к похоронам.

Алиса уныло побрела по пыльной дорожке к калитке. Небо хмурилось, и облака казались ей живыми.

Позавчера умерла фрау Редер. Она была их соседкой по лестничной площадке и всегда присматривала за Алисой, когда ее мать работала в выходные. От нее пахло старыми подушками, а на подоконнике у нее постоянно сушились какие-то травы и фрукты. Фрау Редер была доброй и рассеянной и называла Алису Аннелизой.

И вот ее не стало.

Алиса чувствовала себя странно. С одной стороны, она грустила, но с другой — фрау Редер ведь была такой старой.

«Смерть в восемьдесят лет — это закономерность», — думала она с потрясающим для ребенка хладнокровием.

В их тихом трехэтажном доме царила небывалая суматоха. Появилось столько людей... Алиса не знала и половины из них, кажется, все они — родственники фрау Редер... Целый день она слонялась по дому, путаясь у всех под ногами и вызывая легкое раздражение.

Ну вот и отлично. Она останется тут, в саду. Пусть сами ее ищут.

На нее упали первые капли дождя. Алиса подняла голову, глядя на небо с отрешенным лицом. Ей показалось, что кто-то ласково погладил ее по голове... В тот момент она вдруг поняла, что фрау Редер совсем ушла.

Все это время она была тут, везде.

Алиса чуяла ее дух, пропахший пылью и печеными яблоками. Каждая комната была наполнена им.

А сейчас она вдруг ощутила, как этот дух медленно сворачивается клубком и ускользает куда-то... за невидимую дверь. Та со скрипом захлопывается, и то, что осталось, было лишь смутным словом «навсегда».

Дождь обрушился с небес мощным водопадом, и Алиса вмиг вымокла. Но внезапно на нее упала большая тень и стало вдруг суше. Она подняла голову и увидела, что рядом возник незнакомый мужчина, глядящий на нее с высоты своего гигантского роста с внимательной усмешкой. Над головой он держал большой черный зонт.

— Мне кажется, нам пора в дом, Алиса, — учтиво сказал он ей.

Она кивнула, не вполне понимая, кто это. Они побрели обратно к крыльцу. Незнакомец распахнул дверь и завел ее внутрь. Затем они вошли в гостиную, где все столпились у гроба. Фрау Редер лежала в нем, едва похожая на саму себя. Все что-то по очереди говорили, кто-то плакал... Мужчина стоял рядом с Алисой и следил — нет, скорее, даже присматривал — за всем с мягкой сочувственной улыбкой.

Алисе тоже следовало плакать, но она только таращилась на странного гостя во все глаза. Он был одет в очень красивый и, похоже, дорогой костюм. И кожа у него была такая загорелая... Нос с горбинкой, глаза-маслины, а одна половина лица как будто замерзла, он не может ею двигать... Внезапно незнакомец положил ей руку на плечо и тихо сказал:

— Тебе пора попрощаться с фрау Редер. Поцелуй ее.

Алиса медленно вышла вперед и клюнула соседку в холодную, как будто резиновую щеку. Она ничего не чувствовала. Потому что это была уже не фрау Редер. Это тело.

Затем ее увели и усадили на стул у входной двери. Она увидела, как странный гость медленно идет к ней и наконец присаживается рядом. Теперь они вместе сидели в полумраке и следили за происходящим в гостиной издали. Все присутствующие повернулись к ним спинами.

— Почему они так расстроены? — тихо спросила она у мужчины. — С ней не произошло ничего плохого.

— Думаешь? — с интересом спросил он, наклоняясь к ней, чтобы ей было лучше его слышно. — Она

умерла. Это большое горе для ее семьи, да и для всех, кто ее знал. Все любили фрау Редер.

— Я знаю, что она просто... ушла. Я слышала. — Алиса живо взглянула на него, чувствуя к незнакомцу странное расположение. — Так обычно уходят, когда все спят: тихо-тихо, чтобы никого не потревожить. Почему они этого не понимают?

Мужчина с доброй усмешкой погладил ее по голове и сказал:

— Ну, видишь ли, моя маленькая Алиса, не все правильно понимают смерть. Они боятся ее.

— Но она совсем не страшная, — покачала головой девочка, — и не злая. Я слышала, как она пришла к фрау Редер позавчера. И знаю, что та чувствовала. Она возвращалась домой.

— Вот как... — протянул ее странный собеседник, выглядя чрезвычайно довольным. — Ты смелая девочка, Алиса. Значит, смерти ты не боишься.

— Но она такая же, как я, — пожала плечами она. — Как можно бояться себя?

Мужчина вдруг наклонился к ней и поцеловал в щеку.

— До свидания, моя маленькая Алиса. Мне пора. Но мы еще встретимся.

— Ты ведь не гость, — донеслось ему вслед.

Незнакомец бросил ей очередную кривую на один бок улыбку. Алиса уцепилась за стул, уставившись на мужчину в упор.

— Я знаю, что ты уже тут был позавчера.

Он приложил палец к губам, и Алиса повторила его движение.

— Пусть это будет нашей тайной, — сказал он и скрылся за дверью...

* * *

Мы приходим к вам в тишине.

Мы несем вам покой.

Нас двое, но у нас один труд.

Его имя – Танатос, мое – Менахем.

Мы меняем лица, как змеи обновляют кожу: сбрасываем старые, а под ними – уже новые. И так бесконечно.

Нас много, но нас всего двое.

Тебе пора вспомнить, Алиса.

Просыпайся же.

Ты почти долетела до дна. Оба твоих кролика умерли, пока ты падала. Но теперь ты знаешь, что Страну чудес населяют мертвые, недаром она – под землей.

Просыпайся, Алиса.

Тебя уже ждут.

Тебя ждут так давно...

Мы сыграем эту последнюю мелодию для тебя. Ты придешь на ее зов и вспомнишь свое истинное имя.

* * *

Очередное утро осветило поблескивающий от воды тротуар между богатыми домами с тенистыми садами, зеленеющими за витиеватыми оградами. Путь Алисы заканчивался у грузного серого особняка с нелепыми горгульями на крыше. В окнах, в которые они когда-то выглядывали, мелькали блики слабого солнца. У дома лежала гора венков и пожухлых букетов, знаменующих недавно свершившуюся трагедию.

Перед глазами стоял образ Люка, шаркающего по комнатам с отрешенным видом и сигаретой в зубах. Словно наяву она видела усталые зеленые глаза и опущенные уголки его губ.

«Мне кажется, ты все еще там, в своих черных стенах...»

Ворота, как обычно, не закрывались, и снаружи царила лишь видимость того, что в дом нельзя попасть. Входная дверь также осталась открытой — кто знает почему.

Если бы не гора облетевших цветов, можно было подумать, что ничего не изменилось.

После того как Анри увез его тело, она вернулась домой и тревожно проспала пару часов. Что-то не давало ей покоя, точно ползком передвигаясь под кожей. Собственное тело казалось тесным, а отражение в зеркале двоилось.

Не выдержав, Алиса отправилась в Грюневальд. Там осталось что-то незавершенное, нечто специально для нее. Кажется, будто кто-то без устали повторяет ее имя и ждет, очень ждет. В глубине сознания билась абсурдная мысль, что это Люк, несмотря на то что пару часов назад она зарывала пальцы в его легкие.

Под потолком, как наяву, дрожал звон разбитого стекла, раздавшийся в тот злосчастный день, когда она потеряла с ним какую-то важную связь.

А в мансарде ее ждала груда осколков.

Несмело Алиса сделала шаг навстречу пустым рамам. Глаза торопливо оглядели окружающий разгром.

Кто мог такое сотворить?

Присев, она подобрала мало-мальски крупный кусок, который каким-то чудом не превратился в сверкающее крошево.

Что-то мелькнуло. Люк с бейсбольной битой. И все пропало.

Это последнее воспоминание зеркала. Сомнений на тот счет, кто это сделал, уже не было. В воздухе все еще жило его липкое отчаяние, впитавшееся в стены и осколки.

Здесь вдруг стало так пусто и тихо. Она прикрыла глаза, слушая дом. На кончиках пальцев вдруг заиграло странное тепло, словно шедшее извне. Ее же руки оставались холодными. Вздохнув, она отшвырнула бесполезный кусок стекла, сама не понимая, что тут ищет.

И тут до нее донеслась музыка. Кто-то внизу играл на «ямахе».

* * *

Танатос наигрывал «Пляску смерти» Сен-Санса. Пальцы извлекали брызги таинственных звуков, наполнявшие опустевший дом удивительными переливами. За его спиной было распахнутое настежь окно, и светлеющий миг наполнялся щебетом птиц.

Ему определенно нравился дом Люка Янсена. Здесь царила изумительная атмосфера запустения, от которой беспричинно начинало сжиматься сердце. Воспоминания оживали, и все было напитано зовущей ностальгией, накатывающей с какой-то неизбежностью.

Она пришла.

Стояла наверху, разглядывая ту гору осколков, которую ей оставил Янсен (засранец все-таки нашел способ всем досадить). Но у Танатоса это вызывало лишь снисходительную улыбку. В тот момент, когда Люк колотил его зеркала, он пребывал в глубоком отчаянии и страхе. В этом было столько человеческого...

Это не могло не завораживать.

Послышались шаги. Алиса спускалась ступень за ступенью, шаг за шагом на его зов, обращенный к ней сквозь годы.

Танатос прикрыл глаза и продолжил играть как ни в чем не бывало. Звуки неслись по его венам, храня в себе отголоски чьей-то разрушенной жизни... Казалось, прошла целая вечность, а, может, всего лишь минута. Но когда он поднял веки, она была уже здесь.

На пороге стояла та, ради которой он все это начал. Кроличья нора закончилась, и Алиса упала.

По ее плечам спадали длинные черные волосы, тем не менее плохо скрывающие враждебно скрещенные на груди руки. Темные глаза пристально следили за ним, и в них сквозило настороженное высокомерие. Танатос благосклонно улыбнулся и прекратил играть.

— Добрый день.

— И вам того же, девушка. Мое имя Этьен Сен-Симон, — дружелюбно сказал он. — Мое второе и истинное имя — Танатос. Наконец-то мы с вами познакомились.

Она отстраненно кивнула, но ближе не подошла.

— Что вы тут делаете?

— Играю на синтезаторе, как видите. А вы?

— Пришла проведать зеркала, — хмуро отозвалась она. — Как вам его выходка?

— Не удивила, если честно. Вполне в его духе.

— И что вы теперь будете без них делать?

— Ну, зеркала были моим инструментом, одним из многих. Их потеря досадна, но не фатальна.

Алиса прошлась туда-сюда, по-прежнему не расцепляя рук и с недоверием изучая Сен-Симона на расстоянии.

— Кто вы? — спросила она. — Смерть? Ее поклонник? Кто?

— Я не отвечаю на вопросы, ответы на которые уже известны.

— Тогда расскажите мне то, чего я не знаю.

Ради этого они и повстречались. Танатос задумался, решая, с чего лучше начать, затем неторопливо заговорил:

— Глядя на вас с Люком, я думал: забавная вещь — привычки. Это существование в мире, который вам знаком, в окружении вещей, у которых есть определенное назначение. Да, ваши с ним миры возникли из глубокого горя. Вы с Люком по-своему обжили это горе, сделали его переносимым. Наведя порядок в вашей печали, вы срослись с ней и перестали мыслить о счастье. Еще у обоих была какая-то общественная жизнь. У Люка она занимала почти все его время, у вас она еле теплилась, и там вы играли ожидаемые от вас роли. Он свыкался с тем, что так и будет играть на радость девочкам, а вы — что проведете всю свою жизнь в морге. В глубине души оба приучили себя к мысли, что навсегда останетесь одни и все лучшее в вашей жизни прошло. Но, как оказалось, чтобы очухаться от вашей преждевременной летаргии, достаточно встретить того, кто так на вас похож, посмотреть на себя в зеркало. Вы взглянули, и неожиданно ваши отражения вам понравились.

Алиса не понимала, к чему он ведет. Его речь нравилась все меньше и меньше, но каким-то образом гипнотизировала и она не смела перебить. Танатос словно нашептывал обо всем, глядя откуда-то с изнанки.

— Итак, лишившись смысла в жизни, вы стали искать его в смерти, — на его губах заиграла знакомая мистическая усмешка, — и ухватились за мои зеркала как за соломинку. Вы нашли ящик Пандоры, в котором жила надежда, что все несправедливо ушедшее однажды к вам вернется.

— К чему вы это рассказываете? — наконец решилась она его прервать. — Мы знаем, как жили.

— Янсен угробил свое здоровье, и его ранняя смерть была предопределена, — неумолимо продолжал Танатос, проигнорировав ее вопрос. — Однако вы... полная сил молодая красивая девушка, обладающая специфическим талантом к анализу человеческих смертей... Как могли вы так запустить свою жизнь?

Похоже, это был легкий укор ей.

— Что вам надо от меня? — Алиса наконец-то сделала шаг навстречу и присела на одинокий стул с противоположной стороны синтезатора. — Откуда такое участие?

Они глядели друг на друга с разных концов, глаза в глаза. Во взоре Алисы чувствовались сила и спокойная уверенность, такие же, как и у Сен-Симона. Оба понимали, что каким-то образом находятся на равных.

Танатос наклонился и спросил:

— Почему вы думаете, что мне что-то надо?

— Вы к этому ведете. Сидите передо мной. И ваш рассказ — не притча о ценности жизни, а... эксклюзивная правда. Я осталась после Якоба и Люка, это верно. Но и вы здесь не ради игры на синтезаторе.

В его взгляде вспыхнула слабая искра, маня ее глубже, а в молчании заключалось приглашение. Тогда она ровно продолжила:

— Я узнала еще одну интересную вещь буквально на днях. Вчера пришло очередное квартальное письмо от фонда, который выдает мне стипендию.

Сен-Симон уже едва сдерживал улыбку, что мало вязалось с серьезностью момента.

— Я впервые обратила внимание на бумагу. Если поднять ее на свет, то отобразится голограмма — змея вокруг яйца, на которой стоит ваше имя на греческом: Танатос. И так на всех письмах от фонда.

Тогда он приподнял руки, как преступник.

— Все, я обезоружен. Хотя должен заметить, что вы поняли бы намного раньше, что означают буквы на зеркале, если бы отнеслись внимательнее к письмам от фонда и даже к его названию. Вы упустили этот кусок мозаики.

— Фонд Симона и Тода.

— Да, это маленькая шифровка. Симон от Сен-Симона. А Тод... подумайте сами.

Алиса лишь безрадостно усмехнулась, так как знала значение второй фамилии с рождения, но только сейчас все связала.

Der Tod. «Смерть» по-немецки.

— Конечно, дело в вас, моя маленькая Алиса. Вы — очень одаренная девушка. Впереди у вас блистательный путь. Вы должны стать кем-то очень важным... — Сен-Симон решил ограничиваться пока лишь общими фразами. — Но для этого вам надо научиться перемалывать время, пропускать его через себя. Вы не могли выучить этот урок из-за смерти Якоба. Так вы застряли, а вместе с вами — и верный ход вещей. Мне удалось сдвинуть вас только благодаря Люку.

— Вы хотите сказать, что подсунули Люка... как какую-то панацею для меня? — пораженно усмехнулась она, с ошеломлением воспринимая сказанное.

— Ну, вы же всегда знали, что вы другая, Алиса. Вы и есть нечто особенное, — с непонятным очарованием произнес Танатос, глядя на нее как на любимое творение, завороженно и с необъяснимой гордостью. – Ваши родители просто биологические врата в этот мир. Внутри же вас – змея, заглатывающая свой хвост.

Разлилась многозначительная тишина. Пульс в висках забился как сумасшедший, и какое-то время Алиса не могла вымолвить ни слова.

– Кто же я? – спросила она спустя минуту.

На лице не дрогнул ни один мускул, но ей внезапно стало страшно, оттого что не знает, какой ответ придется услышать. Танатос мягко улыбнулся ей.

– Часть меня. Я знал, где и когда вы родитесь. Я наблюдал всю вашу жизнь и всегда был в курсе ваших дел. Один раз мы даже встретились на похоронах вашей соседки, фрау Редер, но ваша детская память размыла этот эпизод. Ну же, вспомните, я был с вами все время и вы сказали мне, что глупо бояться смерти, ведь она совсем не злая и не страшная...

«Моя маленькая Алиса...»

В мыслях начало складываться тяжелое понимание.

– Скажу даже больше: и *вы* знали, где я, – продолжал Танатос. – Вы всегда чувствовали смерть, ее особую суть, похожую на тугой переливающийся шар из черноты... Мы – часть целого, расщепленного временем, и нужно было взрастить вас, как прекрасный сад, что я и сделал. Я указывал вам путь сквозь кладбища, случайные песни и сновидения, хотя вы отмахивались от всего, пытались жить с закрытыми глазами. Наконец в определенный день вы увидели предложение моего фонда. Начав изучать медицину, вы почти сразу нашли свое призвание – работу с мертвыми — и так постигали физику умирания. Но за смертью плоти ход самого времени. Познание этого шага началось через Якоба. И здесь все пошло не так.

Алиса недоуменно взирала на него, уже ничего не понимая. Все, что она знала о себе и об этом мире, разрушалось на ее глазах. Танатос снова ей улыбнулся, тепло, почти по-отечески.

— Якоб Радке был болен и нуждался в вас как в последнем пристанище перед растворением. В ваших руках он нашел короткий покой. Однако вы его отпустить не смогли.

— В кого я должна превратиться? — почти беззвучно спросила она, пытаясь понять главное.

Но Сен-Симон не торопился с ответом и продолжал плести узор своей неторопливой речи:

— Алиса, я стар как этот мир, и даже старше. Веками я выполнял свою работу, но и Смерть устает. У меня было столько имен и воплощений, что человеку не сосчитать. Когда-то я был Ставросом Онассисом, богатым греческим торговцем, пересекшим все моря и океаны в поисках великой тайны бытия. Я искал вечную жизнь, обещанную нам религиями, однако находил только погибель. Во время одного странствия я познакомился со странным евреем по имени Менахем, который стал моим компаньоном на годы. Он и был Смертью того времени. Мы исходили с ним столько дорог и пожали вместе множество душ, освобождая место для новых... Но однажды Менахем меня оставил, исчезнув в черноте главного зеркала. Он сказал, что вернется в другом обличье спустя годы, ибо таков цикл Жнеца. Когда наши силы истощаются, мы находим себе преемника и растворяемся в начале и в конце всех времен.

Но потом тьма выбрасывает нас снова, как море — обточенные камни. Это бесконечный круг, два лика смерти, которые чередуются: Ставрос и Менахем, Танатос и Алиса. Нас множество, и нас — всего двое. Это правда, которую вы заслужили.

После того как Менахем меня покинул, я увидел вас в моих зеркалах и так узнал о будущем воплощении моего преемника. Я стал ждать. Вы спрашиваете кто вы. Человек, но ваша душа иная. И мне до сих пор странно осознавать, что мой великий учитель вернулся ко мне и теперь уже мой черед его наставлять и возвращать ему память.

Его ладонь коснулась ее лба, и она почувствовала, что в ней будто ширится бездонный тоннель.

— Я не хочу, — сказала она.

Это единственное, что ей удалось выдавить. На ее лице застыла смесь ужаса и непонимания. Рассказ Танатоса словно обрел консистенцию, затапливая ее, как черная смола.

Она не та, кем считала себя.

Все ее убеждения — ложные.

За ней же — вереница прошлых воплощений, делавших эту работу веками, и ей осталось только встать в заготовленную для нее лунку. Как наяву возникли молчаливые фигуры в черных рясах, вертящие страшное колесо. Один — лысый, второй — кудрявый, с острым носом. Танатос выглядел иначе в этих видениях, древнее, страшнее, походя на коричневый скелет — но это был он. А тот, другой... она. И они крутили это колесо от начала времен.

— Смертью не рождаются, ею становятся, ибо она — всегда в конце пути, — усыпляюще предрекал он. — А до нее лежит дорога, не пройдя которой, не постигнешь ее сути. Я отправил свои зеркала странствовать по свету, запуская цепочку причин и следствий. Чтобы прийти ко мне, вам нужно было преодолеть лабиринт кривых отражений и ложных истин. Но вы все-таки здесь, и потому эта история не о вас с Люком, а о нас — об Алисе и о Танатосе. Скажите мне теперь ваше имя.

— Что? — Она недоуменно уставилась на него сквозь рябящий черный дурман, исходящий от его длани.

Глаза Танатоса запылали и вдруг стали обжигающе-пристальными.

— Скажите ваше имя.

— А... Алиса...

— Ваше истинное имя. Вы уже знаете его. Ну же, произнесите его.

На губах точно формировались кристаллы. *Это* имя. Оно высекало себя само, норовя вот-вот сорваться, но все в ней сопротивлялось ему.

— Это *ваше* имя. Его значение на иврите — «утешитель». Странно, не правда ли? — Танатос склонял к ней все ближе свое пугающее полуживое лицо. — Смерть, которой все так боятся, на самом деле дарит вам покой и прекращает страдания. Вот почему Якоб пошел за вами, узрев в вас свое спасение, и почему сказал, что это вы его убили. Потому что началась жатва. Вы долго не осмеливались прикоснуться к колесу, волоча за собой Якоба, муча его, хотя его покой был в ваших руках. Наконец вы перемололи его. Время пошло дальше.

Что-то толчками рвалось изнутри. Алиса чувствовала приступ удушья, и горло словно стискивала невидимая рука, выдавливая наружу имя.

Скажи это.

— Менахем, — наконец вымолвила она.

Они произнесли его в два голоса, и внутри у нее вдруг разлилось ледяное спокойствие. Танатос отнял ладонь от ее лба, и в глазах забрезжило узнавание. Он точно смотрел на того, кого давно знал. Алиса подняла на него покрасневшие слезящиеся глаза, сживаясь со знакомым и одновременно чужим именем, бежавшим теперь по ее венам вместе с кровью.

— Все в этой истории льнет друг к другу, все служит вашему становлению. Ваш исследовательский институт — современный храм смерти. Вместо косы у вас скальпель и ножи, вместо молитв — молчание мертвых, пришедших на ритуал аутопсии. Мои зеркала — это регалии. Я оставил все двери своего дома открытыми для вас, позволяя вступить в ваши законные права. Коснувшись главного зеркала, вы фактически унаследовали от меня свою миссию. Орудия труда приняты, жатва началась. И наконец вы вернули себе имя. Оно останется с вами до конца всех времен, как бы вас ни называли люди.

Алиса глубоко вздохнула, обретая вновь контроль над своим телом. Загадочный мужчина с посмертного снимка в доме Сен-Симона — не зная его, она была им все это время и стала им вновь. В глубине души все еще билось приглушенное сопротивление Танатосу, а он тут же колдовским образом превращал ее мысли в свои слова:

— Менахем не пришел извне, он был все время внутри. Его жизнь и воспоминания не ваши, это верно. Но суть у вас одна. Теперь вы стали единым целым. И сейчас вы, исполненная горечи и разочарования, можете уйти от меня (вы так и сделаете), но в итоге мы встретимся вновь. Может, вы будете чуть старше, чем сейчас. Возможно, проживете до конца человеческую жизнь, в которой вас даже ждет счастье, о котором вы уже и не мечтаете. Но в конце мы снова будем сидеть друг против друга и вы скажете мне, что готовы учиться.

— Я не хочу, — повторила она.

«Смертью не рождаются».

Ею нужно стать — через череду потерь, невзгод и бесконечных прощаний. Скверное же это будет ученичество...

— Не бойтесь смерти, — эхом прозвучал в голове голос Танатоса. — И не бойтесь стать Смертью этого тысячелетия. Будет очень много работы. Я один не справлюсь.

— Что же мы с вами будем делать? — Она медленно подняла на него погасший взгляд. — Пожинать жизни до конца света? Вы — не самый приятный компаньон.

На это он только философски развел руками.

— Нравится вам или нет, мы принадлежим одной стороне Луны. Вы просто мое другое лицо, более симпатичное. А когда не останется ни одного человека, мы пожнем друг друга и все окажемся по ту сторону зеркала, — завершил он.

Танатос замолчал, на мгновение опустив тяжелые веки. Его обветренные, иссушенные черты тут же утратили свою человечность.

— А потом? — вопрошающе уставилась она на него.

— Все начнется снова. И будут новый мир и новая жизнь, новый Люк, новая вы. Будет и новый Ангел Смерти. Кто знает, что там будет?

— А потом?

— А потом все повторится.

— И так будет всегда?

— И так будет всегда. Жизнь и Смерть не существуют друг без друга. Вы же все эти годы занимались ненужной математикой и делили их. Но послушайте музыку Люка, которая осталась с вами. Вспомните ваши письма, разговоры. Они все внутри вас. Они будут звучать вечно. Так конец ли это?

Алиса поняла, что плачет, но беззвучно. Она сама удивилась, увидев, что на ее руки капают прозрачные слезы. Вот так она сидит в доме Люка Янсена, а перед ней застыла сама Смерть и утешает ее. Но его слова постепенно обретали над ней силу, хотя она не соглашалась с ними.

— Однажды все повторится, моя маленькая Алиса: Солнце, Луна, небо, ветер, любовь. Вот чему вас должна научить встреча с Люком. Научитесь двигаться со временем. Давайте, моя хорошая. Вам нужно перешагнуть через эти маленькие смерти, потому что вы переживете их всех и даже меня.

Глаза беспомощно блуждали по потолку и стенам, и хотелось сделать что-то еще, возразить в последний раз, но он переиграл ее, их всех. Однако сразу она не успокоилась. И тогда созрел неожиданный для Танатоса вопрос:

— А если я не соглашусь?

— Тогда во тьме миров зародится новая Смерть, и она придет ко мне спустя много времени и встанет на ваше место. А ваш талант убьет вас саму, и вы окажетесь там, где был Якоб, — в пустоте вне времени. Так происходит, когда человек отказывается от своего пути.

На это она отреагировала неожиданно спокойно и даже с иронией:

— Может, я так и поступлю — загублю себя и испорчу ваши планы. Надо же как-то проучить вас за то, что вы лезете в мою жизнь и даете мне чужие имена.

Его нисколько не обидели эти слова, скорее наоборот, развеселили.

— Мы сделаем сейчас так, как вы хотите.

На мгновение Алиса усомнилась в правдивости его слов. Но Танатос выглядел серьезным и ждал ее ответа. И он созрел сам.

— Тогда пусть все идет своим чередом... — рассеянно начала она, уставившись в пол. — Я бы хотела жить, не зная потерь. Будто я живу вечно. Приду ли я к вам завтра, через сорок лет или не приду никогда... Я пока не знаю. Возможно, я соглашусь, так как умею лишь выполнять свою работу, будь то вскрытие или жатва, как вы говорите. Но возможно, я захочу остановить время. Потому что дерьмовые у вас уроки.

— Понимаю.

Танатос протянул руку и сочувствующе коснулся ее пальцев. Но в его глазах мелькнула какая-то хитринка.

— Тогда мы будем жить дальше, — успокаивающим эхом произнес он, — и быть благодарными за то, что провели удивительное время в этом странном доме. Сохраните этот мир невыплаканной печали. Его стоит сберечь на всю жизнь. Вы спрашивали себя всегда, почему другие счастливы, а вы вынуждены, стиснув зубы, учить эти жестокие уроки. Потому что вы можете их выучить, они вам по плечу. После вы станете великим мастером жизни и смерти и мы с вами будем делать нашу тонкую работу — двигать время. А пока живите так, как он вам завещал, — не зная печали и потерь.

Она смотрела в его черные глаза, в которых зрачки сливались с радужкой, и чувствовала, как стекленеет ее собственный взор. Его рука обрела свинцовую тяжесть. Это был почти гипноз. Голос Танатоса закрался в самые сокровенные глубины ее души и навел там порядок.

Тяжело кивнув, она встала. Собственное тело казалось чужим после этого долгого разговора. Танатос тоже приподнялся и протянул ей сложенный лист бумаги.

— Что это? — спросила она, переводя взгляд.

— Это... письмо, — с небольшой заминкой произнес он, — вам от Люка. Первое и последнее письмо с того света. Он не отставал даже после смерти, и мне приходится передать весточку против правил. Или потому, что вы оба мне глубоко симпатичны и жаль, что у вас разные дороги. Считайте мое посредничество своего рода извинением. Я снова говорю вам до свидания, Алиса. Даю вам время, о котором вы просите. Помните, что мы должны увидеться. Когда — зависит от вашего решения.

Засунув записку в карман плаща, Алиса без лишних слов покинула дом Люка Янсена. И теперь действительно навсегда. Танатос остался позади, в потоке света, провожая ее напряженным взглядом.

Люк же все это время стоял в проходе и следил за их беседой. Но на его плечо вдруг легла чья-то рука, и он обернулся. Это был Дэвид. Он мягко улыбнулся ему и потянул за собой.

— Надо идти, Люк.

Тот медленно кивнул, и оба скрылись в тенях дома.

Теперь ему и впрямь пора.

* * *

«Вот и все, Алиса. Я умер. Не знаю, что добавить. Говорят, я скоро отправлюсь домой, но понятия не имею, где это. Танатос обещал поработать почто-

вым голубем, и это последняя возможность что-то тебе сказать. Пока я еще чего-то хочу. Пока еще не отпустил тебя.

Я мог бы начать это письмо как сказку. Ты же так их любишь.

В начале было обещание, которое не сдержали.

В начале был темный дом, в котором жил король всех печалей.

В начале были двое.

Но до них была смерть. Она и начала эту игру. Только она ли ее закончит?

Знаешь, у меня была безумная мысль во время нашей последней встречи — попросить тебя умереть вместе со мной. Тогда мы обманули бы самого Жнеца, у которого, оказывается, большие планы на тебя. Я рад, что не озвучил этого.

По правде, я пишу, чтобы дать тебе ответ на вопрос, который ты никогда не задавала: почему я начал нашу переписку, ведь знал, что умру, и наша случайная любовь оставит больше боли, чем счастья. Но из любопытства я прочитал твое письмо Якобу, и твоя искренность, непритворная печаль и преданность изменили мой мир. До сих пор не понимаю как. Но что-то пошло иначе.

Я прочитал все твои письма, выучил почти каждое наизусть, а затем написал тебе, не особенно задумываясь о правильности своего поступка. Это можно счесть дурацким флиртом или даже тонким извращением.

На самом деле больше всего на свете я хотел, чтобы ты себя простила за то, чего не сделала, или, наоборот, позволила себе слишком много, но лишь бы прекратила наказывать себя за Якоба.

Поэтому я начал тебе писать. Я не мог оставить тебя рядом с его могилой.

Хотел бы я, чтобы все вышло иначе, чтобы ты не узнала моих скверных тайн и этого горя, не учила и малопонятные уроки о жизни и смерти. Но так уж вышло. Мы пробовали любить, не потревожив зла. Немного у нас получилось.

За тобой стоят Менахем и Танатос, и мы всего лишь пешки на их доске. Но нашу историю они не проживут и на фресках ее не нарисуют. И это значит, что есть вещи, которые принадлежат только нам.

Пусть однажды мы обязательно увидимся вновь. А все самое лучшее, что у меня было, навсегда останется с тобой».

POST MORTEM

Soulmate dry your eyes,
Cause soulmates never die.

Не плачь, мой друг,
Ведь родственные души никогда не умирают.

Placebo «Sleeping With Ghosts»

СОДЕРЖАНИЕ

Литературно-художественное издание
әдеби-көркем басылым

online-best

Соня Фрейм
НЕ ПОТРЕВОЖИМ ЗЛА

Зав. редакцией *Сергей Тишков*
Ведущий редактор *Анна Бондаренко*
Литературный редактор *Татьяна Чернова*
Технический редактор *Татьяна Тимошина*
Корректоры *Анна Баскаева, Татьяна Певная*
Верстка *Юлии Рахманиной*

Подписано в печать 18.10.2018.
Формат 84×108 1\32. Усл. печ. л. 16.8.
Печать офсетная. Гарнитура Petersburg. Бумага офсетная.
Тираж 3 000 экз. Заказ № 8580/18.

Произведено в Российской Федерации.
Изготовлено в 2019 г.

Изготовитель: ООО «Издательство АСТ»
129085, Российская Федерация, г. Москва,
Звездный бульвар, д. 21, стр. 1,
комн. 705, пом. I, этаж 7
Наш электронный адрес: WWW.AST.RU

Общероссийский классификатор продукции
ОК-034-2014 (КПЕС 2008);
58.11.1 - книги, брошюры печатные

Отпечатано в соответствии с предоставленными материалами
в ООО «ИПК Парето-Принт», 170546, Тверская область,
Промышленная зона Боровлево-1, комплекс № 3А,
www.pareto-print.ru.

«Баспа Аста» деген ООО
129085, г. Мәскеу, Жұлдызды гүлзар, д. 21, 1 құрылым,
705 бөлме, пом. 1, 7-қабат
Біздің электрондық мекенжаймыз : www.ast.ru
Интернет-магазин: www.book24.kz
Интернет-дүкен: www.book24.kz
Импортер в Республику Казахстан ТОО «РДЦ-Алматы».
Қазақстан Республикасындағы импорттаушы «РДЦ-Алматы» ЖШС.
Дистрибьютор и представитель по приему претензий на продукцию
в республике Казахстан:
ТОО «РДЦ-Алматы»
Қазақстан Республикасында дистрибьютор
және өнім бойынша арыз-талаптарды қабылдаушының
өкілі «РДЦ-Алматы» ЖШС, Алматы қ.,
Домбровский көш., 3«а», литер Б, офис 1.
Тел.: 8 (727) 2 51 59 89,90,91,92
Факс: 8 (727) 251 58 12, вн. 107; E-mail: RDC-Almaty@eksmo.kz
Өнімнің жарамдылық мерзімі шектелмеген.
Өндірген мемлекет: Ресей

18+

Е ПОТРЕВОЖИМ ЗЛ НЕ
ЗЛА НЕ ПОТРЕВОЖИМ
ОТРЕВОЖИМ ЗЛА НЕ ПО
ЛА НЕ ПОТРЕВОЖИМ ЗЛ
ЗЛА НЕ ПОТРЕВОЖИМ
Е ПОТРЕВОЖИМ ЗЛА НЕ
ЗЛА НЕ ПОТРЕВОЖИМ
ОТРЕВОЖИМ ЗЛА НЕ ПО
ЛА НЕ ПОТРЕВОЖИМ ЗЛ
ЗЛА НЕ ПОТРЕВОЖИМ
Е ПОТРЕВОЖИМ ЗЛА НЕ
ЗЛА НЕ ПОТРЕВОЖИМ
ОТРЕВОЖИМ ЗЛА НЕ ПО